Şinasi Dikmen *Integrier dich, Opa!*

Şinasi Dikmen

Integrier dich, Opa!

Stories vom Erfinder des deutsch-türkischen Kabaretts

CONTE VERLAG

Dieses Buch widme ich meiner Frau Ayse Aktay Dikmen, die sich ständig meine Witzversuche anhören muss und Niyazi Turgay, der sich damit rühmt, der erste integrierte Türke zu sein.

Bibliografische Information der Deutschen Bibliothek
Die Deutsche Bibliothek verzeichnet diese Publikation in der Deutschen Nationalbibliografie; detaillierte bibliografische Daten sind im Internet über http://dnb.d-nb.de abrufbar.

ISBN 978-3-936950-81-6

Am Ludwigsberg 80-84
66113 Saarbrücken
Tel: (06 81) 416 24-28
Fax: (06 81) 416 24-44
E-Mail: info@conte-verlag.de
Verlagsinformationen im Internet unter www.conte-verlag.de

Umschlag und Satz: Markus Dawo
Lektorat: Stefan Lauer
Druck und Bindung: PRISMA Verlagsdruckerei GmbH, Saarbrücken

Teil 1

Die Familie

Die deutsche Seite unserer Familie

Ich wollte gerade ein Glas Wasser trinken, als mein Enkelsohn in die Küche platzte:

»So kannst du doch nicht weitermachen, Opa!« beschimpfte er mich.

Er hatte wieder rote Wangen, er hatte sich also geärgert.

»Ich habe dir doch schon mal gesagt, Opa, du küsst jeden so nass und schmatzend, dass deine Spucke an den Backen der Anderen klebt.«

Ich trank das Wasser aus. Nach dem Freitagsgebet diskutieren wir immer über die deutsche Frage, zum Beispiel darüber, was wird, wenn der deutsche Staat, die deutsche Gesellschaft das und jenes gegen die Türken unternimmt. Und die beiden unternehmen immer etwas gegen die Türken und gegen die Muslime in Deutschland. Die Wut spülen wir mit Tee hinunter. Der türkische schwarze Tee macht mich dann so durstig.

»Ich habe dich heute nicht geweckt, also kann ich dich nicht geküsst haben.«

»Mich nicht, aber meine Hilde.«

»Wen?« fragte ich ihn.

»Meine andere Oma, Büyükbaba, tu nicht so, als wüsstest du nicht, von wem ich rede.«

Mein Enkelsohn nennt diese Deutsche … also seine Oma von der anderen Seite *meine Hilde*. Sie heißt eigentlich Hildegard, oder so was Ähnliches. Ich kann nicht verstehen, wie eine Frau so heißen kann! Sie sieht auch so hildegardhaft aus: christlich arrogant, kalt und unfreundlich. Ich weigere mich grundsätzlich, mich an ihren Namen zu erinnern.

»Ja, mein Pascha, ich vergesse den Namen dieser Dame immer wieder. Wie hieß sie doch noch?«

»Büyükbaba, sie heißt Hil–de–gard, sie ist meine Oma.«

»Ja, gut, und was ist mit ihr?«

»Sie sagte, du hättest sie letztes Mal so abgeleckt, dass es ihr übel wurde.«

»Sie kann ich nicht so geküsst haben, mein Pascha, sie ist zu alt dafür.«

»Büyükbaba, sie ist zwei Jahre jünger als du.«

»Na und? Es kommt nicht darauf an, wie alt man ist, sondern es kommt darauf an, wie alt man aussieht. Und übrigens, woher weißt du, dass ich sie so abgeleckt hätte? Du hast wieder mit ihr telefoniert, oder?«

»Nein, letztes Wochenende war ich nicht bei meinen Eltern zu Hause, sondern bei meinen anderen Großeltern.«

»Moment, du hast mir gesagt, dass du das Wochenende nicht bei uns verbringen möchtest, weil du deine Eltern an den letzten drei Wochenenden nicht gesehen hast, und jetzt sagst du, dass du dieses Wochenende …«

»Opa, du bist immer eifersüchtig, wenn ich Zeit bei meinen anderen Großeltern verbringe. Das sind die Eltern meines Vaters, ihr seid die Eltern meiner Mutter, also … Ich konnte meiner anderen Großmutter nicht absagen. Sie wusste schon, dass ich die letzten zwei Wochenenden bei euch übernachtet habe.«

Es tut mir weh, wenn meine Enkelkinder bei den Deutschen übernachten, also bei denen von der anderen Seite, ich meine bei den anderen Großeltern. Die verziehen meine Enkelkinder, sie erzählen ihnen deutsche Märchen, in denen die Kinder von den

Eltern verlassen werden, wie Hänsel und Gretel. Kannst du dir das vorstellen, die Mutter schlägt in diesem grausamen deutschen Märchen dem Vater vor, die eigenen Kinder in den Wald zu führen und sie dort, wo er am dichtesten ist, nur mit einer Scheibe deutschem Brot zurück zu lassen. Vielleicht sogar mit schimmeligen Brot, wie die von der anderen Seite es uns mal gebracht hat. Als mein Prinz es gemerkt und dann gebrüllt hat: »Das esse ich nicht!« hat sie gesagt: »Ah, ich habe ja das frische Brot, das ich extra für meine Dünür gekauft habe zu Hause vergessen. Oder sie erzählen Märchen in denen Kinder von den Eltern misshandelt werden, wie Aschenputtel. Da ist ein Mann, der, obwohl er schon eine hübsche Tochter hat, eine deutsch-grausame Mutter mit zwei deutsch-verzogenen, frechen, ja gemeinen Töchtern, heiratet und zuschaut, wie seine eigene Tochter darunter leidet. Ich glaube, die von der anderen Seite ist eine von diesen Müttern aus dem deutschen Märchen.

Meine Enkelkinder kommen dann immer verstört zu uns zurück und beginnen nachts zu schreien: »Ich will meine Mutter, ich will meine Mutter.«

Um sie ermuntern, erzähle ich ihnen heldenhafte türkische Märchen, die mit einer langen Zeitbeschreibung beginnen: Es war einmal, es war kein mal, als das Kamel noch als Dorfschreier tätig war, und der Floh als Barbier und der Wolf als Schäfer, der Fuchs als Hühnerwärter, die Maus als Katzenhüter, da gab es einen Sultan, der vierzig Söhne und eine Sultanin die vierzig Töchter hatte … Erst dann beginnt das türkische Märchen in dem die Heldinnen und Helden gegen Drachen mit vierzig Köpfen kämpfen, ihren Feinden blutige Kämpfe liefern und am Ende immer gewinnen um dann zu heiraten. In den türkischen Märchen wird zuerst die Neugier der Kinder geweckt, dann wird ihnen klar gemacht, dass man sich immer türkisch-gehorsam verhalten muss, um unter der Obhut der Eltern zu wachsen, und später gegen die Feinde zu stehen. Das stärkt das Selbstbewusstsein der Kinder und bereitet sie auf das kommende Leben vor. Dieses Selbstbewusstsein benötigen sie besonders in einem Land wie Deutschland, wo Kinder nicht sehr beliebt sind, wo Kinder wie in einem Dschungel groß werden müssen, wo überall Gefahren lauern, sei es der Verkehr, sei es das schlechte Wetter, seien es die Deutschen.

Unsere Tochter ist mit einem Arzt verheiratet. Ihn brachte sie uns an einem Freitagabend nach Hause und stellte ihn uns vor: »Das ist Christoph, er ist Oberarzt für Innere Medizin.« Erst zuletzt sagte sie: »Christoph ist Deutscher, und wir haben beschlossen zu heiraten.« Meine Frau schaute mich an, als würde sie mir sagen wollen, »Das ist deine Tochter, und heute hast du die Frucht deiner Erziehung serviert bekommen.«

Ich mag meinen Schwiegersohn. Wenn er zu uns kommt, weiß er sich zu benehmen. Er holt mir Tee aus der Küche, er wartet, bis ich mich hinsetze, er steht auf, wenn ein Älterer ins Zimmer kommt. Einen besseren Schwiegersohn hätte ich unter den Türken nicht gefunden. Nein, er ist nicht beschnitten, darauf lege ich keinen Wert. Jeder Mensch soll seine Eigenart beibehalten. Meine Tochter und er haben zwei Kinder, einen prächtigen Sohn und eine hübsche Tochter. Die beiden Kinder sind wirklich nett, das sage ich nicht deshalb, weil sie meine Enkelkinder sind, nur deshalb, weil sie in der Tat nett und höflich sind. In der Schule kommen sie sehr gut zurecht, die beide besuchen zusätzlich die Musikschule, das Mädchen geht noch zum Ballett. Ich hätte es gerne gesehen, wenn mein Enkelsohn Fußball gespielt hätte, aber meine Tochter möchte das nicht. Sie als Sozialpädagogin findet es lächerlich, dass 22 Männer hinter einem Ball her rennen, nur um ihn dann in einem durch ein Netz geschütztem Tor landen zu lassen. Leider hat meine Tochter von mir nicht viel übernommen. Alles kommt von ihrer Mutter. Aber das ist eine andere Sache.

Vor einigen Wochen waren die deutschen Großeltern bei uns zum Essen. Zum Ramadan Fest. Weil wir sie mal zu Weihnachten besucht haben, kamen sie zu uns. Plötzlich. Wir erwarteten sie überhaupt nicht. Unsere Enkelin habe ihnen gesagt, dass morgen Ramadan Fest sei, dass ihre Büyükanne und Büyükbaba sich riesig freuen würden, wenn ihre Oma und Opa ihnen zum Ramadan Fest gratulieren würden, zumal es bei den Türken eine besondere Freude sei, wenn die Jüngeren die Älteren unangekündigt besuchen würden.

Mit dem Besuch der Jüngeren bei den Älteren sind jedenfalls nicht die Deutschen gemeint. Bei ihnen ruft der Sohn den Vater beim Vornamen, die Frau den Mann mit komischen Kosenamen. Bei ihnen geht alles durcheinander. Wer jung und wer alt ist, merkt man erst, wenn man diejenigen gesehen hat. Am Telefon spricht jeder jeden mit dem Vornamen an, es gibt keinen Respekt vor den Älteren, Familienverhältnisse und -beziehungen gibt es fast gar nicht, keiner besucht den anderen, wenn einer krank wird. Man ruft einfach an: »Du, es tut mir leid, dass du krank bist. Was hast du denn auf einmal? Geht's dir sonst gut? Ja? Übrigens ich kann dich heute nicht besuchen, weil ...« Dann kommen die scheinheiligsten Gründe. Entweder hat der Hund Durchfall oder man muss leider Gottes wieder viel arbeiten, oder man hat einen anderen Termin, der nicht verschoben werden kann.

Als die von der anderen Seite krank geworden ist, haben wir sie im Krankenhaus besucht, ihr Blumen gebracht, zwölf Euro haben die gekostet! Dann hat sie zu uns gesagt: »Das wäre doch nicht nötig gewesen.«

»Das wäre doch nicht nötig gewesen« statt: »Ich danke Ihnen, Herr Dünür, dass sie mich besucht haben. Ich finde es toll, dass sie mich hier, von den deutschen Ärzten umringt, nicht allein gelassen haben.« Danach haben wir es auch nicht mehr für nötig gehalten, sie wieder zu besuchen. Später ist sie noch ein paar Mal krank geworden, hat im Krankenhaus gelegen oder zu Hause. Nichts da. Meine Frau beharrte auf einem Besuch, ich habe ihr aber gesagt: Nein! Ich habe einen anderen Termin. »Ali,« sagte dann meine Frau zu mir, »Ali, das werde ich in Cakirgümüs erzählen, das du allmählich Deutscher geworden bist. Ich werde denen in Cakirgümüs sagen: Leute, heute können wir euch nicht besuchen, denn mein Mann Ali hat heute andere Termine. Sie werden dich dann meiden wie die Pest Ali, wenn du zwei Einladungen wegen deinen Terminen absagst.«

Sie kamen so gegen 19 Uhr. »Ich habe meinen Mann von der Arbeit abgeholt, da habe ich meinen Herbert gefragt: na, Herbert, was meinst du, sollten wir nicht unserer Großanne und unserem Großbaba einen schnellen Besuch abstatten? Mein Herbert hat erwidert, wenn du meinst.« Die ist so unfähig, die von der anderen Seite, diese deutsche Oma, dass sie nicht einmal Büyükanne und Büyükbaba aussprechen kann, ohne dabei zu lachen. Immer betont sie die zweite Silbe und spricht das Wort so aus, als würde zwischen dem *b* und *ü* noch ein *h* stehen. Korrigieren lohnt sich überhaupt nicht. Der Deutsche als solcher wiederholt seine Fehler immer wieder gerne und lacht dabei, als wüsste er eigentlich, dass er einen Fehler gemacht hat und er es auch richtig könnte. Von wegen!

Jahrelang habe ich zu der von der anderen Seite gesagt, das heißt nicht *eala*, sondern Allah, es wird groß geschrieben und mit zwei *ll*. Wenn sie von *Euer Allah* spricht, dann gehen auf meinem zarten türkischen Körper sämtliche Haare in Kampfstellung.

Mir geht es auch jedes Mal auf die Nerven, wenn sie ihren Mann *mein Herbert* nennt. Selbstverständlich gehört er zu ihr, zu mir gehört dieser Saukerl auf keinen Fall, warum muss sie dann überall immer wieder betonen: »Mein Herbert, mein Herbert«, oder noch schlimmer, wenn sie ein paar Gläser trinkt und er sie aufregt: Herrchen her, Herrchen hin! Mit einer schneidigen Stimme.

So eine kalte Stimme habe ich nie gehört. Mir fror das Herz ein. Ich bekam Angst vor der Frau. Dann fragt man sich, ob es nicht doch viel zur Internationalen Verständigung beigetragen hätte, wenn auch Jesus Christus den Alkohol verboten hätte, zumindest den Frauen, deren Söhne türkische Töchter heiraten. Nach dem zweiten Glas herrscht sie ihn so falsch, so gemein an: »Ah, komm Schatz, ah mein Süßer, bleib hier!« Am Anfang habe ich den Unterschied zwischen dem Inhalt des Satzes und dem eisigen Ton nicht verstanden. Ich konnte das Wort *Schatz* und das Wort *Süßer* mit dem Ton nicht zusammenbringen. Beide sind ja Wörter der deutschen Sprache für Liebkosung, für Komplimente, aber der Ton gehörte zu einem Gefängnis oder dem türkischen Militär. Im Laufe der Jahre lernte ich doch, dass sie mit ihrem Paldi oder Poldi genauso sprach, wenn er ihrem Befehl nicht gehorchte. Aha, dachte ich mir, wenn ich sie wieder so hörte, sie hat ein paar Glas getrunken, so überträgt sie die Art des Dialogs mit ihrem Pudel wortwörtlich auf ihren Herbert. »Herrchen, Süßer, komm her, komm bring mir ...«

Was mich bei ihr besonders stört ist, dass sie alles an sich zieht; alles gehört ihr, aber nur ihr. Dass Herbert ihr gehört, stört mich am geringsten. nur ihr soll er gehören, dieser Eunuch, damit er der Menschheit erspart bleibt. Gäbe es nur ein einziges solches Männlein in Cakirgümüs, wäre der ganze ehrenhafte Ruf meines Dorfes im Arsch. Jeder in den Dörfern von Ladik, immerhin 52, würde auf uns zeigen: »Das sind die Ärsche, der Abschaum der moslemischen Männlein, die uns vor lauter Schande ins Grab bringen. Die kuschen vor ihren Frauen wie Hündinnen vor ihren Besitzern.« Der Mann muss ein Mann sein, wenigsten draußen, bei den anderen Männern und bei den Verwandten. Zuhause, in seinen vier Wänden, kann er meinetwegen vor seiner Frau auf allen Vieren gehen.

Sie beansprucht alles auf der Welt für sich. »Mein, meine, meins …«

Mensch, was hat die von der anderen Seite nicht alles in ihrem kümmerlichen Leben: Da ist mein Zahnarzt, mein Rechtsanwalt, mein Hund, meine Tochter, mein Haus, mein, mein, mein. Diese Frau würde nicht einmal ihren Henker mit den anderen teilen: »Nein, Hände weg, das ist *mein* Henker.« Einmal hat sie gewagt, meinen lieben Enkelsohn in meiner Anwesenheit »meinen Enkelsohn« zu nennen. Da habe ich sie aber zurechtgewiesen! »Ihr Enkelsohn hat aber fast keine Ähnlichkeit mit Ihnen, Frau Dünür.« Da war sie sprachlos. Diese Schwätzerin schluckte ein paar Mal, schaute die Welt um sich herum dumm und dusslig an, und sagte am Ende ganz leise: »Ja, aber …« Das befriedigte mich völlig, dieses »Ja, aber …« Ich muss ihr demnächst mehr Gelegenheit geben, »Ja, aber …« zu sagen.

Mein Enkelsohn sieht Gott sei Dank – eigentlich: Allah sei Dank – nicht etwa wie ein Deutscher aus: aschblond, dick und tollpatschig. Nein, er hat wunderbare Augen, wie seine Büyükanne, strahlend blau, wie der Bach meines Dorfes, wo seine Büyükanne groß geworden ist; das ist aber das Einzige, was er von seiner Büyükanne hat. Sonst hat er alles von mir: die schwarzen Haare, die ein bisschen lang geratene Nase – wie die eines osmanischen Sultans –, ein paar Pickel hat er noch, aber was soll's. In dem Alter hat die jeder Junge, auch so ein aristokratischer Enkelsohn wie meiner; kurze Ohren, ein eindrucksvolles spitzes Kinn, Zeichen seines starken Willens, und er ist groß, obwohl er sich noch in der Pubertät befindet, und schüchtern – aber das kommt bestimmt von denen von der anderen Seite. Und er ist höflich, höflich wie ein Pascha.

Ich kenne Herbert nicht besonders gut, ich will so einen Schlappschwanz auch nicht gut kennen, mit diesen Eigenschaften wird er niemals zu meinem Freundeskreis gehören, aber eines weiß ich sicher, er würde nie aus Überzeugung sagen »Ja, Schatz, wenn du meinst.« Er ist ein innerlicher Typ, er traut sich, seiner Frau seine ehrliche Meinung zu sagen. Wenn er eine Meinung über etwas hat, dann korrigiert er sie nie. Er beharrt darauf wie ein alter Esel. Nur um ein Beispiel zu geben: Seit unser Arzt meine Tochter geheiratet hat, behauptet dieser *mein Herbert,* dass die Türkei nie zu Europa gehören dürfe, denn die Türkei kenne die Aufklärung nicht und sei ein total islamisches Land, und die Demokratie sei der Mehrheit der Türken nicht bekannt. Er kennt weder die Türkei noch ihre geopolitischen Nachbarn und die feindliche Gesinnung der Griechen schon gar nicht. Wir Türken wären schon längst demokratisch, wenn dieses verdammte Wort nicht griechisch wäre! Aber wie kannst du das einem stocksteifen Deutschen erklären? Die Türkei ist immer dann demokratisch gewesen, wenn die Griechen uns nicht feindlich – ich sage nicht freundlich – behandelt haben. Was die Aufklärung betrifft, weiß dieser alte Bock nicht, dass meine Töchter schon mit sechs Jahren aufgeklärt waren. Ich habe ihnen gesagt: Liebe Töchter, wenn ihr alt genug seid, werdet ihr schon erfahren, woher die Kinder kommen. Das reicht doch für Mädchen!

Dieser Mensch muss immer etwas im Kopf haben, wenn er seiner Herrin antwortet: »Ja, Schatz, wenn du meinst.« Vielleicht will sie dann nicht mehr mit ihm ins Bett. Wobei ich nicht glauben kann, dass man als Frau mit so einem Mann ... Es ist mir doch eigentlich wurscht, ob eine deutsche Frau mit einem deutschen Mann ... Selbstverständlich stört es mich aber, wenn ein deutscher Mann mit einer türkischen ... Dazu will ich mich aber nicht öffentlich äußern ...

Wenn ein Gast zu uns kommt, egal ob angekündigt oder unerwartet, wird er herzlich hereingebeten, dann wird ihm geholfen, seinen Mantel aufzuhängen, dann wird gewartet, bis er die Pantoffeln angezogen hat, dann wird zuerst der Mann herzlich begrüßt, rechts und links auf die Backen geküsst; währenddessen wird pausenlos geredet, damit er nicht auf den ersten Blick die Mängel in der Wohnung feststellt, und danach gefragt, wie es den Kindern so geht, was die Arbeit macht, wie seine Fußballmannschaft gespielt hat, ob der Blutdruck oder Blutzucker oder was Ähnliches o.k. sei, ob man sich heute gesund fühlt. Oder vielleicht wird auch nach Aktuellem gefragt, was er von der Rede des Politikers x hält, alles aber in höflichem Ton, freundlich und in einer Art, dass der Gast sich nicht überfallen oder eingeengt fühlt; frei soll er sich fühlen, aber seine Blicke nicht überall herum schweifen lassen. Es gibt türkische Gäste, die sehen sich überall prüfend um:

»Was? Habt ihr das Sofa neu gekauft? Was hat es gekostet? Wo habt ihr das gekauft? Die Farbe passt aber nicht zum Wohnzimmer. An deiner Stelle hätte ich das Sofa ...«

Und dann wird die Frau auch geküsst, wenn sie zum engsten Familienkreis gehört, wenn sie aber keine von der Familie ist, dann wird ihr einfach die Hand gereicht, – wenn sie eine völlig fremde Frau ist, dann wird ihr auch keine Hand gereicht, – die Hand wird leicht geschüttelt, manchmal auch nicht, dann wird sie gefragt, wie es ihr geht, mit einer leichten Kopfbewegung wird sie herzlich willkommen geheißen. Es gibt türkische Frauen, vor denen ich regelrecht Angst habe, wenn sie uns besuchen.

»Ah, Herr Ali, dieses Sofa ist ja ein Juwel. Das kostet bestimmt über tausend Euro. Reich sind Sie schon, Herr Ali, ja, Sie haben Geld. Ich weiß nicht, warum Allah uns nicht so viel Geld gibt. Mein Ahmet, mein lieber Mann arbeitet wie ein alter Esel, er schuftet, aber so ein Sofa könnten wir uns nie leisten. Woher bekommen die Leute nur soviel Geld, Herr Ali? Nein, ich meine jetzt nicht Sie, Herr Ali, Sie sind schon anständig, erst gestern habe ich meinem Mann gesagt; Gell, Ahmet, Herr Ali und seine Frau sind doch anständige Leute, oder was meinst du? Und er hat gesagt, ja, du hast recht, oder hast du nicht so gesagt Ahmet? Aber das Sofa, das ist wunderbar. Darf ich mich mal darauf setzen? Ja? Ahmet komm, setzt dich hin, keiner wird dich fressen, wenn dein alter Arsch so ein neues tolles Sofa sieht. Und? Was sagt dein Arsch, Ahmet? Gemütlich? Ahmet, wann kaufen wir dann so einen Sofa?« So kann eine türkische Frau stundenlang über das Sofa des Nachbarn reden.

Ich wollte der von der anderen Seite, also der deutschen Oma, das Gefühl vermitteln, sie gehöre zu unserer Familie, also habe ich sie rechts und links geküsst, aber bestimmt nicht nass und schmatzend, sondern oberflächlich, sagen wir, ich habe so einen Hauch von Kuss über ihre Backen wehen lassen. Ihre Hand habe ich auch nicht so lange in meiner gehalten, damit die Deutsche den Eindruck bekommen soll, sie gehöre doch nicht zum engsten Familienkreis.

»Du sollst sie aber so geküsst haben, dass sie danach ins Bad gehen musste, um sich abzuwischen.«

Ich fand es langsam zum Kotzen, dass die Deutsche alles, was wir machen und tun, falsch oder unvollkommen oder nicht richtig findet. Ich wehrte mich also gegen diese Unterstellung:

»Das ist nicht wahr, dass ich sie so geküsst habe. Ich will mich nicht über sie beschweren Junge, aber sie sucht immer wieder einen Grund, uns, besonders mich bei euch schlecht zu machen. Sie findet uns sowieso nicht deutschlandwürdig.«

»Opa, meine Großmutter hat so was nie gesagt, du empfindest das nur so.«

»Ja, ja ... gesagt hat sie so was nie. Das stimmt. Sie empfindet meinen Kuss aber als sehr aufdringlich.«

»Wir können ja den Kuss üben, damit sie ihn nicht so empfindet.«

Ich stand da wie ein Blöder. Ich verstand den Satz nicht.

Den Kuss üben? Was soll das heißen? Wie soll man einen Kuss üben? »Was sollen wir üben?« fragte ich ihn. »Wie sollen wir üben und warum sollen wir den Kuss üben?«

»Büyükbaba« – plötzlich sprach er so beruhigend, als wäre er mein großer Bruder oder meine Frau. »Büyükbaba, reg dich ab! Ich möchte, dass ihr euch versteht. Ich möchte, dass ihr euch öfters seht.«

Büyükbaba, dieses wunderbare Wort aus seinem Mund zu hören, lässt mich alles vergessen. Ich kann sofort alles auf der Stelle liegen lassen und alle meine Sinne wecken, nur um dieses Wort aus den Mündern meiner Enkelkinder zu genießen. Ob aus seinem oder aus dem Mund meiner Enkelin – *Büyükbaba* ist für mich das schönste Wort der türkischen Sprache in Deutschland. Das Wort hat mehr Bedeutung als *Großvater* oder als *Opa* oder *Opi*. Großvater ist ein alter Mann, der in der Ecke sitzt, verblödet um sich herum guckt, dabei in die Hose pinkelt und sabbert. Opa ist derjenige, der nichts zu sagen hat, deshalb von den Enkelkindern nicht ernst genommen wird. Opi ist jenseits von Gut und Böse. Büyükbaba ist dagegen ein würdiger, stolzer, weiser Herr, der in seinem Adlerblick taubenweiche Zartheit trägt, alles von weitem unter seine Kontrolle hat. Er greift nicht oft ein, aber wenn, dann hat sein Wort Gewicht, bringt Entscheidungen.

Büyükbaba hat Klang, Rhythmus, Bedeutung, *Büyükbaba* aus den Mündern meiner Enkelkinder das ist mehr als ein Zuhause in Deutschland, eine Wohnung, ein Haus, ein Land. Büyükbaba ist Cakirgümüs, meine Heimat mitten in Deutschland.

»Das können wir doch auch, ohne Küsse zu üben, oder? Muss sie jetzt hierher kommen, und wir beide, also sie und ich, üben unter deiner Leitung das Küssen? Und wir sollen uns so oft küssen, bis du zufrieden bist?«

»Nein, Büyükbaba, so nicht. Du und ich küssen uns, bis ich dir sage, wie meine Oma mit dem Kuss zufrieden sein könnte.«

»Warum übst du mit ihr nicht, bis ich mit dem Kuss zufrieden sein könnte?«

»Weil nicht du dich über sie beschwert hast, sondern sie über dich.«

»Aha, sie beschwert sich also über mich. Was hat sie noch gesagt über mich? Über deine Büyükanne, über deine Verwandten in der Türkei, über die Türken, über Cakirgümüs, über … über …?«

»Büyükbaba, so richtig beschwert hat sie sich doch nicht. Sie hat nur gesagt …«

»Was hat sie gesagt? Sag mal, was hat sie noch gesagt?« Ich war jetzt völlig verärgert. Eine sechzigjährige Frau beschwert sich über einen anderen sechzigjährigen bei einem vierzehnjährigen. So sind die Deutschen, sie haben kein Schamgefühl, sie haben keine Art, sich bei den Kindern zu benehmen, sie beschweren sich bei dem Jungen über den Büyükbaba des Jungen. Da ist es kein Wunder, wenn die deutschen Kinder sich saumäßig benehmen. Durch ihre Schwätzerei nehmen sie den Kindern den Respekt vor den Eltern.

»Büyükbaba, sie hat nur gesagt: so ist unser Dünür.«

»Sie verwendet dazu das türkische Wort Dünür?«

»Ja, sie nennt euch immer unser Dünür, das gefällt ihr so gut, *Dünür*, vor den anderen Deutschen nennt sie euch sogar unser *Dünürümüz.*«

»Das Wort *Dünür* kann sie so richtig aussprechen?«

»Nein Büyükbaba, nicht so richtig wie ein Türke. Aber ich bin doch zufrieden damit.«

»Wenn du damit zufrieden bist, bin ich auch damit zufrieden. Und was sagen die anderen Deutschen dann?«

»Die wundern sich, dass ein Wort so viele »ü« haben kann.«

Das hat mich wieder beruhigt, dass unser türkisches Wort meiner deutschen *Dünür* so gut gefällt. So sind wir Türken, etwas Wunderbares haben wir immer an uns. Plötzlich erscheint eine schöne menschliche Seite von uns, mal als Melodie, mal als Wort, mal als Bewegung. Der Türke in Deutschland ist wie ein Wald, aus dem manchmal angsteinjagende Geräusche herüber wehen, in dem man sich verliert, aber dann plötzlich hinter einem Baum auf ein beruhigendes Bächlein trifft, das leise vor sich hin murmelt. Man kann sich in den tiefen Schatten des Waldes ausruhen, manchmal wird es aber auch sehr kühl. Manchmal bekommt man auch Gänsehaut.

Ach ja, ich muss das Wort *Dünür* erklären: Dünür heißen die Eltern des Bräutigams oder auch die der Braut. Die Dünürs müssen nicht unbedingt Freunde der Familie sein. Es gibt Fälle in der türkischen Geschichte, wo die Dünürs enge Freunde wurden, aber auch Fälle, wo die Dünürs sich bis zum Umfallen bekriegt haben.

»Büyükbaba, wenn meine Schwester aus der Schule zurückgekommen ist, üben wir das Küssen. Oder du küsst meine Büyükanne, als wäre sie deine deutsche Dünür, so lange, bis ich dir sage, Halt.«

Als meine Enkelin aus der Schule und meine Frau aus dem Schlafzimmer gekommen ist, erklärte mein Enkelsohn, Johannes Cinar – für uns Cinar – uns und seiner Schwester Johanna Tugce – für uns Tugce – sein Vorhaben.

An dieser Stelle muss ich ein Geheimnis enthüllen, von dem selbst meine Frau nichts weiß: Bei den Vornamen hatte ich damals so lange auf meinem Vorschlag bestanden, bis alle zugestimmt haben: Ich nannte meinen Enkelsohn absichtlich Cinar – auf deutsche Tschinar – und meine Enkelin Tugce – auf deutsch so ungefähr *Thuhghtsche* –, weil ich gemerkt habe, dass die deutsche Zunge diese Wörter nicht richtig aussprechen kann. Als Rache dafür, dass ihr Sohn mir meine Tochter genommen hat, wollte ich den deutschen Großeltern dieser Kinder eins verpassen.

Welche Mühe hat es der von der anderen Seite doch gemacht, *Cinar* richtig auszusprechen! Und nach so vielen Jahren hat sie es immer noch nicht geschafft! Und wie mein Pascha sie, als er noch ein Kleinkind war, beschimpft hat, wie er sie verarscht und, würde ich sagen, manchmal auch verachtet hat: »Oma, ich heiße nicht Tschiinaar sondern einfach Cinar!«

Worauf sie antwortete: »Das sage ich doch: Tschiiinaar.« Und er: »Schon wieder Tschiiinaar. Nicht Tschiinaar, sondern ganz einfach Cinar. Büyükbaba kann dir das vormachen, Büyükbaba, sag doch mal: *Cinar.*«

Darauf ich mit großer Freude: *Cinar*. Und er: »Du hörst ja Oma, Cinar.«

Sie, entnervt, ein bisschen barsch: »Tschiinar.«

Er, nun auch entnervt, schreit: »Du blöde Kuh.«

Mit Genugtuung klopfe ich mir selbst heimlich auf die Schulter: »Schön gemacht Ali, gut überlegt.«

Und er wieder: »Omaaa. Ich heiße nicht so blöd Tschiiinaar, sondern Cinar.«

Da sprang mir mein Herz aus dem Brustkasten vor Freude, sie schaute mich hilflos an, bat mich um Hilfe, und ich gab ihr Hilfe, die Situation voll auskostend: »Liebe Frau Dünür, das ist so einfach, *Cinar*, sagen Sie einfach *Cinar*, so schwer ist das wirklich nicht, das können sogar Sie.«

Der letzte Satz hat mir immer mehr Spaß gemacht. Ich habe besonders das *Sie* betont. Cinar heißt auf Deutsch die Platane, so wie sie soll auch mein Enkelsohn werden: groß, sehr schattig, langlebig.

Meine Enkelin hatte sich leider schnell damit abgefunden, dass ihre hochnäsige, arrogante deutsche Oma ihren Namen Tugce nicht aussprechen kann.

Doch zurück zur Kussübung. Tugce und Cinar gingen wieder hinaus, klingelten an der Tür, als würden uns jetzt die deutsche Dünür und der deutsche Dünür besuchen, ich machte die Tür auf, und ich ging laut fragend auf ihn zu:

»Na, du bist ja gekommen, mein lieber Dünür, wie geht's dir denn? Ich hoffe, Dir geht's gut, lass dich umarmen.« Während ich ihn umarmte, redete ich immer weiter, indem ich ihn nach der Arbeit, nach der Gesundheit fragte:

»Du hast letztes Mal gesagt, dein Blutdruck sei zu hoch, und wie ist er jetzt? Wann warst du beim Arzt? Und was hat dein Arzt …«

Da schob mich mein Enkelsohn schon weit von sich weg:

»Büyükbaba, so bekommt nicht nur meine deutsche Oma Angst vor dir, sondern auch ein ganz normaler türkischer Gast. Deine überflüssige Fragerei, deine Schwätzerei ermüdet doch jeden Gast. Du wartest keine Antwort auf deine Fragen ab, du redest nur. Und außerdem lehnst Du Dich mit deinem ganzen Körper auf den Körper deines Gastes, man bekommt als Gast keine Luft mehr. Nein, so geht das nicht, machen wir es noch einmal. Wir gehen hinaus, Büyükbaba, und wenn wir klingeln, begrüßt du uns bitte höflich, und wenn du was gefragt hast, warte darauf, bis derjenige seine Antwort gegeben hat, dann darfst du wieder eine Frage stellen. So machen wir's.«

Sie gingen hinaus, klingelten, und ich schüttelte kühl die Hand meines Dünürs, fragte ihn distanziert: »Ja, wie geht es Ihnen?« und wartete ab, bis mein Dünür Antwort gab: »Vielen Dank Herr Dünür, mir geht es sehr gut. Wie geht es Ihnen?« Ich darauf: »Mir geht es auch gut. Und dann …« Dann wusste ich nicht mehr, was ich mit einem Gast reden soll, der drei Meter entfernt von mir in meinem Flur steht und mich neugierig und erwartungsvoll blickend auffordert: »Komm, frag mich, frag mich doch!«

Was ist das für ein Empfang! Der Gast ist doch meine Dünür. Die Dünür gehört normalerweise zur Familie, wenn diese Dünür aber leider Gottes eine Deutsche ist, dann tut man gezwungenermaßen so als ob; als sei sie ein Familienmitglied dass länger vereist gewesen sei, sie wird herzlich begrüßt, laut ausgefragt, und sie muss nicht immer auf alles antworten, jeder weiß, dass das Routine ist und wir später mehr Zeit haben werden, um meine gestellten Fragen zu beantworten. Warum soll man einander dann so anvisieren und auf den Fehler des Anderen warten?

Meine Frau umarmte den Dünür, und mein Herr Enkelsohn fand das gut so.

»So, Büyükanne, du bist fast schon integriert.«

»Nichts integriert«, unterbrach ich ihn barsch, »nichts da. So darf die Frau einen fremden Mann nicht küssen.«

Meine Frau sagte: »Der ist doch nicht fremd.«

»Wieso nicht?« schrie ich sie an, »Wieso nicht? Ist das denn nicht dein Dünür?«

»Du blöder Mann, das ist doch mein Enkelsohn.«

Die Enkelin: »Büyükanne, wir üben jetzt, du hast gerade deinen deutschen Dünür, meinen deutschen Großvater geküsst.«

Meine Frau tat das einzig Richtige, sie spuckte auf den Boden des Flurs: »Igitt igitt, ich habe einen fremden Mann geküsst. Ich habe einen fremden Mann geküsst. Allah soll mir beistehen ...« Meine Frau schimpfte auf mich, dass ich mich auf solche Spielerei eingelassen habe, schimpfte auf die Kinder, dass sie sich so etwas haben einfallen lassen, und sie schimpfte auf die von der anderen Seite, also auf die deutschen Großeltern, bestimmt würden die dahinter stecken. Was heißt hier würden, sie stecken dahinter! Hinter allem, was dem Türken weh tut, steckt immer mindestens ein Deutscher. Meine Frau wollte ins Schlafzimmer verschwinden, aber ihr Herr Enkelsohn hielt sie fest: »Büyükanne, ich möchte, dass ihr euch gut versteht, also meine deutschen Großeltern und meine Nine ve Dede, meine türkischen. Dafür müsst ihr ihnen entgegen kommen.«

»Und, was ist mit deinen lieben deutschen Großeltern? Kommen sie uns entgegen? Nein. Immer müssen wir sie verstehen, immer müssen wir üben. Nein. Ich mache das nicht mit.«

»Büyükanne, natürlich kommen sie euch entgegen. Sie laden euch jedes Mal zu Ostern ein, zu Pfingsten, zu Weihnachten, zu den Geburtstagen, aber ihr wollt nicht hin.«

»Was sollen wir denn dort machen, sie backen süße Kuchen, essen Schweinewürste, damit dein Büyükbaba und ich nicht mitessen. Sie wissen ganz genau, dass wir beide zuckerkrank sind und Moslems.«

»Büyükanne«, beruhigte meine Enkelin meine Frau: »Zuckerkranke können auch Kuchen essen, habe ich gehört, aber nur wenig.«

»Oder dein deutscher Opa, er trinkt und trinkt und redet dann nur über Politik, ich verstehe ihn sowieso nicht, er spricht zu schnell und verschluckt jedes Wort.«

Wieder die Enkelin: »Büyükanne, dein Deutsch ist nicht gut. Du verstehst meinen deutschen Opa deshalb nicht. Du sagst immer *deine Opa*, aber du musst sagen: *dein* Opa, weil es *der* Opa ist und nicht *die* Opa.«

»Mit dem blöden der, die, das hat jeder normale Mensch Probleme, sogar deine Büyükbaba.«

»Ja«, sagte mein süßes Prinzessin, »auch Büyükbaba kann nicht gut deutsch. Er nennt mich mein lieb süßes Prinzessin, oder er sagt *ich habe Stadt gegangen*. Im Gegensatz zu dir glaubt mein Büyükbaba, dass er gut deutsch kann.«

Das saß, muss ich sagen. Ich wusste bis heute nicht, dass meine Enkelkinder von mir nichts halten. Ich könne nicht gut deutsch! Dabei habe ich ihrer Mutter und ihrer Tante in der Schule bei den Hausaufgaben in der deutschen Sprache geholfen. Kann sein, dass ich die deutsche Sprache, die ja jedem Fremden ein Gräuel ist, grammatikalisch nicht besonders beherrsche, aber ich liebe die deutsche Sprache, ich liebe ihre Überraschung, ihre Regeln mit Ausnahmen, ihre Ausnahmen wiederum mit Ausnahmen, ich liebe ihre Grauenhaftigkeit. Wenn ich deutsch reden muss, bekomme ich Respekt, der sich dann, wenn die von der anderen Seite zu uns kommt, in Angst verwandelt. »Was ist jetzt, habe ich den Artikel richtig oder habe ich richtig konjugiert?« Wenn man das Verb »lernen« konjugiert, dann sagt man, ich lerne, du lernst, er lernt, wir lernen, ihr lernt, Sie – sie lernen. Dagegen habe ich nichts. Das ist eine Regel, die ich nicht gemacht habe, die ich aber akzeptieren muss, wie ich die deutschen Gesetze akzeptiere. Warum muss man dann aber das Verb *sein* anders konjugieren: ich bin, du bist, er ist, wir sind, ihr seid, Sie und sie sind. Woher soll ein Fremder wissen, dass dieses verdammte Verb so konjugiert werden muss? Woher soll ein Fremder wissen, dass dieses *bin* oder *bist* oder *ist* eigentlich *sein* ist? Auch wenn ich richtig zuhöre, verwechsle ich das *ist* immer mit dem *isst*. Sagen wir es offener: Ahmet ist Scheiße oder Ahmet isst Scheiße, woher soll ich wissen, dass Ahmet nicht Kaka isst, sondern ein Scheißtyp ist? Um das zu verstehen, muss ich den ersten oder den darauf folgenden Satz auch richtig mitkriegen. Das heißt wiederum, dass ich jedem Deutschen bis zum Ende seiner Rede zuhören muss, wenn ich ihn verstehen will.

Wenn ich vom Besuch bei der von der anderen Seite zurückkomme, habe ich mindestens fünf Kilo abgenommen. Ich muss mir Mühe geben, richtiges Deutsch zu sprechen, ich muss mir Mühe geben, sie richtig zu verstehen. Ich kneife mir die Arschbacken zusammen, um mich in richtigem Deutsch auszudrücken. Ich bekomme Krämpfe zwischen den Schultern, weil ich steif wie ein Stock dasitze, um ihr zuzuhören, um die Artikel nicht zu verpassen, um die Endungen des Satzes mitzubekommen. Vergeblich.

Zwischen der deutschen Sprache und mir ist immer eine Spannung vorhanden. Eine Spannung wie … wie soll ich sagen … Es gehört nicht hierher, das ist in meinem Alter auch nicht richtig, aber das ist wie zwischen mir und einer hübschen Frau, die mir immer wieder schöne Augen macht, doch nie deutlich ja sagt. Sie lässt sich nicht von mir nehmen, aber sie tut so, als könnte ich jeder Zeit; von dieser Mühe werde ich langsam müde. Ich kann nicht immer um ihre Gunst buhlen. Entweder sagt sie ja oder nein. Diese Ungewissheit macht mir zwar Spaß, ich spüre da was zwischen den Beinen – ich meine das jetzt metaphorisch –, aber ich zittere auch vor Angst. Ich bekomme Angst davor, dass sie sofort und auf der Stelle ja sagt. Was mache ich dann mit meiner Geliebten? Vielleicht könnte mir grammatikalisch ein richtiger Satz gelingen, was ist aber mit dem folgenden? Wird es wohl klappen oder nicht? Ich fühle mich wie ein Mann, der sich, zwischen den Beinen der Frau liegend, Gedanken macht: *Schaffe ich es oder versaue ich es?*, überlege ich mir ständig und am Ende versage ich. Warum kann ich nicht einmal frei reden, wie ich in der deutschen Sprache denke? Geradeaus, ohne Regelzwang, ohne Angst vor der von der anderen Seite? Wenn die Deutschen mir erlauben würden, so zu reden, wie ich will und kann, würde ich mich in der deutschen Sprache wohl fühlen. Die Deutschen haben keine Ahnung, wie offen diese Sprache ist, man muss es bloß zulassen.

Ich habe gehört, die Amerikaner würden jedem Ausländer falsches Englisch genehmigen. Es geht dem Amerikaner hauptsächlich darum, dass ich mich mit ihm verständigen kann, ich muss ihm sagen können, was ich von ihm will. Die von der anderen Seite besteht aber darauf, dass ich das, was ich von ihr will, in der Form zu sagen habe, die sie für die richtige hält. Wie sie es sich vorstellt, wie sie es für richtig befindet. Das kommentiert sie so: »Ja, Herr Dünür, jede Sprache hat ihre Gesetze, ihre Regeln. Vielleicht auch die türkische Sprache.«

Das weiß ich ja auch, dass die deutsche Sprache ihre Regeln hat. Was die Sprache aber noch schwerer macht, ist doch, dass die Regeln wiederum Ausnahmen haben, das heißt für mich, dass jede Regel in der deutschen Sprache wiederum ohne Regel ist oder die

Regeln haben andere Regeln, die weder zur ersten Regel passen noch zur zweiten, das heißt wiederum, dass die Sprache nur aus Regeln besteht. Wie die Deutschen selbst.

Eines Tages fragte mein lieb süßes Prinzessin ihre Büyükanne, ob es wahr sei, dass Büyükanne Türkin sei, obwohl Büyükanne eine so liebe Büyükanne sei. Woher hat das arme Kind das nur? Bestimmt von der Oma von der anderen Seite, also von der deutschen Oma, sie muss ihr gesagt haben: »Pass mal auf, du kleine Prinzessin, deine Büyükanne, die du leider sehr lieb hast, ist Türkin, verstehst du, Türkin!« Wenn sie das vor meinem lieb süßes Prinzessin noch nicht ausgesprochen hat, dann hat sie es bestimmt in Anwesenheit des Kindes gedacht. So etwas spüren die Kinder. Als ich einmal bei mir gedacht habe, dass die von der anderen Seite, also die deutsche Oma, nicht normal ist, dass sie nicht richtig tickt, erwischte mich mein lieb süß Prinzessin und sagte: »Wer schlecht von Anderen denkt, der fällt selbst in die Grube.«

Oder sie kann es von der anderen deutschen Oma gehört haben. Irgendjemand muss in Anwesenheit von mein süßes Prinzessin den Satz ausgesprochen haben. Ich gebe zu, ich rede auch manchmal in Anwesenheit meiner Enkelkinder etwas Schlechtes über die Deutschen. So sage ich zum Beispiel: »Diese Deutschen, die blöden, die denken nur ans Geld, diese Schweine.« Dann werde ich prompt korrigiert von den Kindern: »Büyükbaba, du meinst doch nicht im Ernst, dass mein Baba nur ans Geld denkt?« Ja, was macht man dann? Wenn ich *ja* sage, dann mache ich den Vater meiner Allerliebsten vor ihnen schlecht, wenn ich *nein* sage, dann widerspreche ich meinen Gedanken. In dem Fall sage ich: »Kinder, ich meine doch nicht alle Deutschen.« Dann kommt die Antwort sofort: »Dann sage bitte nicht *alle* Deutschen, sondern Jens oder Sven.«

Bis unser Arzt meine Tochter geheiratet hat, habe ich auch mal gesagt, dass die Deutschen nie eifersüchtig sind, weil sie Schweinefleisch essen. Dann habe ich unseren Arzt erlebt, wie sauer er war, als meine Tochter einmal von einem Kongress zurückkam und locker erzählte, dass sie einen Kollegen kennen gelernt hätte, der ihr dauernd Komplimente gemacht hätte und dass der nächste Woche hierher in die Stadt kommen würde, um sie zu besuchen, dann ...

Zu meiner Freude flogen die Tassen in meiner Wohnung. Unser Arzt hat sich so aufgeregt, dass er alle Manieren vergessen hat. Seitdem glaube ich fest, dass auch deutsche Männer ungezügelte Gefühle für ihre Frauen haben können. So habe ich gerne neue Tassen gekauft. Ich freue mich jedes Mal riesig, wenn meine Irrtümer über die Deutschen so korrigiert werden. Ich bin offen, mich eines Besseren belehren zu lassen.

»Was ist nun?« fragte ich nun: »Sind wir schon integriert oder nicht?«

»Nein«, antwortete mein Enkelsohn, »Büyükbaba, wir müssen es noch einmal probieren.« Meine Frau machte nicht mehr mit. Sie könne und dürfe ihren Enkelsohn nicht küssen, wenn sie dabei annehme, dass er der deutsche Opa sei. Die Vorstellung allein sei schon Sünde genug.

Das verstand nun mein lieb Süßes Prinzessin nicht: »Büyükanne, ich habe viele Jungs in der Schule geküsst, auf die Lippen, meine Oma hat es mir beigebracht. Als ich fünf war.«

Was soll man als Türke nun denken über eine Großmutter, die ihrer Enkelin, die ja noch nicht einmal hundertprozentig zu ihr gehört, die Mutter ihrer Enkelin ist schließlich eine anständige Türkin, Küssen mit den Jungen beibringt? Ein elfjähriges wunderbares, lieb süßes Mädchen wird von der eigenen Oma verführt, sich zu prostitu... Das Wort wage ich nicht zu denken, geschweige denn auszusprechen. Hiermit will ich niemandem drohen, niemandem Angst einjagen, aber bei uns in Cakirgümüs, in der anständigen Gesellschaft, würde man so eine Mutter irgendwo in einer kleinen Schlucht, vielleicht von einem Wildtier zerfleischt wieder finden. Oder sie wäre siebzehn Mal auf ein scharfes Messer gefallen. Oder die ganze Familie des Küssenden wäre ganz zufällig unter einen Rasenmäher geraten.

Wer wen und wann küsst, küssen soll, wird vom Familienoberhaupt entschieden. Woher soll ein Mädchen wissen, welcher Mann für es richtig ist? »Hätte ich gewusst, dass du so ein Macho bist, hätte ich dich nie geheiratet,« hat meine Frau mir nicht nur einmal gesagt. Das glaube ich ihr auch, aber dann hätte sie gar keinen Mann abgekriegt. Sie hat mich zwar nicht ausgesucht, sondern ich habe sie geheiratet. Sie ist aber nicht weniger glücklich mit mir als die Frauen in Deutschland, die selbst ihre Männer ausgesucht und geheiratet haben.

Seit sie in Deutschland ist und seit eine ihrer Töchter die Uni abgeschlossen und seit ihre Tochter einen deutschen Ehemann gefunden hat, ist meine Frau frech geworden. Wenn ich Tee trinken möchte und ihr sage: »Bring mir Tee!«, antwortete sie locker: »Allah hat auch dir zwei Beine gegeben.« Was kannst du da machen? Dann stehe ich auf, hole mir meinen Tee selbst, nur damit der Familienfrieden gerettet ist. Das wissen aber nur ich und meine Frau.

Dann probten wir wieder. Die Kinder gingen hinaus, klingelten, ich machte auf, fragte höflich und distanziert, ja kalt: »Wie geht's?«, schüttelte ihm die Hand, dann zu der Frau: »Gnädige Frau, ich grüße Sie herzlich, bitte ins Wohnzimmer. Nach Ihnen bitte.«

Meine Enkelkinder sprangen mir an den Hals, küssten mich nun wirklich nass und schmatzend, und meine Enkelin sagte: »Büyükbaba, du bekommst von mir einen Knutschfleck.« Tatsächlich – da war ein blauer Fleck auf der rechten Halsseite!

Deutsche und türkische Schmerzbehandlung

Der Deutsche hat nie Zeit für uns, und wenn er Zeit hat, dann nur zum Jammern. Er kann stundenlang und mit großer Professionalität jammern. Dabei zuckt er mit keiner Miene. Er setzt sich mit seinem Schmerz in Ruhe und mit großer Lust auseinander. Der Deutsche ist der einzige Mensch auf dieser Welt, der zu seinem Schmerz eine gewisse Distanz hat. Er leidet nicht unter dem, was er sagt, und vielleicht auch nicht unter dem, was er fühlt, nein, er denkt sich: »Das ist so, und dass es so ist, muss ich akzeptieren. Wenn es nicht so wäre, wie es ist, müsste ich dafür sorgen, dass es so wird, wie es im Moment ist.« Er kann seinen Schmerz analysieren, er kann die Gründe für seine momentanen Schmerzen einzeln und mit Liebe zum Detail stundenlang aufzählen, er kann mir diese Gründe genau erklären, er kann damit umgehen, er braucht den Schmerz wie die Luft zum Atmen. Ob er schon vorher so gewesen ist, oder ob er erst damit angefangen hat, nachdem sich die Türken in Deutschland niedergelassen haben, kann ich nicht sagen, aber einen Deutschen ohne Schmerz kann ich mir nicht vorstellen. Die Deutschen haben Schmerzen, um zu jammern. Wenn der Deutsche keinen Schmerz hat, dann erfindet er einen, um ihn zu analysieren. Steht der Deutsche auf und das Wetter ist seit zwei Tagen schön, dann stöhnt er darüber:

»Seit Tagen geht das so, seit Tagen! sage ich dir. Keine Abwechslung, keine Veränderung ... nur immer schönes Wetter: Die

Sonne scheint strahlend, der Himmel ist blau, was wird nur aus Deutschland? Die Gärten sind trocken, die Blumen gehen ein, die Bäche werden austrocknen, die Bäume werden eingehen? Was ist das für ein Scheißwetter. Kann es nicht ein bisschen regnen? Wie lange soll man das noch so aushalten?«

Dabei hat er zwei Tage vorher noch gemault: »Immer Wolken, immer nur Wolken! Warum ist der deutsche Himmel immer bewölkt? Wer macht das? Die Holländer? Schieben sie ihre Wolken einfach rüber? Man hat keine Lust aufzustehen ...«

In der Türkei jammern Menschen, wenn sie Schmerzen haben, und die Türken haben immer Schmerzen. Der Türke hat nur dann keinen Schmerz, wenn er tot ist. Wenn man eine Frau in meinem Dorf nach ihrem Wohlbefinden fragt, etwa so: »Na, Tante« – oder auch – »Na, Schwester, wie geht's dir denn heute?«, dann wird sie zuerst einen angenehmen Platz suchen, um sich gemütlich darauf niederzulassen, und dann beginnen: »Aman, aman, of, ooof, oooof, wie soll ich es dir sagen? Als ich heute früh aufstand, dachte ich, die Schmerzen kommen aus der rechten Nierenseite, aber mit der Zeit merkte ich, dass nicht nur meine rechte Niere schmerzt, nein, meine ganze rechte Seite, dazu der obere Teil der linken Seite und dann auch die Mitte, da, hier, ja, ja, genau hier, auch ein bisschen unten und oben tut's mehr weh als sonst; aber ich will mich nicht beklagen, meine Migräne kennst du ja schon, pausenlos ist sie da, und das Rheuma habe ich früher nur im linken Bein gehabt, seit kurzem aber auch im rechten, und siehst du meine Hand, wie sie sich bewegt, siehst du's, aber du guckst ja nicht richtig, da ... die kann sich nicht bewegen! Aber sonst, Allah sei Dank, geht's mir gut, wenn ich nur diese Beschwerden nicht hätte!« Dann springt die Dame auf, geht hinaus aufs Feld und gebiert unterwegs ein gesundes Baby.

Im Gegensatz zum Deutschen genießt der Türke seinen Schmerz.

Der Deutsche benötigt den Schmerz, um die Welt zu analysieren, der Türke braucht den Schmerz, um das Leben zu genießen.

Die Wörter *aman* und *of, of* äußern den Schmerz und heilen ihn zugleich. Indem der Türke *aman* sagt und sein *of, of* daran hängt, erklärt er seinen Zustand detailliert. Er kann, um noch Intimeres über seinen Zustand preiszugeben, dem *of* mehrere *os* und *fs* hinzufügen. Dann muss es ihm aber wirklich dreckig gehen. Nicht, dass er gleich sterben würde. Der Türke stirbt nicht, wenn es ihm dreckig geht, sondern er stirbt, wenn ihm der Grund fehlt, Schmerzen zu haben. Nein, weit entfernt vom Sterben, braucht er jetzt einen Zuhörer, der sich um ihn kümmert und immer wieder sagt *vay anasini be.* Den Satz kann man nicht wortwörtlich ins Deutsche übersetzen, die deutsche Sprache ist leider nicht so reich. Man könnte vielleicht sagen: *ei, seine Mutter be!* Was *be* ist, bleibt unklar im Deutschen, dafür gibt es hier kein Vergleichswort. Der Satz ist gleichzeitig Frage, Bestätigung und Beweis für Teilnahme und Verwunderung, für Bedauern und Mitgefühl. Es gibt in der türkischen Sprache Tausende solcher Wörter, Sätze, Ausdrücke, Redensarten, die je nachdem, wo sie angewendet werden, andere Bedeutungen bekommen.

Während es bei dem Deutschen nur *entweder – oder* gibt, nur schwarz und weiß, hat der Türke sein *entweder sowohl als auch oder*, das sich zudem ständig wechselseitig bestätigt, bei dem Schwarz immer Weiß in sich trägt und auch Weiß sich immer mit Schwarz vereint. Wenn ein Türke *weiß* sagt, damit aber *schwarz* meint, kann das nur ein anderer Türke verstehen. Der deutschen Sprache fehlt diese Vieldeutigkeit des Wortes, des Satzes und des Zustandes. Wie soll man sonst *aman* übersetzen oder *vay anasini be!* oder *cigerini yerim senin anam!* Der letzte Satz kann selbstverständlich wortwörtlich ins Deutsche übertragen werden: *Ich fresse deine Leber, meine Mutter!* Das würde aber kein einziger Deutscher verstehen: Dieser Satz ist in der türkischen Sprache eine Liebkosung, eine Erklärung zu *Ich habe dich lieb.* Es ist aber keine Liebeserklärung. Der Deutsche und die Deutsche, dem oder der eine solche Erklärung gemacht würde, brächte erst einmal seine Lebergegend in Sicherheit, sich fragen: »Um Gottes Willen, was will der Türke denn?« und würde zur Polizei rennen, um den Türken anzuzeigen: »Hilfe, die Türken kommen!«

In Deutschland glaubt man fälschlicherweise, dass die Türken sich den Deutschen durch die deutsche Sprache verständlicher machen würden. Aber die türkischen Wörter haben keine passenden bedeutungsgleichen Entsprechungen in der deutschen Sprache.

Mit einem einzigen Pfiff kann ein Türke mehr erzählen als ein Deutscher durch ganze Sätze. Nur ein Blick des Türken kann das ganze deutsche Wörterbuch beinhalten. »Vay anasini be!« kann auch sein Bedauern darüber ausdrücken, von einem anderen Menschen beschissen worden zu sein – oder kann dem Gesprächspartner andeuten: »Ich habe verstanden, was du meinst, aber es interessiert mich überhaupt nicht, was du damit bezweckst.« – oder besagen: »Ich wundere mich über das, was ich sehe … (erlebe, höre, spüre, fühle)« oder, oder, oder. Wir sprechen in Deutschland meistens Deutsch, aber wir übertragen in türkischer Art und Weise die türkischen Gefühle und Emotionen mit diesen deutschen Wörtern, die zwar den Deutschen bekannt sind, aber durch den türkischen Mund und die Emotionen neue Bedeutungen bekommen, was die Deutschen total durcheinander bringt. Deshalb reagieren die Deutschen auf jede Art der türkischen Kommunikation aggressiv, und der Türke antwortet darauf mit der gleichen Vehemenz.

Reichlich komplizierte Leute, diese Türken, würde der Deutsche jetzt denken, wenn er das alles wüsste. Dabei ist die Sache in Deutschland noch schlimmer geworden. In der Türkei waren wir alle kompliziert, und wir wussten das voneinander, das erleichterte den Umgang miteinander. Wenn zwei Bäche parallel fließen, dann sind sie zwei Bäche. Wenn die beiden zusammen dann in einen anderen münden, dann hat der dritte zwar mehr Volumen, ist aber immer noch ein Bach. Wenn der Bach in eine Sandgrube mündet, dann geht er verloren und man sieht ihn nicht mehr, er existiert wahrscheinlich irgendwo immer noch und kommt eines Tages irgendwo wieder heraus, aber man hat dann entweder keine Zeit mehr, auf das Bächlein zu warten oder man ist nicht mehr da. Es ist schwer, Quelle, Bach und Sand zugleich zu sein.

Ich bin als Türke noch komplizierter geworden, seit ich in Deutschland lebe. Ich muss sowohl »entweder als auch oder« parallel vertreten und dabei mein Selbst nicht aus den Augen verlieren. Ich muss eine eigene Meinung haben, aber diese dem Gesprächspartner gegenüber so vertreten, als wäre sie seine Meinung, aber ihm auch das Gefühl geben, diese sei meine Meinung. Das ist schwer, das weiß ich, und die Deutschen machen es mir noch schwerer. Ich muss gleichzeitig mein eigener Türke bleiben, aber auch der Türke des Deutschen sein. Ich soll das Eine oder das Andere nicht nur vorspielen, nein, ich soll in mir noch ein Ich haben, das noch tiefer ist als ich, das aber nur vom Deutschen wahrgenommen werden kann. Mein Ich, das ich empfinde, in mir trage und spüre, soll dabei für mich sichtbar sein. Ich soll *cigerini yerim senin anam*, sagen, aber etwas Anderes andeuten: Wie? Ja, das ist die Kunst. So möchten die Deutschen die Türken integriert sehen, aber die Türken sollen dabei ihr Türkensein nicht verlieren. Was sie verlieren sollen, darüber will der einzelne Deutschen je nach dem Moment und Situation entscheiden …

Wenn ich mit den Schwiegereltern meiner Tochter rede, dem Herbert und der Hildegard, dann darf ich kein hundertprozentiger Türke sein, ich bin aber auch kein Deutscher. Wenn ich den Türken in mir voll vertrete, dann geht sie bestimmt am nächsten Tag zu meinem Enkel und beschwert sich: Ich hätte keine Ahnung von Deutschland. Ich würde mich in Deutschland absichtlich quer stellen, ich würde uns allen das Leben in Deutschland schwer machen, ich würde mich absichtlich unklar ausdrücken.

Wenn ich die deutsche Meinung vertrete, dann freut sie sich, was ich nicht will. Sie klatscht in die Hände und strahlt in einer zu einer deutschen Frau ganz unpassenden Weise: »Herr Dünür, das ist ja wunderbar, dass Sie es so objektiv sehen. Ganz tief in Ihnen steckt ein anderes Ich, vielleicht ein Deutscher oder am besten ein Schwabe. Ja, Sie sind ein schwäbischer Argus, dem nichts entgeht.«

Das hat mir gestunken, ich soll Argus heißen. Aus Ali macht sie mich zum Argus, wer dieser Mensch auch sein mag. Ein anderes Mal hat sie zu mir gesagt: »Herr Dünür, ein normaler Türke ist ein scheuer Mensch, der zu den Deutschen Distanz hält, der den Deutschen nicht an sich heran lässt. Sie sind aber ein liberaler, weltoffener Türke, der die Welt mit ausgebreiteten Armen empfängt.« Dann fragt man sich natürlich, was man in Deutschland ist. Ich empfange die Deutschen, weiß Allah, nicht mit offenen Armen. Mich widert es an, wenn sie mich ihren Nachbarinnen anpreist: »Das ist der Vater meiner Schwiegertochter, der kommt aus der Türkei. Sie sehen, er ist ganz anders.«

Sie dividiert mich und meine Tochter auseinander, in dem sie mich als einen vorstellt, der aus der Türkei kommt, die Herkunft meiner Tochter aber verschweigt sie. Ich komme aus der Türkei, sie ist ihre Schwiegertochter. Ich sei ganz anders. Als ich zum ersten Mal von ihr gehört habe, dass ich anders sei, bin ich nach Hause gegangen, habe ich mich vor den Spiegel gestellt und mit den alten Fotos verglichen; der Kopf: wie immer zu groß, aber es war derselbe Kopf wie der, den ich auch auf meinen Schulter getragen habe, bevor ich nach Deutschland gekommen bin; die Nase: dick wie eine Zuckerrübe, manchmal auch so rot wie die Nase eines Trunkenbolds, die Nasenlöcher sind zu groß geraten, so war sie auch schon vor zwanzig Jahren; der Mund: winzig, wirkt verloren unter dieser großen Nase, der war aber auch schon immer so, deshalb nannte man mich in meinem Dorf Cakirgümüs *Mausemund*; die Hände: gepflegt, die Fingernägel immer kurz geschnitten, aber nicht mit einer Nagelschere, ich kaue an ihnen, seit ich in Deutschland bin, aber immer nur heimlich. Das weiß aber nur meine Frau, meine jüngste Tochter hat einmal scharfe Paprikaschoten auf meine Finger gerieben, damit ich nicht an ihnen kaue.

Sei's drum! Nun der Körper: In der Türkei war ich schlanker, aber nicht größer. Als man damals mit 27 nach Deutschland kam, hatte man weniger Pfunde auf den Knochen. In Cakirgümüs beneiden sie mich darum, dass ich zugenommen habe, weil ich so gesund aussehe, in Deutschland beschimpft mich mein Arzt, weil ich so hohe Zuckerwerte habe. Wenn ich so weiter mache, bekomme ich eines Tages hohen Blutdruck und dann einen Herzinfarkt oder eine Gehirnblutung.

Ich zog mich aus vor dem Spiegel und ich entdeckte nichts, was mich gegenüber früher anders gemacht hätte.

Ich bemerkte, dass jedes deutsche Mietshaus seinen eigenen Haustürken hat, von dem man meint, er sei ganz anders als die anderen Türken.

Damals wussten wir ja nicht viel über Deutschland. Das Leben war leicht, es bestand nur aus Arbeiten, in-der-Baracke-Wohnen und herum gucken. Wir waren neugierig und die Neugier hilft, den Schmerz zu ertragen. In Wirklichkeit mache nicht ich mir das Leben in Deutschland schwer, sondern das Leben hier macht mich zum schweren Fall. Darum denke ich mir: »Of, of, yavrum Deutschland, was machst du nur alles mit mir!« Meine Frau sagt dann: »Ali, nicht an allem ist Deutschland schuld. Du nimmst Deutschland zu ernst. Auf das, was unter der Brücke hindurchfließt, hast du keinen Einfluss.«

Wer unter den Türken keinen Schmerz hat, verlässt seinen Geburts- und ersten Wohnort, um Heimweh zu bekommen. Das machen besonders die Türken, die studiert haben. Nach dem Studium gehen solche Türken nach Amerika, kommen dann nach ein paar Jahren in die Türkei zurück und schwärmen: »Ja, ich muss doch zugeben, in Amerika habe ich viel verdient. Jetzt habe ich einen großen Jeep, ein Haus mit Pazifikblick und dazu einen Swimmingpool, ein paar Mexikaner, die für mich arbeiten, ich kann Whisky trinken, soviel ich will, aber Istanbul, ach, Istanbul, der Bosporus und Raki mit Fisch, dazu Schäfersalat mit Schafskäse aus Ezine und gefüllte Kürbisblüten mit Pistazien und Bulgur … Ich habe solches Heimweh!« Wenn man ihm sagt: »Junge, komm doch nach Hause zurück, lass dich von diesen verdammten Amis doch nicht foltern!« springt er hoch und »Was, zurück in die Türkei? Was soll ich mit so vielen Türken und ohne Heimweh in der Türkei anfangen?«

In Deutschland findet man solche Türken haufenweise. Der Zahnarzt Rifat, der seine Praxis in der Stadtmitte hat und der fast ausschließlich von Türken besucht wird. Ich habe soviel Mitleid mit ihm, wenn er mir von seinem Heimatort erzählt, während er in meinen Zähnen stochert, dann spüre ich meine Zahnschmerzen nicht. »Wo findest du in Deutschland solchen Börek, Ali?« fragt er mich vor dem Bohren. Dann weiß ich schon, jetzt kommt sein Loblied auf seinen Geburtsort. »Ich war überall in Deutschland, ich kenne alle Arten von Speisenzubereitung, ich habe unzählige Arten von Börek gegessen, habe Bürek gegessen, Burek gegessen, Brok gegessen. Die Deutschen können vielleicht das tollste Gerät erfinden, das stabilste Auto, die stärkste Währung, die unruhigsten Gastarbeiter, aber von Börek verstehen sie einen Scheißdreck.« Dann antworte ich: »Ja, Rifat Bey, aber die Türken hier in Deutschland können doch auch leckeren Börek machen.«

»Ja, wo findet man hier denn einen unverfälschten Türken? Die sind doch alle verdorben. Sind doch alle integriert.«

»Rifat Bey, die Deutschen behaupten das Gegenteil, kein Türke hätte sich hier integriert.«

»Ach die Deutschen, von Integration haben die doch einen Scheißdreck Ahnung, so wenig Ahnung, wie ein deutscher Metzger vom schönen Leben eines Schweins. Das Schwein denkt an sein Leben, der Metzger an die schöne Wurst. Nehmen wir doch mal an, Ali, dass nicht alle Türken integriert wären – warum finde ich denn dann keinen Börek mit Spinat aus meinem Dorf, mit saftigem Spinat, dunkelgrünem, ich würde sagen, fast schwarzgrünem, du musst ihn auf der Zunge spüren, er darf nicht matschig wirken, lebendig muss er sein, knackig, du musst jedes einzelne Blatt zwischen deinen Zähnen spüren, bei dem sanftesten Druck auf das einzelne Spinatblatt muss bitterer Saft auf deine Zunge tröpfeln, jeden Bissen von ihm musst du x-mal kauen, zwischen hauchdünnen Blätterteig gelegt, ganz leicht bestrichen mit der gelben Butter von den Kühen meines Dorfes, bitte nicht zu viel davon, damit er nicht fettig wird und die Feinheit des Spinats verloren geht! Auf der Zunge spürst du sonst nur eine fette Kuh. Wo bekomme ich denn bitte schön, wenn kein einziger Türke integriert sein soll Ali, ha, sage mir Ali, wo bekomme ich so einen Börek?« Das alles spricht er nicht so, wie ich es jetzt erzähle, nein er singt dabei, mit hoher und tiefer Stimme, fast weinend, fast immer gereimt, den Blick verklärt fast immer nach oben gerichtet. Dann beschreibt er mir sein Dorf, die Bäume im Dorf, alles einzeln, das Bächlein, die Kühe, die Hunde, die Katzen und die Mäuse, die Mücken. Einmal wollte ich wissen, ob er sein Dorf erst gestern verlassen hat, weil er alles so detailgetreu erzählt. Er sei fünf Jahre alt gewesen, als sein Vater, ein Leutnant der Gendarmerie, irgendwo anders hin versetzt worden sei. Deshalb hätten sie das Dorf verlassen müssen. Seitdem ist er nie wieder dort gewesen. Herr Doktor Rifat ist nun 62 Jahre alt, er denke nicht an die Türkei zurück: Was er dort machen solle, ohne ärztliche

Sicherung, ohne Freunde, ohne Bekannte? Die Türken in der Türkei seien auch nicht mehr das, was sie einmal gewesen wären. Die Türken von heute seien zu laut, sie seien zu dreckig, zu faul. Ohne Manieren, ohne Respekt. Deshalb brauche er nicht so weit zu reisen, die habe man auch in Deutschland.

Sie lieben alles, was sie haben, von weitem. Je weiter der Türke von seinem Geburtsort entfernt ist, desto inniger liebt er ihn. Ich kenne keinen Türken, der mit seinem Geburts- oder Wohnort zufrieden ist. In meinem Dorf will jeder das Dorf verlassen, um in die nächste Stadt zu ziehen. Derjenige aus meinem Dorf, der in diese Kleinstadt gezogen ist, will dann bald in die nächste Großstadt, der in der nächsten Großstadt will nach Ankara, der in Ankara will nach Istanbul und von dort aus geht man ins Ausland. Wenn er im Ausland ist, dann weint er um sein Dorf, bekommt Sehnsucht und Heimweh: »Mein Herz, mein Herz, hat Schmerz, hat Schmerz, das ist kein Scherz, das ist kein Scherz, aman aman, oofffff,« – und singt diese Verse mit geschlossenen Augen. Die türkische Dichtung und Lieder sind voller *Gurbet* und *Sila*. Das eine ist die Fremde, das Andere die Heimat. Alles in der Fremde ist mies, während all das, was man zu Hause zurück gelassen hat, schön und herrlich bleibt.

Dieses Phänomen liegt an den türkischen Genen. Der Türke muss weiter reisen, immer weiter, immer weiter. So kam er auch ursprünglich von der Mongolei nach Anatolien und so ist er jetzt bis nach Kiel oder nach London oder nach Kentucky gekommen. Ich habe den Verdacht, dass er dafür seinen ganz eigenen Grund hat: Je weiter er nach Westen reist, desto näher kommt er dem Osten: Am Ende sitzt er auf seinem Pferd in der Mongolei, und muss versuchen sich dort zu integrieren.

Auch in der türkischen Liebe ist es so. Alle türkischen Lieder handeln von Schmerzen, die die verlassenen Geliebten erleiden. Sie hat ihn betrogen, obwohl er sie so geliebt hat, sie hat ihn verlassen, obwohl er ihr alles gegeben hat, ... Diese Lieder werden mit geschlossenen Augen und schmerzverzerrten Gesichtern gesungen. Der Sänger singt nicht, er weint. Er weint um dich, um die Welt, auch um dein Jenseits. Der Text ist oft gar nicht so wichtig, wenn man den singenden Türken sieht oder die singende Türkin.

Der ist dick, sie, die Sängerin ist noch dicker, sie trägt wasserstoffblonde Haare und schwarze Augenbrauen, bewegt sich kaum, mit Ausnahme ihrer von Leid und Schmerz verzerrten Visage. Je höher und länger die Stimme der Sängerin ist, desto tiefer sitzt der Schmerz im Türken. Wenn die Sängerin oder der Sänger plötzlich mit *aman* oder *of* beginnt, dann verändert sich der Türke: Er holt tief Luft, denkt an alle seine Schmerzen und singt dieses *aman* oder *of* aus tiefstem Herzen mit. Wenn er ein trinkender Türke ist, bestellt er eine Flasche Raki nach der anderen, trinkt und singt, heult und singt, weint und singt, und dann steht er auf und fällt hin. Immer, wenn im Fernsehen türkische Lieder übertragen werden, wird gemeinsam geweint. Und wenn dann die dicke Sängerin, sich mit der rechten Hand den Takt gebend, unter Tränen ihre Lieder vorträgt, begreift man, wie traurig ein Türke sein kann! Die lustigen Lieder aber kommen alle am Ende der Sendung. Dann wird getanzt.

Wenn die Sängerin sich gerade in Deutschland befindet, bezieht sie die deutsche Integration in ihr Programm ein, sie kaut das Wort *aman* um die Integration, zischt um die deutsche Integration herum noch ein *of* mit mindestens zehn f's, wirft schließlich die ganze Integration hinaus aus dem Saal zurück in den Schoß der Deutschen. Sie sagt sich: »Integration hin, Integration her, das ist nicht unser Wort, auch nicht unser Problem, darum soll sich der Deutsche kümmern.« Es gab ein Lied, das ungefähr so begann; »Alamanya, Alamanya, benden aptalini bulamanya, yedi bitirdin beni Alamanya, yaralarimi saramanya, ben de sana yar olamamya«

immer wieder von diversen *amans* oder *ofs* unterbrochen. Übersetzen kann man das Lied ungefähr so: »Ah Deutschland, Deutschland, du kannst keinen Dümmeren als mich finden, du hast mich aufgefressen, Du Deutschland, kannst meine Wunden nicht verbinden, und ich werde nicht deine Geliebte sein.« Die letzte Strophe ist eine öffentlich ausgesprochene bekundete Integrationsverweigerung, aber eine durchaus schmerzvolle, denn das Ganze schließt mit einem lang gezogenen »of, oooooffffffoofffooffofofofofoffffooooffff...« bis die ganze Integration sich aus dem Saal verflüchtigt hat. Der Türke im Saal fühlt sich nun wie zu Hause, ohne Integration, dafür mit vielen Türken um sich herum.

Wenn man als Türke an einem sonnigen Tag keine Schmerzen hat und sich also fragt: »Na, was ist los mit mir, ich habe heute keinen Schmerzen, mir tut nichts weh. Bin ich etwa krank? Sterbe ich bald?«, und hört dann ein türkisches Lied, dann kriegt man diese stechenden, nicht lokalisierbaren Schmerzen. Als Türke bekommt man dann wieder Lust zu leben.

Die einzige Eigenschaft, die uns mit den Deutschen verbindet, ist das Klagen, das Beschweren, das Niedermachen dessen, was man gerade zur Hand hat. Wenn ein Türke in der Türkei mit einem Europäer redet, macht er sein Land viel schlechter als es ist, oder er ist Nationalist und macht die anderen schlechter als sie sind. *Biz adam olmayiz* ist der geläufigste Satz der Türken im letzten Jahrhundert gewesen. *Aus uns wird nichts.* Dann bedauert er, der Türke, sich auch gerne. Eigentlich sollten die deutschen Politiker über eine Schmerzintegration der beiden reden. »Wie vermischen wir unsere Schmerzen miteinander, damit wir uns besser verstehen?« sollte hier die Frage sein, um näher zueinander zu kommen.

Als ich meiner Dünür einmal gesagt habe, dass das Jammern des Deutschen ihn mir sympathischer macht als sein Lachen – normalerweise erzähle ich ihr meine persönlichen Gefühle nie, wir sind funktionale Verwandte –, behauptete sie, ich hätte nur deshalb mit einem Deutschen Mitleid, weil ich ihm den Eindruck vermitteln möchte, dass ich ihm als Türke überlegen sei. Dann hat sie minutenlang von einem Menschen namens Freud gesprochen. Nach Freud, Freud hat gesagt, Freud hat mal geschrieben, Freud hat gemeint … Es interessiert mich einen Scheißdreck, was dieser Freud oder wie der heißen mag, mal über irgendetwas gesagt, gesprochen, geschrieben oder erzählt hat. Er kennt mich ja gar nicht, ich kenne ihn auch nicht, er kann sich keine Meinung über mich gebildet haben. Ich wollte meiner Dünür bloß sagen, dass wir, alle Menschen, nie über etwas Gemeinsames lachen könnten, weil das Lachen ein gewisses gemeinsames Wissen voraussetzt. Aber wir alle empfinden denselben Schmerz, denn der Schmerz ist etwas Animalisches, etwas Grundsätzliches. Während das Lachen immer vom Mit-Wissen des Gesprächspartners abhängt, liegt der Schmerz schlummernd in uns. Wir brauchen ihn nur zu wecken und schon beschlagnahmt er uns, unterwirft uns seiner Herrschaft, wir werden seine Untertanen, wir benehmen uns so, wie er es von uns verlangt.

Wenn ich meine Dünür frage – ich muss ehrlich zugeben, manchmal empfinde ich schon verwandtschaftliche Beziehungen zu ihr, ich habe aber noch nicht feststellen können, wann genau das der Fall ist – »Na, Frau Dünür, wie geht's Ihnen heute?« Dann bleibt sie stehen und erzählt: »Wie soll's mir gehen heutzutage, bei so vielen Arbeitslosen, bei dieser unfähigen Regierung, diesen blöden Politikern? Dazu ist das Wetter mies. Bei euch, ich bin ja so neidisch auf euch, bei euch zu Hause scheint immer die Sonne, und hier ist es Tag und Nacht dunkel, egal, wann man aufsteht, nur dunkel, dunkel im Zimmer, dunkel in der Küche, dunkel im Flur; man geht hinaus in den Garten und es ist dunkel, man verlässt seine Wohnung und es ist dunkel; man trifft Freunde, wieder dunkle Gesichter, man kauft ein, dunkle Typen bedienen dich! Ich stelle mir immer wieder die Frage, warum ihr nur nach Deutschland gekommen seid! Bei Euch gibt es doch immer Sonne, Ruhe, kein Auto, keinen Verkehr, den ganzen Tag könnt Ihr am Meer bleiben, den Sonnenuntergang betrachten und Lieder singen. Hier, hier ist alles laut, alles voller Autos, voller Lärm, voller Ausländer und fremden Menschen, alles, was ungesund ist, findet sich hier, Stress, Krach ... Es geht bergab mit Deutschland, bald ist es weg von der Bildfläche. Können wir dann bei euch, – wie heißt das Dorf noch mal, wo ihr immer hinfahrt? – eine Bleibe bekommen, wenn es so weit ist mit Deutschland?«

Zu Hause spielen wir dann diese Szene: Die Schwiegermutter meiner Tochter kommt nach Cakirgümüs, in unser Dorf und beschließt, für immer dort zu leben. Ich spiele den Part des Dorfvorstehers, meine Frau ihren Part:

Der Dorfvorsteher: »Wie heißt Du?«

Sie: »Hildegard«

»Sie heißt hilgar, kommt aus Allemania.«

»Ich heiße nicht Hilgar, sondern Hildegard.«

»Das sage ich ja, Hilgar, du bist Aleman.«

»Ich heiße ...«

»Hör mal zu, du Deutsche, du bist hier und du heißt so, wie ich dich nenne. Beruf?«

»Ich bin Kindergärtnerin.«

»Sie ist Gärtnerin.«

»Kindergärtnerin ...«

»Die Kinder brauchen keine Gärtnerin, sie haben keinen Garten ...«

»Ich bin aber ...«

»Hör mal zu, Du Deutsche, du bist Gärtnerin und basta ... Bringe sie bitte in den Lustgarten des Imams.«

Es ist schade, dass meine Frau keine Lust mehr hat, noch weiter zu spielen.

Das wäre ein schönes Bild: Irgendwo in der Welt organisiert man Olympische Jammerspiele, die Deutschen gegen die Türken: Die türkischen Frauen werden von den türkischen Akademikern begleitet, die in Amerika und sonstwo in Europa studiert haben, und die Deutschen stehen gemeinsam auf einem Podest. Nach dem Anpfiff des Schiedsrichters soll jede Seite anfangen, über ihren Schmerz zu reden: Der deutsche radikale Pessimismus gegen die türkischen Klagelieder mit ihrem Druck auf die Tränendrüse und dem *Aus uns wird nichts*. Dazu das *aman offf*... Ich vermute, die Türken hätten gewonnen, wegen *aman* und *of*.

Deutsch-Türkische Feste

Nirgends in der Welt wird soviel gefeiert wie in Deutschland. Aber umso grimmiger und unfroher sind die Deutschen. In Deutschland feiert jede Straße, jede Gasse, jeder Pfad mindesten zweimal jährlich entweder sein Gründungsjahr oder das erste Begehungsjahr oder: »Hier hat Goethe im Jahre 1811 am 27. Mai gefurzt«. Dann wird dort das Goethe-Furz-Jubiläum gefeiert. Wo Goethe nicht war, muss sein Freund Schiller gewesen sein. Wenn er auch nicht dort gewesen ist, dann ein anderer Dichter, Schriftsteller, Künstler, Maler, Komponist, Dorfsänger oder Bauernführer. Wenn überhaupt kein Mensch dagewesen ist, dann wurde die Straße im Jahre 1121 zum ersten Mal erwähnt oder das Dorf wurde im Jahre 945 besucht von … oder von …

Einmal wurde ich von einem deutschen Nachbarn in seinen Schrebergarten eingeladen zum Feiern, weil sein erster Apfelbaum genau vor elf Jahren zum ersten Mal an diesem Tag geblüht hat. Ausgerechnet an einem Sonntag! Dann habe ich aufgepasst, ob dieser Baum im folgenden Jahr genau vor zwölf Jahren zum ersten Mal geblüht hat – und das war wieder an einem Sonntag! Im darauf folgenden Jahr war es – *genau vor dreizehn Jahren* – wieder an einem Sonntag! Da habe ich ihn gefragt: »Sag mal, Nachbar, woher weiß dein Apfelbaum, dass du nur am Sonntag feiern kannst?« Er hat die Frage nicht verstanden. Als ich von besagter Feier nach Hause kam, habe ich erst mal richtig gegessen, weil es beim Fest nur Würste und Bier gegeben hatte. Ich hatte die ganze Zeit versucht, mich mit Kartoffelsalat über Wasser zu halten, bis ich nach Hause kam.

Weihnachten ist für einen Türken ein Gräuel, eine Folter, ein Fall für Amnesty International, denn die Deutschen beginnen damit schon gleich nach den Sommerferien. Sie denken an nichts anderes als an Weihnachten: »Bald ist Weihnachten.« Das sagen die Deutschen schon Ende August. Ich sage Ihnen, es ist nicht angenehm von Ende August bis Ende Dezember in Deutschland unter diesen Fragen zu leben: »Herr Ali, wann feiern Sie Ihre Weihnachten? Was? Sie feiern keine Weihnachten? So was! Seit wann leben Sie in Deutschland? Seit zwanzig Jahren und Sie feiern immer noch keine Weihnachten? Weil Sie Moslem sind? Na und? Es macht doch nichts, wenn Sie einmal feiern.«

»Was schenken Sie ihrer Frau zu Weihnachten, Herr Ali? »Nichts.« Dann fällen die Deutschen über mich ihr vernichtendes Urteil: »Also, die Türken schenken ihren Frauen grundsätzlich nichts.«

Ostern kommt gleich nach dem Dreikönigsfest, Pfingsten nach Ostern und danach freut sich jeder Idiot in Deutschland auf seinen Urlaub und feiert. Das ganze Land ist wie im Rausch, aber alle sind todtraurig. Es gibt auch einige merkwürdige deutsche Nachbarn, die mir zu jedem Weihnachten sagen: »Herr Ali, Ihr Moslems habt es aber gut. Ihr habt nur einmal Euren Ramadan und Euer Hammelfest, dann ist wieder Ruhe! Aber wir Deutsche ...! Du hast keine Ahnung, Herr Ali, das ist schlimm, sehr schlimm ... Ich hasse Weihnachten, ich werde dieses Jahr keine Weihnacht feiern und niemandem etwas schenken.« Und siehe da, kurz vor Weihnachten sehe ich diesen deutschen Nachbarn durch die Fußgängerzone hin und her flitzen – auf der Suche nach Weihnachtsgeschenken!

Außerdem stecken in der Aussage, wir Moslems hätten es leicht, drei Fehler gleichzeitig: Erstens, wir Muslime haben nicht nur einen Feiertag, Ramadan oder den Hammelfeiertag, sondern wir haben mehr als vier religiöse Feiertage. Zweitens, es gibt keinen Hammelfeiertag, sondern das Opferfest und da werden nicht nur Hammel geschlachtet, sondern fast alles, was Beine hat – außer Menschen. Und drittens, alle Deutschen, die behaupten, sie würden nächstes Jahr bestimmt nicht Weihnachten feiern, feiern Weihnachten dann umso heftiger.

Eines Tages kam mein Nachbar von gegenüber, und fragte mich, was ich von einem Hausfest hielte? Das ist nicht nach meinem Geschmack, sagte ich, seitdem gelte ich als integrationsunfähiger Türke. Die anderen Nachbarn feiern aber, obwohl der Kazcmanzyk mit Familie Huber kein Wort wechselt und die Familien im ersten Stock und die unter ihnen einander spinnefeind sind, seit ich in diesem Haus wohne. Ich habe von meinem Balkon aus beobachtet, wie diese vier Familien nebeneinander saßen und einander nicht ansahen. Jeder trank sein Bier allein, sprach mit seinen eigenen Familienmitgliedern und speiste die anderen Nachbarn, mit denen er angeblich noch Kontakt hatte, mit einem einzigen Hallo ab. Das nannten sie dann das Fest von Hausnummer 53.

Gut, habe ich mir gedacht, ich will mich ja nicht integrieren. Die anderen Nachbarn, also alle Deutschen, wollten ja auch nicht mitmachen. Vielleicht haben diese Deutschen auch die Nase voll davon, deutsch und integriert zu sein.

Ab und zu denke ich mir schon, dass die Deutschen es nicht leicht haben. Wenn uns Türken die Integration ein bisschen schwer fällt, ich meine, das Deutschsein schwer fällt, wie muss es dann sein, das ganze Leben lang als Deutscher leben zu müssen! Du kannst nicht einfach ein bisschen Türke werden. Du kannst auch nicht sagen, heute ist Mittwoch, heute bin ich Italiener und am Sonntag bin ich Türke. Wer deutsch ist, der bleibt bis zum Fegefeuer deutsch! Da hilft auch all die Mühe nicht, dadurch aus dem Deutschsein heraus zu springen, in dem sie an die Mittelmeerküste fahren, um dort wie die Italiener zu leben.

An manchen Tagen spiele ich zu Hause *Deutsch-Sein*, dann, wenn draußen wirklich Deutschland herrscht, es regnerisch ist und selbst der Tag in eine schwarzen Decke eingehüllt ist, dann sage ich zu meiner Frau: »Komm, Ayse Hanim, lass uns ein bisschen Deutsch-Sein spielen«.

Meine Frau setzt sich dann aufs Sofa und schreit mich an: »Mein Ali, mein Süßer, bring mir bitte Tee. Komm, mein Schatz, bring mir bitte sofort Tee.« Dann antworte ich ihr: »Wenn du meinst.« Bringe ich ihr dann den Tee, sehe ich sie an wie ein deutscher Dackel, also wie Herbert, und sie verdreht die Augen, wenn ich ihr ein paar Minuten später den Tee bringe, oder sie streichelt mir lobend über die Haare und klopft mir auf den Rücken, dann gehen wir in die Badewanne und ich seife meine Frau mit duftenden Seifenschaum ein, dann massiere ich sie, dann wasche ich ihren Körper mit sanftem Druck ab, angefangen vom Kopf, dann über das Gesicht, dann den Rücken, dann ... meine Frau wird dann ganz ... So was endet immer mit dem Türken-Sein. Sie summt leise, ich bekomme keine Luft mehr.

In unserem Alter kann man in Deutschland nicht so oft Deutschsein spielen. Ich soll mein Herzen schonen, hat mir mal mein Schwiegersohn gesagt. Das ist der einzige Deutsche, dessen Wort bei mir etwas gilt. Wenn er etwas sagt, dann sagt er es eben so, wie die Wahrheit ist. Ich will jetzt meinen Schwiegersohn nicht verdächtigen, aber innerlich frage ich mich schon, ob er wirklich ein richtiger Deutscher ist. Er ist nett, hilft selbst den Deutschen, hat Ansichten, die mich in Deutschland beunruhigen. Er sagt zum Beispiel, jeder Mensch sei zuerst Mensch, erst danach gehöre er einer Nation an, einer Gruppe, einem Clan, dann habe er seinen eigenen Charakter, eine eigene Religion. Und jeder Mensch habe seine Rechte, auf die niemand verzichten darf. Mag er auch ein Grieche sein oder ein Kurde, so ist er doch auch ein Mensch.

Mein Schwiegersohn ist zu fein für Deutschland. Ich habe ihm geraten:

»Komm, du kannst doch in Alanya oder in Antalya so gut leben, und da gibt es auch Menschen aus Deutschland.« So hoffe ich, ihn in die Türkei zu bringen. Meine Enkelkinder gingen dann in der Türkei in die Schule und würden türkische Erziehung und Disziplin genießen. Mir hat die türkische Erziehung ja auch nicht geschadet. In Deutschland habe ich es sogar bis zum zweiten Vorsitzenden eines türkischen Vereins mit 29 zahlenden Mitgliedern gebracht!

Die von der anderen Seite kann machen, was sie will, sie ist und bleibt Deutsche – vom Scheitel bis zur Sohle, vom Herzen bis in die Niere!

Sie hat ihrer Enkelin gesagt: »Du kannst selbstverständlich deinen Geburtstag bei uns feiern, aber mehr als fünf Kinder darfst du nicht einladen.« Und das soll keine Deutsche sein? Die Frau ist keine Deutsche? Dass ich nicht lache. Fünf Kinder! Mehr nicht. Fünf – das sind schon ihre eigenen Enkelkinder! Also die Kinder ihrer Kinder. Sie sagte mir einmal: »Herr Dünür, ich bin heilfroh, wenn meine Kinder mit ihren Kindern wieder weg sind.« Sie denkt bestimmt auch über meine Enkelkinder so, über meine beiden Süßen. »Oh, Gott, endlich sind sie weg. Herbert, schau mal nach ob die Türe verschlossen ist. Und bring mir bitte einen Tee, mein Herbert!«

Weil mein lieb süß Prinzessin ihren Geburtstag mit mehreren Kindern feiern wollt, fand das Fest bei uns statt. Sie machte mich mit jedem ihrer Gäste bekannt: »Das ist mein Büyükbaba. Büyükbaba ist türkisch, das heißt auf Deutsch Großvater. Mein Büyükbaba ist Türke.« Mensch, wie die Kinder sich wunderten, als sie zum ersten Mal hörten, dass mein lieb süßes Prinzessin einen

Türken als Büyükbaba hat: »Waaas?« fragte ein Mädchen mit langem Sommerkleid, das schon über und über mit Torte beschmiert war, »Er ist Türke?! Der sieht aber nicht wie ein Türke aus. Und er hat auch eine Krawatte. Unser Türke trägt nie eine Krawatte.« Das war offenbar ganz neu, dass Türken in Deutschland Krawatten tragen, wenn sie nicht gerade zum Ausländeramt gehen.

Das ist etwas Wunderbares in Deutschland, das mich immer wieder erstaunt: Jeder deutsche Haushalt hat seinen eigenen Türken, von dem er meint, dass er der einzige wahre Türke sei. So war es eben mit dem Türken dieses kleinen Mädchens. Ihr Türke ist ein Mensch, der keine Krawatte trägt. Die von der anderen Seite behauptet, wir könnten nie Türken sein, denn wir hätten nicht *nein* zu unserer Tochter gesagt, als sie einen deutschen Mann heiraten wollte. Dazu muss aber hier an dieser Stelle einmal gesagt werden: Selbstverständlich kommt es darauf an, wen unsere Tochter heiratet. Hätte sie einen Germanen ausgesucht, der wie ein Wikinger wirkt, schwerfällig, schwergewichtig und unflexibel, wie eben die meisten deutschen Männer sind, hätte meine Frau nur den Kopf geschüttelt. Dann wäre es aus gewesen, dann hätte meine Tochter machen können, was sie wollte, ihre Mutter wäre dabei geblieben, ihren Kopf zu schütteln. Die beide kennen sich gut.

Ich will meiner Frau nichts unterstellen, aber wäre der Mann unserer Tochter sagen wir mal, ein deutscher Arbeiter, oder ein deutscher Hippiekünstler, oder hätte er einen anderen Beruf als Arzt, dann hätte ich sehr gern das Gesicht meiner Frau gesehen, wie sie dann darauf reagiert hätte.

Nachdem er uns vorgestellt worden war, hatte mein Schwiegersohn die Magenschmerzen, die meine Frau prompt bekommen hatte, so gut therapiert, dass sie seitdem ohne Probleme eingelegte Gurken, Tomaten, Zuckerrüben und grüne Bohnen in Essig und Knoblauch essen kann. Hätte mein Schwiegersohn eine Praxis, hätte er jetzt dort an einem einzigen Tag mehr türkische Patienten als irgendein türkischer Verein Mitglieder. Ob wir in der Türkei sind oder bei der Arbeit in Deutschland – meine Frau singt überall ihr Loblied auf die wunderbaren Hände meines Schwiegersohnes. Er berühre nur leicht den Körper des Patienten und wisse sofort, was diesem Menschen fehle. Er sehe nur in die Augen des Kranken und sage ihm dann: »Du musst deine Nieren röntgen lassen.« Lauter solche Wundergeschichten! In Cakirgümüs beschwor meine Frau eine alte Frau, die weder sehen noch hören konnte und obendrein hinkte, doch nach Deutschland zu unserem Schwiegersohn zu fahren. Wenn der sie nur einmal berühren würde, dann würde sie wieder hören, sehen und laufen können. Zum Glück hat die deutsche Botschaft in Ankara der Frau kein Visum erteilt – wegen der Asylgefahr. Sonst hätten wir alle Bauern aus Cakirgümüs in unserem Wohnzimmer versammelt.

Zurück auf der Party spielten in der Küche, im Wohnzimmer und sogar im Schlafzimmer Kinder, aber nur Mädchen. Dazu herrschte ein Höllenlärm in den Räumen. Keine verstand die anderen. Mein lieb süßen Prinzessin schleppte mich durch die Räume, um mir zu zeigen, wie viele Freundinnen sie hat: »Gell, Büyükbaba, wie in der Türkei? Du hast doch erzählt, dass du so viele Freunde in Cakirgümüs hattest.« Dann setzten wir uns in die Küchenecke und ich wunderte mich, dass sie schon wieder ihren Geburtstag feierte.

»Warum hast du mir nicht gesagt, dass du heute Geburtstag hast?«

»Heute ist doch nicht mein Geburtstag, Büyükbaba. Der war am Dienstag. Heute feiern wir.«

»Und ich sitze jetzt mit leeren Händen hier. Ich schäme mich.«

»Brauchst du aber nicht, Büyükbaba. Du kannst mir aus der Türkei ein Kopftuch mitbringen. Ich überrasche dann meine Freundinnen in der Klasse damit. Und Frau Kniepel wird Augen machen, wenn ich mit dem Kopftuch in der Klasse sitze. Das wird bestimmt geil.«

Ich fand meine Frau strahlend in der Küche stehend, allein, ganz wie ein türkischer Pascha, der gerade eine Schlacht gegen den Feind geschlagen hatte, stolz und mit Tränen in den Augen. Ich fragte sie: »Warum heulst du?«

»Ich heule nicht, Ali, ich freue mich riesig, dass meine Tochter eine Tochter hat, die ihren zehnten Geburtstag bei mir zu Hause feiert. Ich danke Allah, dass er mich das erleben lässt. Letztes Jahr hat sie bei ihrer – wie heißt sie doch? –, bei ihren Dingsbums gefeiert, bei ihrer Hildik Mildig, und ich war todtraurig.«

»Wie kommt es dazu, dass sie bei uns, in dieser winzigen Wohnung …? Ihre Dings-Bums hat doch ein Haus mit Garten. Die Kinder hätten dort Versteck spielen können, oder?«

»Meine Enkelin wollte schon, aber die von der anderen Seite hätte etwas sehr Wichtiges vor.«

»Ach komm, sie arbeitet doch kaum. Sie lebt vom Geld ihres Herberts.«

»Trotzdem.«

Das ließ mir keine Ruhe. Ich wollte unbedingt wissen, was so eine Frau Wichtiges vorhaben kann, an einem Samstag. Bestimmt will ihr Herbert seinem einzigen Vergnügen nachgehen, nämlich Bundesliga sehen, obwohl er von Fußball keine Ahnung hat. Er hat sein Bier in der Hand, seinen Arsch in der Jogginghose und sein Hildegard weit weg – im Schlafzimmer oder in der Küche, aber bloß nicht beim Fernsehen.

Kaum redet man vom Teufel, »redest du vom Hund, halte einen Stock bereit,« heißt es bei uns in der Türkei, betrat sie unsere Wohnung mit meinem Enkelsohn. Ich begrüßte sie, wie es unser Familienintegrationsbeauftragter von mir erwartete:

»Guten Tag, Frau Dünür! Wie geht es Ihnen? Und wie geht es Ihrem Herrn Gemahl?«

Der Herr Integrationsbeauftragter bekam solche Augen, dann zeigte sein Daumen nach oben.

»Bravo Büyükbaba, gut gemacht!« Später flüsterte er mir zu: »Büyükbaba, das war sehr schön, aber zu kalt. Ein bisschen mehr Freundlichkeit hätte nicht geschadet. Sie ist schließlich Deine Dünür.«

Ich, bescheiden wie immer, nickte nur mit dem Kopf nach dem Motto: *Wenn ich will, kann ich alles.*

Als sie die springenden und hüpfenden Kinder auf dem Flur sah, die einen mit Kuchen in der Hand, die anderen Bohnensuppe aus der Tasse löffelnd, fragte sie mit einem Gesicht, als würde ihr Herbert den für jetzt erwarteten Tee erst übermorgen servieren: »Wie viele Kinder sind das denn?« Meine Frau: »Ich habe nicht gezählt, aber so ungefähr zwanzig.«

Da meldete sich unser Integrationsbeauftragter:

»Zwanzig Kinder auf einem einzigen Geburtstagsfest! Das ist ja Wahnsinn, das ist purer Wahnsinn! Oma, so was will ich auch auf meiner Geburtstagsparty.«

Schon war er unter den Kindern verschwunden.

Die von der anderen Seite hatte ihre Fassung inzwischen zurück gewonnen. Ganz ruhig, mit bohrender Stimme fragte sie: »Und wo ist das Geburtstagkind?«

Ich merkte ihrer Stimme an, dass sie etwas auf dem Herzen hatte. Wenn die Deutschen anfangen, leise zu reden – dann wollen sie jemanden kritisieren, dann wollen sie den Angesprochenen treffen. Nicht umsonst sagen sie: »Ruhe bewahren!« Ruhe bewahren, das Ziel fixieren und attackieren.

Schließlich fand sie die Prinzessin. Mit den Worten: »Hier ist mein Geschenk für dich.«, überreichte sie ihr ein Paket. »Sag mal, beim letzten Mal hattest du nur fünf Kinder eingeladen, und jetzt sind es über zwanzig!«

Die Prinzessin lachte: »Ja, Großmutter, heute sind es sogar einundzwanzig.«

»So viele Kinder! Hast du dir gut überlegt, ob die auch alle zusammenpassen? Wie ich sehe, hast du Martina auch eingeladen! Das war doch deine Feindin!«

»Jetzt sind wir Freundinnen, Großmutter, sie lädt mich auch zu ihrem Geburtstag ein.«

Nach fünf Minuten ging die von der anderen Seite. »Meine Nerven können solchen Lärm nicht ertragen. Ich halte das nicht aus!« Schon war sie weg. Gott sei Dank.

Die Heirat

Eines Abends bekam ich einen Anruf von Halil, einem Vereinsmitglied. Es musste etwas Schlimmes passiert sein, denn es war kurz vorm Zu-Bett-gehen:

»*Guten Abend* will ich dir im Moment nicht wünschen, du wirst keinen guten Abend haben, wenn ich dir sage, was ich gestern gesehen habe. Ich will dich aber schonen und es dir langsam beibringen. Halt dich fest an deinem Stuhl oder am Tisch, möglichst am Allerfestesten deiner Wohnung. So was hätte ich mir nie gedacht, dass ... nein, also ich hätte mir alles vorstellen können, alles, Krankheiten, Unfälle, die Pest, Herzinfarkte, sogar einen besoffenen deutschen Nachbarn, der dich an die Wand nagelt und dir erzählt, wie lieb er dich eigentlich hat, dass er nichts gegen dich hat, dass er alle Türken liebt ... dann erzählt er dir alle seiner privaten Probleme, bis zur Morgenstunde ... Das, was ich gesehen habe und dir leider erzählen muss, ist noch schlimmer als all das zusammen!«

Meine Bitte, er solle es bitte kurz machen, ich müsse ins Bett, morgen erwarte mich ein schwerer Tag, unterbrach er:

»Schwerer Tag? Am schwersten war für dich der gestrige Tag! Es war der schlimmste Tag für deine Familie, für uns Türken in der Stadt, für die Türkei. Eine Schande ist das, eine Schande, nicht nur deine Ehre ist im Eimer, die Ehre deiner Frau, die Ehre deiner

Familie, die deiner Verwandten, deiner Sippe, deines Vereins, deines Dorfes, deines Vaterlandes ...«

»Verdammt noch einmal, sag doch endlich, was passiert ist!«

Die Türken sind am hinterlistigsten, wenn sie anfangen, Dir freundlich etwas zu erzählen: »Ganz ahnungslos ging ich gestern in ein deutsches Café. Hätte ich gewusst, dass mir so etwas unter die Augen kommen würde, hätte ich alles getan, um dieses verdammte deutsche Haus zu vermeiden. Ahnungslos, wie ich war, ging ich also einfach rein und wollte gerade einen Kaffee bestellen, da sah ich doch in der Ecke eine Frau, mit dem Rücken zu mir, ihre Hände in den Händen eines schwerfälligen Deutschen; sie unterhielten sich *Auge in Auge*, also reichlich unverschämt. Da dachte ich mir: So sind sie, die deutschen Frauen, schamlos, ohne Ehre, und nuttenhaft ... Entschuldige bitte, dass mir all diese Ausdrücke in den Sinn kamen, aber ich bin ein ehrlicher Mensch. Also in diesem Moment drehte sich die Frau zu mir um. Und ...?«

Er hielt eine Weile inne, um die Wirkung seiner Worte zu testen. Ich kenne diese Art Fragen der Türken: *Und ...?* Ich stellte ihm keine Frage. Bevor er weiter sprach, fiel mir ein, dass meine Tochter Sevda gestern Nacht sehr spät nach Hause gekommen war. Zu spät. Ich hatte es kaum mitbekommen.

»*Und* ... – Du hast Sevda gesehen!«

Das war keine Frage, das war ein Gegenangriff, der ihn matt setzte. Auf alles war er gefasst gewesen, aber nicht auf mein Geständnis. Wieder eine lange Pause.

»Woher weißt du das?« flüsterte er.

»Sie hat es mir erzählt!« Ich legte den Hörer auf.

Nun begann meine Tochter, die neben dem Telefon sitzend fernsah:

»So, jetzt hast du es erfahren!«

»Was denn?«

»Dass ich einen Freund habe.«

»Warum habe ich das von diesem türkischen Schwein erfahren?«

»Ich wollte es ja immer, aber du hast mich nie ausreden lassen …«

»… und?«

Sie verstand mich sofort:

»Ich bin mir noch nicht sicher. Vielleicht wird es doch etwas. Du wirst es auf jeden Fall nicht von dem besagten Schwein erfahren!«

Wenn man als türkischer Vater in so eine Situation gerät, dann stellen sich vor allem zwei Fragen, nämlich: *Was erwartet die türkische Seite von mir?* und *Was erwartet die deutsche Seite?*

Innerhalb eines Tages verbreitete es sich unter den Türken in der Stadt wie ein Lauffeuer, dass meine Tochter Sevda einen Freund hat: Innerhalb eines Tages wussten alle in der Stadt, jede türkische Frau, jeder Mann und Greis und jedes Kind, dass meine Tochter Sevda, die ja studiert, womöglich einen deutschen Mann hat. Was heißt hier *womöglich*? nein, sicher einen Deutschen! Einen dicken, großen, schwerfälligen, mit gemeinen blauen Augen, die stechend in den Türken hineinsehen. So einen kenne ich, der hasst die Türken, der wollte nur deshalb dringend und unbedingt eine türkische Frau, um so die ganze türkische Nation zu schänden. Nein, sie ist nicht die erste türkische Frau, die von ihm, von diesem Deutschen geschändet wird. Der Bruder meines Onkels Ismail kennt einen, dessen Onkel mit der Tante von einem aus Istanbul verheiratet ist, der wohnt in der Nähe der Stadt, also der hat mal dem Bruder meines Onkels erzählt, dass er bei einem Fußballspiel einen Deutschen kennen gelernt habe, der ständig hinter den türkischen Frauen her war, der sie fast entführt und dann mit ihnen ein paar Nächte geschlafen hat – und sie dann wegwarf, weg mit dieser geschändeten, entehrten, gefickten türkischen Frau … So sind die deutschen Männer, die lauern doch nur auf wehrlose türkische Frauen! Was heißt hier wehrlos? Sevda soll wehrlos sein? Sie hat doch studiert, zusammen mit den deutschen Männern! Bis zu diesem letzten Deutschen hatte sie bestimmt noch zwanzig, vielleicht dreißig oder noch mehr Männer wie Kugeln eines Rosenkranzes. Ich kenne sie doch, schon vom Kindergarten her. Schon damals hat sie Männer um den Finger gewickelt.

Ein Freund, sagen sie? Das ist doch kein Freund von ihr. Der ist schon ihr Mann. Ja, hast du letzte Woche nicht gesehen, die mit dem dicken Bauch? Ich kenne eine deutsche Krankenschwester, die bei einem deutschen Frauenarzt arbeitet, die hat mir ein schwangeres türkisches Mädchen beschrieben. Das Mädchen studiere höchstwahrscheinlich, hat die Krankenschwester gesagt, weil sie deutsch spricht, das Mädchen wurde von einem deutschen Mann geschwängert, das Mädchen wollte das deutsche Kind nicht mehr, aber der Arzt hat gesagt, ob deutsch oder nicht, es muss geboren werden. Das ist Sevda ... Sie hatte nicht nur eine Abtreibung, ein paar Mal hat sie das Baby tot geboren, alles absichtlich ... Die armen Eltern! Die sind doch so anständig, ich kenne ihren Vater, der ist der Zweite Vorsitzende des Vereins, bei dem auch mein Mann ist, also er heißt Ali, er ist anständig, ehrlich, fleißig, ihre Mutter ist so gut erzogen. Sie kann doch so gut kochen, aber sie hätten sie nicht studieren lassen sollen! Das hat ihm mein Mann immer wieder gesagt: Herr Vorsitzender, hat mein Mann gesagt, schicke das Mädchen nicht aufs Gymnasium, es reicht schon völlig aus, wenn ein Mädchen lesen und schreiben kann. Aber nein, er wollte es, besonders er, der Vater, aber auch ihre Mutter hat angegeben: Meine Tochter soll studieren, sie soll nicht so werden wie ich. Das haben sie nun davon!

Telefonisch erboten sich mir fremde Männer, es zu übernehmen, wenn ich es nicht selbst tun wolle oder könne. Es könne ja sein, dass ich als Vater es nicht übers Herz brächte, meine Tochter eigenhändig zu erwürgen, an die Wand zu stellen oder zu erstechen. Sie könnten mir aber gerne dabei helfen. Ich brauche ihnen nur einen Wink zu geben, und der Killer sei schon da. Es koste selbstverständlich etwas, sie würden aber, weil es um die Ehre gehe, mit dem Killer handeln und den Preis drücken. Die Art des Mordes solle ich allerdings selbst bestimmen.

Und dann erfuhr ich von ihm noch alles Wesentliche: Das Erstechen ist teuer, es kostet auch einen Profi Nerven. Du musst dem Opfer direkt in die Augen sehen, dabei lachen und es erstechen. Das schafft nicht jeder Killer aus der Türkei! Dafür gibt es besondere Mörder, die dem Opfer vor dem Erstechen noch Angst einjagen, damit das Mädchen bis in die Knochen bereut. Solche Killer sind wirklich vertrauenswürdige Profis. Wenn sie dir etwas versprechen, halten sie es auch. Ich habe einen Freund, dessen Freundes Tante von einem Engländer oder einem Amerikaner, kann auch ein Grieche gewesen sein, auf jeden Fall von einem Gottlosen, in die Falle gelockt worden war. Die Tante war selbst schuld! Sie hatte doch unbedingt mit einem Langhäutigen, also Unbeschnittenen schlafen wollen! Wir haben dann einen exzellenten Stecher geholt, eigentlich wurde er vermittelt, der kam ganz leise, erfuhr ganz dezent alles über die Tante. Dieser Erstecher war voll Profi, vertrauenswürdig, gewissenhaft, diszipliniert und vor allem freundlich. Er bot tollen Service an.

Die von einem Gottlosen gefickte Tante wurde sehr fein erstochen. Ich habe später das Ganze erfahren: Dieser nette Erstecher lauerte der Tante auf einer belebten Straße auf. Damit die Tante keine Angst bekam, fragte er sie sehr vornehm: »Entschuldigen Sie bitte, gnädige Frau, würden Sie die Güte haben und meine Frage beantworten? Sind Sie die Tante, die von einem gottlosen Ungläubigen gebumst worden ist?« Die Dame muss dann ehrlicherweise geantwortet haben: »Jawohl, mein Herr, ich bin es. Was kann ich für Sie tun?« Darauf der Erstecher: »Nichts anderes als freundlich zu gucken.« Dann: Kein bestialisches Blutvergießen. Er arbeitet wie ein Arzt, vorsichtig, präzis, mit Tupfer, Blutstillung, wenn die Erstochene nicht mehr atmet, und dann ein feines Tuch über die Verstorbene mit »Nichts bleibt unbestraft.«

Wenn du aber das Schießen aussuchst, kostet es weniger. Das ist praktisch kinderleicht. Allerdings müsse ich ihm, dem Killer, das Mädchen zeigen oder ihm ein aktuelles Foto geben. Am besten wäre es, einen Grund zu erfinden, um die beiden zusammenzubringen: In einem Café, auf der Straße. Wir würden dir empfehlen, entscheide dich für das Schießen, wenn du deine Tochter lieb hast: Es ist kurz, schmerzlos, praktisch und sauber. Das Schießen kostet niemanden was, tut niemandem weh, alle sind zufrieden. Deine Tochter stirbt unerwartet, schmerzlos und glücklich, weil sie ja nicht weiß, dass sie nun gestorben ist. Du bist glücklich, weil dein Hass endlich befriedigt worden ist, und der Killer geht in Ruhe nach Hause, erfüllt und gut bezahlt für das, was ihn eigentlich keine große Mühe gekostet hat.

Zum Vergiften würden sie dringend meine Hilfe brauchen oder die der Mutter. Normalerweise sollte man aber die Mutter nicht ins Spiel bringen. Die türkischen Frauen geben schlechte Mörderinnen ab. Sie sind einfach zu instabil, haben zu schwache Nerven, dann zeigen sie so viel Mitgefühl und gestehen dann sofort: »Ja, Herr Richter, ich habe meine Tochter umgebracht, ich bereue meine Tat!« Diesen Satz hört man immer aus den mütterlichen Mündern. Dagegen sind die türkischen Väter wahre Helden. Sie bringen um und von Reue keine Spur – meistens. Wenn ich also das Vergiften wähle, muss ich selbst stark sein. Wie sie mich kennen, so würden sie mir Vergiften nicht empfehlen, ich sei dafür zu europäisch geworden inzwischen: nervlich nicht belastbar, menschlich grüblerisch: was wäre passiert, wenn ich meine Tochter nicht vergiftet, sondern einfach erstochen hätte? solche Fragerei im Nachhinein sei nicht gesund und würde die Tochter auch nicht mehr gesund machen, ist also überflüssig.

In Deutschland jemanden durch einen vorgetäuschten Autounfall umzubringen, ist schlecht. Das kostet viel, die deutschen Versicherungen sind Schweine, sie forschen nach, sind viel schlimmer als die deutsche Polizei. Die deutsche Polizei sieht das als eine Familienangelegenheit an, wenn die Türken sich umbringen und dabei keinem Deutschen geschadet wird: »Na, und? Der Türke hat einen anderen Türken erschossen. Den Mörder brauchen wir nicht zu suchen, der ist längst irgendwo in Anatolien, bei einem seiner Onkels. Und das Ausländeramt hat zwei Akten weniger.« Die deutsche Versicherung aber will alles wissen: Wo, wann, mit wem, wie, warum, wieviel? Hier muss ich unbedingt die Geschichte erzählen, wie schweinisch und akribisch die deutschen Versicherungen arbeiten, wenn es um die Türken geht:

Zwei kluge Türken haben sich lange überlegt, wie sie in Deutschland am schnellsten zu Geld kommen könnten. Sie stellten aber bald fest, dass sie durch die Arbeit nie das erreichen würden, wovon sie in der Türkei geträumt hatten: »Gehe nach Deutschland, dort liegen die Scheine auf der Straße.« Das Geld lag aber – Scheiße – nicht auf der Straße, sondern man muss es erst durch Fleiß und Schweiß verdienen. Das erfordert aber Zeit, die meine lieben Landsleute nicht hatten. So kauften diese zwei klugen Menschen zwei alte Autos, fuhren in einen Wald, und dann mit zehn Kilometern pro Stunde aufeinander zu. Die Scheiben gingen zu Bruch, die Autos wurden demoliert und einer der Landsleute leicht an der Stirn verletzt, weil der andere schneller auf ihn zu gefahren war, als ausgemacht. Die zwei wunderklugen Menschen fuhren die Autos auf die Hauptstraße und riefen von dort die Polizei. Die kam, untersuchte alles, kontrollierte und prüfte und wollte gerade ihr Protokoll dem Augenschein entsprechend zugunsten dieser beiden Herren schreiben, als dieses Arschloch von der

Versicherung kam. Er schaute sich dieses an, schaute sich jenes an, schaute sich noch einmal das Ganze an und wunderte sich dann, dieses Arschloch, dieser Türkenfeind, dessen Urgroßvater im Jahre 1683 in Wien gegen Türken genauso gnadenlos gewesen war, als er feststellte, dass auf der Straße, wo ja die zwei Autos gegeneinander geprallt sein sollten, keine Glasscherben lagen. So scheiterte der Reichtum der beiden Türken an den Glasscherben.

Es kamen so viele Besucher zu uns, als wäre Ramadan, aber sie kamen nur in unsere Wohnung. Frauen und Männer kamen, Mädchen und Jungs, ständig klingelte es an der Tür, ständig kamen einige herein, andere gingen wieder hinaus. Viele hatten Suppe oder etwas fest Gekochtes. Keine Süßigkeit! Schließlich kamen alle in der Annahme, dass gestern eine Leiche, die Leiche eines geschändeten Mädchens, das Haus verlassen hat: In Anatolien bekochen die Nachbarn das Haus, in dem jemand gestorben ist. Dann bringen sie Suppe, Reis, Fleisch, Gemüse. Alles fertig gekocht und sofort essbar.

Viele von diesen Besuchern erwarteten und hofften, ich hätte Sevda umgebracht. Die, die mich zu Hause sahen, fragten mich verwundert, warum ich denn noch frei herumlaufe, nachdem ich meine Tochter umgebracht hätte. Ich hätte doch schon längst verhaftet worden sein sollen, verhaftet, aber mit erhobenem Haupt, Stolz im Blick, das Siegeszeichen machend, lächelnd und mit der Tat zufrieden, ganz erfüllt von meiner Pflicht! Ich hätte doch schon im deutschen Gefängnis sein und, unbeeindruckt vom Geschehen, der deutschen Polizei in die kalten, uninteressierten Augen schauen und dem deutschen Staatsanwalt die Leviten lesen sollen:

»Warum fragst du, Mann, habe ich etwas Falsches gemacht? Das mag vielleicht für dich, für einen Ehrlosen, falsch sein, aber ich habe die Ehre meiner Familie gerettet, die meines Dorfes Cakirgümüs, meiner Kreisstadt Ladik, meiner Bezirksstadt Samsun, meiner Hauptstadt Ankara, die Ehre meines Volkes. Wir Türken mögen arm sein, wir sind nicht in der EU, aber wir sind anständig.«

Ich würde die Hand des Staatsanwaltes ergreifen, sie an mein Herz legen und ihm direkt ins Gesicht schreien:

»Ja, ich habe meine Tochter umgebracht, die es zuließ, von einem dreckigen, stinkenden Deutschen beschmutzt zu werden. Du, Verteidiger der deutschen Gesellschaft, des deutschen Staates, du hast mich überhaupt nichts zu fragen, ich bin ein türkischer Mann, der für *die Ehre* zwischen den Beinen seiner Frau, Tochter, Mutter, Tante alles aufgeben kann. Wir pflegen das Organ, das uns geboren hat, als Allerheiligstes. Wer das nicht kann, wenn jemand das vernachlässigt, dann eben weg mit ihm, ob meine Tochter, meine Mutter, meine Schwester.«

Dass meine Tochter trotz allem weiter mit uns war und bei uns wohnte, die Besucher anlachte, den älteren Damen die Hand küsste, den Herren Tee servierte, löste unter den Besuchern Unruhe aus. Eine alte Türkin berührte meine Tochter: »Du bist doch Sevda oder? Du hast doch ein Muttermal am Hals auf der rechten Seite, direkt unterm Ohr: Lass es mal sehen! Leute, ich kann es bezeugen, sie ist die echte Sevda, das stimmt, du bist Sevda. Und ich dachte … Allah sei Dank! Mach so was nicht zum zweiten Mal, ja? Und hat er dir weh getan?«

Einige Frauen fragten leise meine Tochter aus, wie es denn so mit einem deutschen Mann …

Bei den Türken habe ich versagt.

Der Erwartung der Deutschen wollte ich dagegen gerecht werden. Einmal das tun, was die Deutschen von mir erwarten. Das haben die Deutschen schon verdient, habe ich mir gedacht:

Am besten erschieße ich den deutschen Mann, damit die Ehre der türkischen Jungfrauen in dieser Stadt die nächsten zwanzig Jahre geschützt ist.

Ich erschieße den Mann auf offener Straße. Vor allen Deutschen. Ich rufe vorher seine Eltern an, ich lade sie in ein Eiscafé ein, zu Luigi ... ja Luigi, das ist ein Mafianame, und dem Luigi würden ein drei-, vierfacher Mord gut gefallen. Erst bringe ich den Mann um, dann seine Mutter, nein zuerst bringe ich die Mutter... Oder den Vater!? Wen liebt er am meisten? Seine Mutter! Dann bringe ich sie um, dann den Vater, dann ihn, dann seine Schwester. Hat er überhaupt eine Schwester oder einen Bruder? Am besten wäre es in der Fußgängerzone, so zum Samstagnachmittag, wenn es bewölkt, aber regenfrei ist. Das Licht darf nicht zu grell sein, weil sonst die vielen Blauäugigen geblendet würden und nicht richtig sehen könnten. Also dann, wenn alle Deutschen wie Verrückte zum Einkaufen rennen ... einfach alle bitten, doch einen Moment still zu stehen: »Hierher sehen bitte, ja, hierher, sehen Sie, jetzt bringe ich ihn um!« Erschießen wäre nicht langsam genug ... Es muss langsam gehen, damit die Deutschen daraus ihre Lehren ziehen! Erstechen muss ich ihn! Einmal in den Oberschenkel ... schreien wird er! Schreiend wird er sich umgucken, dann einen Blick werfen auf seinen Oberschenkel, nicht verstehen, was mit ihm geschieht, wird er mich anschauen, so ungefähr fragend: was ist los mit mir, was machen Sie denn mit mir? Der Deutsche wird mich auch dann siezen, wenn ich ihn scheibchenweise zerstückele. Ich werde das aber nicht würdigen. Keine Antwort, zumindest verbal nicht reagieren, aber gleich zum zweiten Mal in die Magengegend stechen ... Er wird sich nach vorne bücken, die Hände auf den Bauch haltend ... Jetzt wird ihm die Sprache verloren gehen. Er kann keinen Ton mehr rausbekommen. Er ist jetzt beschäftigt mit dem Ergebnis meiner meisterhaften Arbeit. Die, die sich in der Straße befanden, werden mich bewundern, werden sich sagen: so muss ein Türke sein, ja, so muss er sich benehmen, wir haben nichts anderes erwartet von ihm, bravo Türke! Die deutschen Frauen werden schreien: »Um Gottes Willen, ist da niemand, der ihm hilft. Polizei, ein Mensch wird umgebracht, von einem Türken, und keiner hilft ihm!« darauf nun in den Rücken zwischen den Rippen hindurch bis in die Lunge … Jetzt wird er versuchen, sich aufzurichten, er bekommt keine Luft, schaut mich hilfesuchend an, er röchelt, er sieht sich um, fragt sich, was ihm passiert sei: »Was bleibt ihr denn alle so ruhig, ihr seht doch, ich sterbe wegen meiner Sünde, ich gestehe, ich habe eine Türkin, schuldlos wie ein Vogel, die habe ich entehrt. Wer bist du, du bist der Vater? Du bist es? Deine Tochter hat mich vor dir gewarnt, sie hat gesagt, wenn mein Vater alles erführe, ja, wenn … Dann wird er mir ins Herz stechen …« Daraufhin schauen alle Deutschen ihn mit Entsetzen an, und das wird in ihren deutschen Gehirnen haften bleiben und alle türkischen Mädchen werden von da an verschont bleiben. Das wäre eine Tat für die Nation, für die Zukunft der Türkei, für das saubere türkische Blut!

Ich weiß verdammt nicht einmal, wovor die Deutschen eigentlich Angst haben. Wie kann man das deutsche Volk in Angst versetzen? Dieses Volk hat ja schon Tausende, ja Millionen Tote gesehen; getötet mit Bomben, mit Waffen, mit Giften, durch Verhungern, durch Erschießen. Was muss ich nur machen, damit die Deutschen auch in Zukunft ihren Söhnen erzählen: Junge, Hände weg von den türkischen Mädchen, sonst erlebst du den schlimmsten Tod. Und dann erzählen sie ihm die Geschichte von Ali, einem türkischen Vater, der zuerst seine Tochter erstochen hat, sie zerfleischt, ihre Leber gebraten mit Olivenöl, ein bisschen Knoblauch, das ist bei den Türken stinknormal, sie essen auch zu ungünstigsten Zeiten Knoblauch, dann hat er ein bisschen Thymian darauf gestreut, die Leber gegessen, ohne Alkohol dazu, der Türke als Moslem trinkt ja keinen Tropfen Alkohol, sonst kommt er in die Hölle. Wenn er aber seine Tochter ermordet, dann kommt er ins Paradies, so blöd sind die Türken, aber was soll's, die haben wir nun leider Gottes in Deutschland, dagegen tut die deutsche

Politik seit Jahren nichts, also dieser Türke, der Ali, hat das Herz seiner Tochter einem deutschen Hund gegeben, das hat er bei der Staatsanwaltschaft gestanden, er erkennt den Hund aber nicht wieder, vielleicht war es ein deutscher Schäferhund, darauf kann er aber nicht schwören, oder war es ein einfacher Straßenköter, geflohen aus dem Tierheim, unsicher, hungrig. Dann wollte er seine Frau, die die Tochter retten wollte, auch erstechen oder erschießen. Aber bei den Türken weiß man ja nie, welche Gerätschaft sie gerade zum Morden aussuchen, das hat sogar Martin Luther schon geahnt, er hat gesagt, der Türke ist gottlos, so schlimm wie ein katholischer Papst ... Die Mutter wurde dann gerettet, selbstverständlich von einem hilfsbereiten deutschen Nachbarn. Dann ging er, dieser gewalttätige türkische Mörder oder mörderische Türke, direkt zu dem Deutschen, dem angeblichen Verführer, holte ihn mit Gewalt aus seinem vertrauten Heim heraus, brachte ihn in die Fußgängerzone, bat alle Deutschen für einen Moment um Ruhe, so soll er geschrien haben, erzählt man: »Ich bitte um Ruhe in der Straße.« Die Deutschen, freundlich wie sie eben zu den Ausländern sind, haben still gestanden, um nicht als ausländerfeindlich zu gelten, sie haben zugeschaut, wie er zuerst die Arme abgehackt, vorm Beineabhacken den Bauch aufgeschlitzt und hineingespuckt hat, dann den Pimmel scheibchenweise fein geschnitten hat wie eine Wurst. Als er später dann von dem deutschen Staatsanwalt gefragt worden ist, wieso er denn das männliche Organ so scheibchenweise ...? habe er geantwortet, er wolle Reis mit Vorhaut kochen, so sage man in der Türkei, Reis mit Vorhaut, so brutal sind die Türken, vor denen Martin Luther uns gewarnt hat! Sie essen Reis mit Vorhaut und auch noch gebratene Menschenleber! Ein unabhängiger türkischer Nachbar hat uns mal, nur um die Bestialität der Türken zu erklären, einen Ausdruck übersetzt: *Cigerini yerim senin* ... Weißt du, mein ahnungsloser Sohn, was *cigerini yerim senin* heißt? Das heißt: Ich fresse deine Leber. Ja, das heißt so, da kannst du jeden türkischkundigen Deutschen fragen. Aber ich bin noch nicht fertig mit meiner Beschreibung, wie die Tat geschehen ist. Also dann habe ich ihm die Beine abgehackt, du kannst dir das vorstellen, mit dem bloßen Messer! Das muss verdammt noch einmal wehtun! Und dann, also weiter kann ich es nicht mehr erzählen, selbst beim Erzählen wird es mir übel. Aber als hätte er gerade eine Tasse türkischen Kaffee getrunken, ist der Türke munter und grinsend zur Polizei gegangen. Er soll dabei etwas gesungen haben, aber das glaube ich nicht, selbst ein Türke kann doch nicht so grausam sein! Also Hände weg vom Türkenmädchen.

Das wäre doch eine beispielhafte Tat gewesen, die die Ansichten aller Deutschen über die Türken wunderbar bestätigt hätte. Jeder Deutsche hätte sich gefreut, so etwas zu erleben, er hätte sich gesagt: Ja, Mensch, du Türke, bravo, mehr davon.

Jeder Deutsche, der sich für intellektuell hält, der sich als weltgewandt sieht, als tolerant und offen, hätte natürlich gesagt: Das ist doch ein Klischee, dass der Türke einen Menschen so brutal umbringt, so etwas wie das mit dem Beine-abhacken! Das macht doch ein moderner Türke nicht mehr. Oder das mit dem Vergiften … Seit die Türken in Deutschland sind, gehen sie auch mit den Mordwaffen sparsamer um. Das mit dem Bauchaufschlitzen ist doch eine viel zu mühsame Arbeit, die Zeit kostet. Ich glaube nicht, dass die Türken in Deutschland so viel Zeit haben. Solche Berichte verhindern die Integration der Türken.

Alles, was der Deutsche über Türken weiß, ist ein Klischee, alles was er neu erfährt, ist schon gesagt worden, alles was er zur Bestätigung seiner Meinung hört, ist die Wahrheit, und hilft der Integration oder verhindert sie.

Ein tapferer Türke, wie ich es eben bin, muss den Feinden ins Auge schauen! Er muss wissen, wen er umbringt. Wenn ich ihm den Bauch aufschlitzen will, muss ich doch wissen, wen ich umgebracht habe. Einen unbekannten Deutschen, einen normalen Hans will ich nicht erstechen. Das kann jeder Türke, dem die Tochter geklaut worden ist. Mich soll mein Tat und die Art dieser Tat und auch der, dem diese Tat galt, von den anderen Türken unterscheiden. Ich muss erfahren, wie der Mann heißt, der nur noch ein paar Tage zu leben hat. Mich würde freuen, wenn ich von ihm wüsste, dass er gerne Bundesliga verfolgt, dass er die Türkei lieb hat, dass er gerne Tomaten und Schafskäse isst zum Frühstück, dass er dazu gerne Oliven nimmt, schwarze Oliven aus Ayvalik, mit wildem Thymian und frischem Zitronensaft in Olivenöl eingelegt, die Kerne der Oliven sollen klein, klitzeklein sein, dafür um so mehr Fleisch, mir würde Spaß machen, wenn ich vorher über ihn erfahren würde, dass er ab und zu auch ein Landei, drei einhalb Minuten gekocht, nicht verschmähte und vor allem seinen Namen würde ich gerne wissen.

Da kam mir die genialste Idee: nämlich seinen Namen von meiner eigenen Tochter rauszubekommen: »Wie heißt er denn?«

»Christian«.

Schön, auch noch ein richtiger Christ! Halleluja, ich werde ein Märtyrer. Ein Christ weniger, er ist nicht nur Christ, er heißt auch Christian. Was würde mich die Moslemische Welt feiern!

Da bin ich aber auch gescheitert. Christian, der Vater von Cinar und Tugce, lebt noch gesund und munter vor sich hin, mag wirklich schwarze Oliven aber nicht in Olivenöl mit Oregano, sondern mit Zitrone, und ganz selten isst er Ei. Er schätzt über alles den Portulaksalat mit Zwiebeln und Granatapfelsaft oder auch mit Knoblauch-Joghurtsoße. Ich würde gerne die Zubereitung hier weiter geben, aber das gehört sich zu Mordabsichten nicht.

An jenem Tag habe ich von meiner Tochter nur eins wissen wollen, nämlich ob es ernst ist. Kaum hatte ich meiner Tochter diese Frage gestellt, kam kurzer Zeit später dann die von der anderen Seite.

Meine Tochter hatte alles arrangiert. Anfangs wollten meine Frau und ich nicht, dass sie heiraten. Eine Türkin und ein Deutscher! Das passt doch nicht zusammen! Eine Deutsche und ein Türke ... davon gab's viele Beispiele.

Meine Tochter hat uns klipp und klar gesagt:

»Das ist der Mann, mit dem ich Kinder haben will. Ich habe nicht studiert, um so wie meine Schwester einen fast unbekannten Menschen als Ehemann auszusuchen, nur weil ihr es gewollt habt.«

Meine Antwort: »Na und? Meinst du, Sevgi ist jetzt nicht zufrieden?«

»Ich weiß nicht, ob sie glücklich ist, oder uns ihr Glücklichsein vorspielt. Sie wollte schon immer in die Türkei zurück, aber ich will nicht in die Türkei zurück, ich liebe Christian.«

»Ich finde es wirklich gut, dass ihre Tochter meinen Sohn ausgesucht hat.« Schon mit diesem ersten Satz hat die von der anderen Seite alles vermasselt.

»Entschuldigen Sie bitte, aber es war Ihr Sohn, der meine Tochter ausgesucht hat. Das können wir auch die Kinder selbst fragen.«

»Wie dem auch sei, es ist eine gute Wahl. Wir sind schließlich Deutsche seit dem westfälischen Frieden.«

Meine Tochter hatte uns Bescheid gegeben, wann seine Eltern uns besuchen wollten. Das sei ein Kennenlern-Besuch. So sei es in Deutschland üblich. Die Eltern würden vorher Bescheid geben: »Achtung, liebe Eltern der zukünftigen Ehefrau unseres Sohnes, wir wollen sehen, ob Ihre Tochter zu unserem lieben Sohn passt.« So oder ungefähr so. Sie kamen jedenfalls – er mit einem billigen Blumenstrauß in der Hand, sie – »weil sich das wohl so gehört« – mit einer alten Baklawa. Sie haben gehört, in der Türkei gehe man zu der Eltern des Mädchens nie mit leeren Händen, sondern man müsse Süßigkeiten mitbringen, um dem Mädchen zu zeigen, wie süß diese Angelegenheit sei: also heiraten.

»Was heißt *Westfälischer Friede*? Meinen Sie den zwischen Ihnen und Ihrem Mann?«

»Nein.« lachte sie: »Ich sehe, Sie haben keine Ahnung von der deutschen Geschichte.«

»Doch, doch, von der Emser Depesche.«

»Was ist denn das?«

Da gab ich aber an:

»Sie haben wirklich keine Ahnung von der deutschen Geschichte! Die ist von Bismarck verfasst worden. Ist Ihnen Bismarck ein Begriff?«

»Also, Herr ... wie heißen Sie doch gleich?«

Da drang eine männliche Stimme an meine Ohren. Die kam vom Mann von der von der anderen Seite. Die gab ihrem Mann auch gleich die Antwort:

»Herbert, der Herr heißt doch Ali, ich habe dir das schon mal gesagt.«

Darauf ihr Mann: »Ali, also Ali, das ist doch ein ganz einfacher Name! Selbstverständlich wissen wir, wer Bismarck ist. Selbstverständlich weiß ich, was die Emser Depesche ist. Diese Depesche hat den Krieg ausgelöst zwischen den Deutschen und den Franzosen.«

»Es freut mich, dass auch Sie integriert sind.« Natürlich wusste er nicht, was ich damit gemeint habe. Er schaute mich an wie der Esel meines Onkels in Cakirgümüs: Unschuldig, aber blöd. Da mischte sich die von der anderen Seite ins Gespräch ein:

»Also, Herr Ali, der Westfälische Frieden wurde im Jahre 1648 unterschrieben. Danach durfte jeder in Deutschland nach seinem Glauben leben.«

»Schön«, sagte ich: »Seitdem sind Sie Deutsche. Also seit über 350 Jahren.«

Sie mit großem Stolz: »Ja.«

Darauf ich:

»Ist Ihnen das nicht langweilig?«

»Was soll hier langweilig sein, Herr … wie heißt er doch …? Herr Ali?«

»350 Jahre lang Deutsche zu sein und vor allem es auch zu bleiben.«

»Wieso soll das langweilig sein? Sind Sie nicht auch so lange Türke?«

»Seit wann bin ich Türke? Das kann ich Ihnen gleich sagen, und zwar war das so: Mein Vater kam noch als russischer Bürger ins Osmanische Reich, ich selbst bin seit meiner Geburt Türke und wie lange ich noch Türke bleiben werde, hängt vom Bescheid der deutschen Behörde ab!«

»Ihr Vater ist Russe?«

»Nein, das kann ich nicht behaupten. Ich erzähle Ihnen am besten kurz die Familiengeschichte, damit sie Sevdas Herkunft kennen lernen. Also ich weiß nicht genau wann es war, aber eines Tages entschied der kleine, witzige, unruhige und geschäftstüchtige Tscherkesse Osman, der Sohn von Hadschi Hassan, in einem kleinen kaukasischen Dorf im damaligen russischen Zarengebiet, ins Osmanische Reich auszuwandern – nicht als Gastarbeiter, sondern als Bürger. Er hatte gerade den Krieg gegen die Russen verloren, seitdem verliert unsere Familie alle Kriege. Zuerst kam er nach Georgien. Dort traf er ein Mädchen, deren Mutter Perserin war, die zuerst einen Armenier ukrainischen Ursprungs geheiratet hatte. Der Armenier verlor sich dann aber im Osmanischen Reich, im damaligen Konstantinopel, vielleicht hat er eine Armenierin gefunden und nicht mehr zurückkehren wollen. Der Vater dieses Mädchens war ein Kurde, der sich in Georgien niedergelassen hatte, als Ziegenhüter. Die Kurden waren damals die begabtesten Ziegenhüter des ganzen Orients, weil sie auf den Bergen geboren sind und so elegant und ungezwungen springen, hüpfen und laufen konnten, so schnell und graziös wie die Ziegen. Der

Armenier hatte die Ziegen sich selbst überlassen und die hat dann der Kurde übernommen, samt Tochter und Frau. Osman verliebte sich in das Mädchen, weil sie so schön Ziegen melken konnte, so elegant und graziös, eben wie eine Kurdin. Sie kamen gemeinsam nach Eriwan in Armenien, dort starb Osman bei der Abwicklung eines Geschäfts. Das Mädchen, das nun kein Mädchen mehr war, sondern eine junge Frau mit wunderbaren persisch-armenischen Augen, kurdischen Bewegungen und vier Kindern und mehr tscherkessische Kinder im Schoß als türkische Worte in ihrem halb kurdischen-halb georgischen Kopf, wollte die Reise ihres Osman fortsetzen. So kam sie nach Kars und traf dort wieder einen Tscherkessen mit zwei Pferden. Dieser Tscherkesse hatte eine weißrussische Mutter, die musikalisch fortgeschritten war und mehr weißrussische Lieder singen konnte als die Nachbarn ertrugen, und deren Kinder und Kindeskinder alle Klavier spielen sollten, aber keines von ihnen wollte und konnte. Dieser Tscherkesse nun konnte reiten, Speer werfen, beim Galopp die kleinste osmanische Münze auf dem Boden erkennen und aufheben, er konnte mit einem toten Lamm zwischen den anderen Reitern flitzen, das ist ein nationaler Wettbewerb der Tscherkessen und das alles machte das Mädchen so sehr an, dass es beschloss, ihn auf ihrer Reise tiefer hinein in das Osmanische Reich mitzunehmen. Meine Ahnen und Urahnen hatten alle Staatsbürgerschaften westlich von Belgrad. Wenn Sie mich fragen, was ich bin, dann kann ich Ihnen sagen, dass ich morgen schon ein Deutscher bin, obwohl ich heute Morgen als Türke aufgestanden bin. Aber ich habe eine Frage an Sie: Werde ich Schwabe, wenn ich die deutsche Staatsbürgerschaft im Schwabeland bekomme?«

Sie stöhnte auf: »Das halten meine Nerven nicht aus!« Ja, an diesem Tag hatte ich zum ersten Mal diesen Satz gehört: *Das halten meine Nerven nicht aus!* Und er: »Herr … ja, jetzt weiß ich es, Herr Ahmet …«

»Herbert, er heißt Ali.«

»Erstaunlich, dass so viele Türken Ahmet heißen.«

»Es freut mich, dass Sie viele meiner Landsleute kennen.«

»Eigentlich nicht so viele. Nur unseren Gemüsehändler, der heißt Ahmet, ihn kennen Sie bestimmt? Also Herr Ali, ich freue mich, dass meine zukünftige Schwiegertochter aus so einem Völkergemisch stammt.«

»Herr ... wie heißen Sie doch ... ah, Herbert ... Lieber Heribert, meine Tochter stammt nicht aus einer Völkermischung, sondern kommt aus einer stinknormalen anatolischen Familie, deren Eltern sich irgendwie in Anatolien zusammen gefunden haben. Und zweitens meine Tochter ist noch nicht Ihre Schwiegertochter. Und ich habe auch eine Frage; Sie kennen doch bestimmt den Wolfgang?«

»Wolfgang? Hat er einen Familiennamen?

»Wolfgang ... Wolfgang ... ich weiß nicht, ob er Mayer oder Meier heißt. Er ist dick, schwerfällig, schaut immer müde aus.«

»Sie scheinen sich in Deutschland nicht auszukennen, Herr ... wie heißen Sie doch, Ali, natürlich Ali, In Deutschland gibt es tausende von Mayers oder Meyers und Wolfgang ... Millionen von Wolfgangs.«

»Also fast so viele wie Ahmets in der Türkei?«

»Ich weiß nicht, wie viele Ahmets es in der Türkei gibt, aber eins ist gewiss, wir haben in Deutschland viele Wolfgangs. Also, Ihre Tochter mit meinem ...«

Und sie: »Herbert, der Herr Ali hat doch noch nicht ja gesagt, er muss es sich überlegen.«

»Was muss ich mir überlegen?«

»Wenn wir schon dabei sind, unser Sohn wird den Antrag natürlich selbst machen, aber als Eltern fragen wir Sie, also, Herr Ali, ob Sie damit einverstanden sind, dass unser Sohn Ihre Tochter heiratet.«

Wir, meine Frau und ich, hatten uns zwar darauf vorbereitet, aber dass es dann kam, so direkt kam, ob wir einverstanden wären, war mir sehr unangenehm. Meine Tochter, meine kleine Tochter, die soll mit einem fremden Mann …, einem, den ich noch nie gesehen und dem ich noch nie die Hand geschüttelt habe? Sie will uns wegen dieses Scheißsohnemanns von irgendeiner blöden Frau mit einem noch blöderen Mann verlassen … Natürlich wussten wir seit Jahren, dass uns eines Tages auch unsere kleine Sevda verlassen wird, so wie ihre Schwester Sevgi, die auf einem Sommerurlaub in der Türkei einen entfernten Verwandten in Antalya kennengelernt hat, mit dem sie jetzt zwei Kinder und anderthalbfaches Glück hat … Als ihre Schwester geheiratet hat und mit ihrem anderthalbfachen Glück davon gegangen ist, ist Sevda bei uns geblieben; sie hat uns damals gesagt: »Papi, ich werde dich nie verlassen.« Sie war gerade vierzehn und fand es toll, dass ihre Schwester einen Mann abgekriegt hatte. So hatte sie damals mit uns gesprochen, damals als sie es noch sehr cool fand, von einem fremden Mann zu hören: »Du bist jetzt meine kleine Schwester, deren Ehre auch meine Ehre geworden ist.« Sie war bis dahin nie die Ehre irgendeines fremden Mannes gewesen.

Ich fand das alles sehr traurig, mir tat die linke Brustseite weh bis zwischen die Schultern, ich dachte, ich würde keine Luft mehr bekommen, dass nun meine kleine Tochter …

Obwohl wir, meine Frau und ich, uns darüber unterhalten hatten, wie wir reagieren sollten, wenn eines Tages irgendein fremder Mann mit seiner Frau und noch ein paar Bekannten von uns zu uns käme und der uns bekannteste unter ihnen uns ihren Wunsch vortragen würde: In Allahs Namen, mit Mohammeds Segen und mit der Hilfe der Heiligen bitten wir um die Hand ihrer ehrenvollen Tochter für unseren ehrenvollen Sohn, Allah möge uns beistehen.

Nun kam eine geschwätzige deutsche Tante mit ihrem blöden Mann, der sich nicht einmal meinen Namen merken kann, und bittet uns schlicht und einfach, ohne Allahs Namen, Mohammeds Segen und ohne die Hilfe der moslemischen Heiligen um die Hand unserer Tochter für ihren Sohn. Selbstverständlich wussten wir von meinen ehrenvollen türkischen Vereinskameraden, dass Sevda bald heiraten würde. Die Türken wussten das viel früher als wir Eltern. Sevda würde diese Ehrlosigkeit nicht sehr lange aushalten können und müsste also bald heiraten.

Bei diesen Gesprächen müsste normalerweise die Tochter dabei sein. Sie hätte den Gästen Kaffee zu servieren, damit die älteren Damen unter ihnen ihre Kochkünste prüfen konnten. Wenn die Tochter den, ihr für die Zukunft vorgesehenen Mann, nicht auf Anhieb mochte, also den vorgetragenen Wunsch ihrerseits ablehnen wollte, durfte sie Salz statt Zucker in den Kaffee des jungen Mannes schütten. Vielleicht hätte sie die Schuhe der Besucher in die umgekehrte Richtung gedreht, also aus dem Haus hinaus … Oder sie wäre der Zeremonie ganz einfach ferngeblieben und hätte sich entschuldigen lassen: »Ach, unsere Tochter? Die muss heute Wäsche waschen.« Das hätte in dieser Gesellschaft als Zeichen genügt, dass sie den jungen Mann nicht will.

Der junge Mann musste auch dabei sein, damit die Beiden blitzschnell Blicke wechseln konnten, um abzuschätzen, ob sie sich zueinander hingezogen fühlten. Der junge Mann musste die ganze Zeit über still sitzen bleiben, seinen Kaffee trinken und den Mund halten. Nur wenn er gefragt würde, dürfte er, wenn überhaupt, darauf eine kurze Antwort geben.

Wir wussten, dass das Sich-Kennen-Lernen-Wollen der Eltern des Mannes auch darauf hindeutete, dass weder die Eltern des Mädchens noch die des Jungen etwas dagegen hätten, wenn die beiden sich mal kennen lernten. Wenn wir nicht gewollt hätten, hätten wir das Sich-Kennen-lernen abgelehnt. Wir hätten uns herausgeredet: »An dem Abend? Nein, da sind wir leider nicht zu Hause. Am darauf folgenden Abend? Da auch nicht.« Die Türken verstehen sich mit Bewegungen, mit Zeichen, mit Bildern, mit Andeutungen.

Wir haben uns aber nie die Frage gestellt, wie wir reagieren würden, wenn eines Tages deutsche Eltern zu uns kämen. Bis vor kurzem. Die Zeit war zu kurz, als dass wir schon darauf eine Antwort hätten finden können. Was sagt man einem Paar deutscher Eltern, dessen eine Hälfte aus einer komischen Frau besteht und dessen andere ein Männchen ist?

Wir hatten uns schon erkundigt und wussten, dass der künftige Mann unserer Tochter als Arzt an der Uni-Klinik arbeitet. Das fand meine Frau positiv. Einen Arzt als Schwiegersohn zu haben, würde sein Deutschsein wettmachen.

»Hör mal zu, Ali«, sagte sie mir letzte Woche, als wir erfuhren, dass sie kommen wollten, »Hör mir zu, Ali. Jeder künftige Schwiegersohn wird Fehler haben. Der eine wird zu blonde Haare haben, der zweite rote Socken tragen, der dritte an seinen Fingernägeln kauen, wer weiß, was noch alles möglich ist. Und dieser Arzt hat auch einen Fehler, er ist nämlich Deutscher. Wenn wir da mal darüber hinwegsehen wollen, dann scheint er in Ordnung zu sein. Hast du gesehen, wie tief er sich gebückt hat, um mir die Hand zu küssen? Und dir hat er zugenickt.«

Der Junge kam ein paar Mal zu uns. Sevda verließ immer wieder das Wohnzimmer, um uns mit ihm allein zu lassen. Was sonst nicht gerade ihre Lieblingsbeschäftigungen waren, also sich in der Küche aufzuhalten, waschen, Kaffee und Tee kochen, das alles tat sie, wenn er da war. Der Junge war akzeptabel, ich darf nur nicht daran denken, dass meine hübsche, meine liebe, meine zarte Tochter mit ihm, mit diesem Deutschen.

Ich schaute meine Frau an und stellte fest, dass sie heulte. Sie ließ ihren Tränen freien Lauf, und das vor diesen wildfremden

Menschen, die aus einer anderen Nation gekommen, in unser Wohnzimmer hineingeplatzt sind und die uns nun unser bestes Stück wegnehmen wollen.

Später hat meine Frau mir gesagt, sie hätte vor Freude geweint. Sie war froh, dass ihre Tochter groß genug geworden ist, dass jemand sie heiraten will.

Ich verstehe die Frauen nicht. ihre Stimme senkte sich, während sie noch schluchzend die Nase hochzog, schaute sie mir tief in die Augen. Sie schaute mir tief in die Augen, mit einem Blick der verlangte: »Sag ja!«

Ich antwortete »Wenn die Kinder gemeinsam beschlossen haben, zu heiraten, warum dann nicht?«

Die von der anderen Seite hakte hoffnungsvoll nach: »Sie sagen ja?«

»Wie gesagt, wenn die Kinder ...«

Die von der anderen Seite unterbrach mich barsch:

»Sie dürfen doch nicht gleich zusagen!« Diesmal schaute mich meine Frau an, als ob ich einen Fehler gemacht hätte. Nein, ich hatte doch nur das gesagt, was wir, meine Frau und ich, beschlossen hatten, dass wir nämlich *ja* zu dieser Heirat sagen.

Die von der anderen Seite »Sie dürfen doch nicht gleich *ja* sagen!«

Ich, nun total durcheinander: »Waaa... wa...rum nicht? Die Kinder haben sich doch schon entschlossen!«

»Wegen des türkischen Konsulats.«

Das verstand ich nun überhaupt nicht: »Wegen was?«

»Wegen des türkischen Konsulats.« Da hat das Männchen sich wieder eingemischt: »Herr ... Ali, wir waren beim türkischen Konsulat. Als Vater wollte ich mich informieren. Und die von dort haben uns gründliche Informationen gegeben. Ich habe alles, Punkt für Punkt, aufgeschrieben. Also: »Erstens, gehen Sie nie ohne Blumen und Schokolade in das türkische

Haus, wenn sie das Mädchen des Hauses für Ihren Sohn nehmen wollen.« So steht hier wortwörtlich. »Zweitens, lassen Sie sich dabei von einigen Freunden des Hauses begleiten. Der älteste Mann dieser Begleitung soll mit dem Reden anfangen.« Da haben wir gedacht, Herr Ali, so was brauchen wir nicht, also den Dritten zwischen Ihnen und uns. Sie sind genauso zivilisiert wie wir. Also wir kommen, um direkt von Eltern zu Eltern über unsere gemeinsame Angelegenheit zu sprechen. »Drittens, der Vater des Mädchens wird Ihnen, wenn das Mädchen damit einverstanden ist, höflich sagen: Wir fühlen uns sehr geehrt durch Ihren ehrenvollen Wunsch, aber das will trotzdem gut überlegt sein. Und außerdem müssen wir noch die Tanten und Onkels meiner Tochter nach ihrer Meinung befragen.«

Ich unterbrach diesen Blödsinn: »Wenn der Vater des Mädchens mit dem Wunsch seiner Tochter einverstanden ist, dann braucht er niemanden zu fragen. Meine Tochter hat zwar viele Onkels und Tanten und obendrein zweiunddreißig Nichten und neunzehn Neffen; von den Kusinen will ich gar nicht reden, die brauchen nicht befragt zu werden. Darauf wieder die von der anderen Seite: »Aber hier steht es ganz amtlich, dass Sie nicht gleich zusagen dürfen. Also stellt sich für mich die Frage, ob entweder das türkische Konsulat absichtlich falsche Informationen verbreitet, oder Sie, Herr Ali, etwas gegen den türkischen Staat haben.«

Das fehlte mir noch, dass eine deutsche Familie mir unterstellt, ich hätte Probleme mit dem besten Staat der Welt, dem liberalsten, menschenfreundlichsten Staat, in dem es dazu noch überhaupt keine Türkenfeindlichkeit gibt:

»Wenn meine Tochter mir gesagt hat, sie will einen Arzt heiraten, dann heiratet sie ihn auch, ob mit oder ohne türkischen Staat, ob mit oder ohne Tanten und Onkels, allerdings nur unter der einzigen Bedingung, dass nämlich meine Enkelkinder ihre Namen von mir bekommen.«

Ich habe mich durchgesetzt, gegen den Wunsch des türkischen Staates, der mir durch das Konsulat überbracht worden ist, auch gegen die Deutschen, die mir beibringen wollten, wie ich mich zu verhalten hätte, wenn meine Tochter heiraten wollte. Auch mit der Namensgebung habe ich mich durchgesetzt.

Das habe ich mit dem Arzt und mit meiner so Tochter ausgemacht. Ich werde die Namen meiner Enkelkinder auswählen. Sie hatten offenbar mit viel schwierigeren Bedingungen gerechnet, so dass sie beide sofort zugesagt haben.

Die Hochzeitsfeier

Unser türkischer Kulturverein hatte sechshundert Türken eingeladen, aber erwartete etwa tausend Gäste. Die von der anderen Seite hatten sich bei der Arbeiterwohlfahrt erkundigt, ob denn alle Türken im Deutschland Moslems seien. Später habe ich von meinem Schwiegerarzt erfahren, dass sie Sorgen hatten: »Wie sollen wir denn unserer Tante Agathe tausend Moslems auf einmal zumuten?« Schwester Agathe war eine Nonne aus einem katholischen Kloster oder so einem internatsmäßigen Heim. Sie fürchtete nichts auf der Welt außer Moslems. Nach dieser Erkundigungsreise zur Arbeiterwohlfahrt bat mich die von der anderen Seite darum, Tante Agathes Frage, ob auch ich Moslem sei, zu verneinen, ich sei nur Türke.

Inzwischen mischten sich auch unsere Hochzeitshauptdarsteller ein, meine Tochter und mein Schwiegerarzt. Als sie erfuhren, »was alles so hinter unserem Rücken läuft«, schimpfte meine Tochter auf mich und ihre Mutter im Beisein ihres privaten Arztes: »Ihr habt mich zum Studium geschickt, damit ich zwischen dem Guten und dem Schlechten, zwischen dem Bösen und dem Guten alleine entscheiden kann. Also, wir beide sind erwachsen genug, um zu wissen, wen wir alles zu unserer, also: *unserer* Hochzeit einladen sollten und wen nicht. Niemand hat uns gefragt, ob wir mit dem einverstanden sind, was ihr vorbereitet.«

»Gut«, antwortete ich, ganz die Ruhe selbst: »Als du gesagt hast, dass du ihn heiraten wolltest, habe ich dich gebeten, uns zwei Sachen zu genehmigen: Erstens, ich dürfte die Namen eurer Kinder aussuchen und zweitens, wir dürften eure Hochzeit vorbereiten. Da hast du mir gesagt: Wenn ihr nur die beiden Bedingungen habt, bitte schön. Und bist dem, der auf unserem Flur wartete, mit großer Freude in die Arme gefallen. Ich hab's gesehen.«

Getraut wurden die beiden zuerst in der Mosche durch einen Imam, einem islamischen Geistlichen, wobei meine Frau ständig geheult hat. »Allah«, summte sie vor sich hin: »Mein Allah, ich danke Dir, dass du mich diesen Tag erleben lässt. Ich danke dir, dass du meine Tochter vor den bösen Männern geschützt hast. Er war nicht mein allererste Wahl, aber sieh zu, lieber Allah, dass die beiden glücklich werden. Amen.« Zu der Trauung in der Mosche wurde Tante Agathe nicht mitgebracht.

Wenn nun schon eine religiöse Trauung stattgefunden habe, so bestand die von der anderen Seite darauf, dann müsse die zweite auch her. So wurden sie auch in einer katholischen Kirche getraut, aber heimlich, ohne die Beteiligung der Türken. Wir beide, meine Frau und ich, waren schon dabei. Ich wollte selber nicht hin, aber meine Frau behauptete, alle Gotteshäuser wären für den selben Gott, nur der eine schmücke sein Gotteshaus mit Bildern, der andere mit Ornamenten, der dritte mit nackten Wänden. Keine Angst, ich würde mein Glauben nicht verlieren, wenn ich in die Kirche gehe, außerdem sei es ungerecht für Christian.

Gott sei Dank konnte meine erste Tochter wegen Visumsproblemen nicht aus der Türkei kommen. Das wäre ja sonst eine Katastrophe gewesen, wenn mein Schwiegersohn aus der Türkei das mitbekommen hätte! Ich würde nicht sagen, dass er Fundamentalist ist, aber nachdem der Islam vom allmächtigen Allah als letzte Religion für die Menschheit verkündet worden ist, hält er all die anderen Religionen der Welt für überflüssig, ja schädlich. Als er erfuhr, dass Sevda einen Deutschen als Ehemann genommen hat, muss er bei sich zu Hause einen großen Aufstand gemacht haben: »Ich möchte nie mehr hören, niemals hören, dass du eine Schwester hast! Hast du mich verstanden? Auch deine Eltern will ich in meinem anständigen Haus nie mehr sehen. Was soll ich denn den Leuten sagen, wenn sie mich fragen, was für eine Nationalität Dein Schwager hat? Muss ich dann jedem sagen, dass er zu den Langhäutigen gehört?«

Die Hochzeit fand in der Stadthalle statt. Die Halle war genau groß genug, um unsere Gäste aufzunehmen. Der Saal hatte Parkettboden, der gut für türkische Tänze geeignet ist, außerdem kahle Wände und eine hohe Decke.

Es kamen genau zwanzig deutsche Gäste und 979 türkische. Meine Dünürs übernahmen die Kosten ihrer Gäste. Sie boten ihnen Wienerwürste mit eine Schale Kartoffelsalat und eine Scheibe Brot an. Wer von den Gästen Senf oder Ketchup wollte, musste ihn an der Theke selbst bezahlen. Am nächsten Tag rief mich die von der anderen Seite im Morgengrauen an, ob ich wohl wüsste, wer die drei anderen Portionen Würste gegessen haben könnte? Die hätten auch nicht ihren Senf an der Theke bezahlt: »Herr Ali Dünür, wie kann man denn unbefangen miteinander umgehen, wenn mir drei Portionen Würste weggefressen werden? Das waren bestimmt Ihre Landsleute. Ich habe gestern Abend bei meinen Gästen nachgefragt. Alle haben sich mit den ihnen zugestandenen Portionen begnügt. Entweder finden Sie mir diese Menschen, oder …« Nach *oder* hat sie aufgelegt. Ich nehme an, sie hat erwartet, dass ich ihr die Portionen erstatte.

Unsere türkischen Gäste bekamen pro Person ein halbes Hähnchen, Pommes Frites, drei Scheiben Brot, denn ohne Brot zum Essen wird kein Türke satt, Senf und Ketchup soviel sie wollen, und dazu ein Glas Cola. Aber mehr als die Hälfte unserer türkischen Gäste brachten ihre Colaflaschen von zu Hause mit, und nach einer Stunde waren sie fast alle total besoffen. Das kam vom Asbach in den Colaflaschen.

Die Türken vereinnahmten den Platz für sich. Jeder Gast kam mit seiner Frau, den Kindern und mit anderen Gästen, die wir nicht kannten, die vielleicht zufällig bei unseren eingeladenen Gästen zu Besuch waren und die die von uns Eingeladenen dann mitgebracht haben. Bei den Türken funktioniert das immer so: Der Freund meines Freundes ist mein Freund, der Feind meines Feindes ist auch mein Freund. Jeder Gast betrat die Halle mit Getöse: Wenn er einen Freund irgendwo in der Halle sitzen sah, begrüßte er ihn schon laut an der Schwelle der Halle, lief auf ihn zu, erzählte und fragte nach, wie es ihm gehe, und umarmte ihn so stark, als wollte er ihm gerade die Rippen brechen. Dann schlug er ihm mit aller Kraft auf die rechte wie auf die linke Schulter, umarmte ihn wieder, küsste ihn, nass und schmatzend, schüttelte ihm die Hand, erzählte dabei den neuesten dreckigen Witz, fragte, wo er sitze, und schon liefen sie, die Arme untergehakt, zusammen zu seinem Platz und setzten sich.

Die Deutschen saßen eingeschüchtert in einer Ecke und beobachteten verängstigt dieses ganze eigenartige Schauspiel einander küssender Männer, sich heulend umarmender Frauen und schreiender, hüpfender und tanzender Kinder.

Wenn ihr Blick einen Türken traf, schlug Tante Agathe jedes Mal ein Kreuz – und das exakt 979 mal. Die Türken wunderten sich über diese wie eine Türkin verschleierte Frau, ganz in Schwarz gehüllt, wie sie zuerst die Stirn berührte, dann die Brust und dann die linke und danach die rechte Schulter. Die türkischen Kinder fanden das lustig und machten Tante Agathe nach, dann folgten ihnen die 979 Türken, und die zwanzig Deutschen wunderten sich darüber, dass plötzlich so viele Türken zum Christentum bekehrt waren, bekamen Angst davor und zogen sich noch mehr in ihre Ecke zurück. Tante Agathe aber schlug ihre Kreuze nur noch heftiger, denn sie dachte, jetzt sei Schluss mit allem, jetzt werde sie selbst ans Kreuz geschlagen wie ihr ewiger Verlobter Jesus – bis ich die Tante an die Hand nahm, sie auf die Bühne brachte und sie übers Mikrofon bekannt machte: »Liebe Gäste, sehr geehrte Gäste unserer Gäste, Freunde und Verwandte, das ist Tante Agathe, die Tante meiner Tochter, also die Schwester der Schwiegermutter meiner Tochter, sie ist auch meine Verwandte und damit auch Verwandte der Türkenschaft in dieser Stadt. Tante Agathe betet mit dieser Bewegung in christlicher Weise. Verstanden?!« Kaum war ich von der Bühne herunter, rief mich Musa zu sich, der ab und zu als Imam im Vereinsraum vorbetet, wenn kein Geistlicher in der Nähe ist, und sagte mir: »Wenn es in Deutschland üblich ist, vor der Hochzeit zu beten, wie Tante Dingsbums es macht, dann müssen wir auch beten.« Er wartete meine Antwort leider Allahs nicht ab und stimmte eine kräftiges »Allahumma Salli Ala Seyyidina ve ala Seyidine …« an – und 979 Türken beteten ihm nach. In der von den Christen erbauten Halle und in einem christlichen Land klang diese kleine Sure wie eine Kriegserklärung. Ich sah, wie vergeblich meine Bemühungen waren, Tante Agathe zu beruhigen; ihre Bekreuzigungen beschleunigten sich wieder, und auch die von der anderen Seite legte sich sofort auf den Boden, die Hände schützend über ihren Kopf gekreuzt, und ihr Herbertchen, der stand gerade, aufrecht wie ein Kommandeur, der den Feind anvisiert, schaute sich um und brüllte: »Wo ist der Feind? Wo ist der Feind?«

Soviel ich mich erinnere, habe ich diese kleine Sure öfters aus dem Munde meines Vaters gehört, wenn er Hammel schlachtete.

Es dauerte eine ganze Weile, bis ich die in ihre Ecke gezwängte deutsche Seite damit beruhigen konnte, dass das kein Heiliger Krieg war, sondern das Freudengeschrei der türkischen Einheimischen einer deutschen Stadt.

Als ich dann mit meiner Tochter in die Halle kam und die von der anderen Seite mit meinem Schwiegerarzt, brach in dem Saal die Hölle aus. Die türkischen Gäste betupften, zwickten, schlugen, berührten und küssten meinen Schwiegerarzt zur Begrüßung. Eine alte Türkin, die immer über starkes Rheuma geklagt hatte, warf sich vor seine Füße auf den Boden hin und wimmerte: »Ich stehe solange nicht auf, bis er mich untersucht.« Der Einwand ihres Mannes – »Frau, wir sind hier auf der Hochzeit und nicht im Wartezimmer einer Praxis!« – fruchtete nichts. Meine Tochter hob schließlich die Frau hoch und erklärte ihr: »Mein Mann ist kein Arzt für Rheuma, er ist einer für die Knochen.« Da jammerte die Frau noch lauter, hockte sich hin und zeigte ihm ihre Knien: »Um so besser. Bitte, bitte, im Namen Allahs und Mohammeds« und hielt seine beiden Hände fest: »Da ist Schmerz, da ist Schmerz, auch da, und dann in der Mitternacht plötzlich hier, und vor allem an den beiden Knien … Tief in den Knochen … Manchmal denke ich, ich bestehe aus Schmerz … Bitte Doktor … ich opfere mich für dich, wenn du mir hilfst.« Ohne Achtung auf ihren Status als Hochzeitsgast zerrte meine Tochter sie von ihm weg.

Soviel ich mitbekommen habe, bewunderte die Mehrheit der Türken meinen Schwiegerarzt. Er sah blendend aus in seinem türkeiblauen Jackett und seiner deutsch-türkischen Fliege. Seine hellgraue Hose wies auf seinen Chirurgenberuf hin, wenn das Licht darauf fiel, konnte man seinen deutschen Bauch nicht sehen. Seine wenigen Haare verliehen jenen Anschein der Reife, die ein Arzt für seine Glaubwürdigkeit dringend braucht.

Meine Tochter, wie immer, herrlich. Schade, dass dieser Deutsche … In der türkischen Sprache sagt man immer: Die beste Birne frisst immer der Bär.

Der Saal tobte, als sie auf die Bühne gingen. Hand in Hand. Ich neben ihr, die von der anderen Seite neben ihm. Unter standing ovat … also die Leute standen auf zum klatschen und bejubeln und wir wechselten dann die Seite. In der Halle unten ging meine Frau auf die Knie, sie betete laut und deutlich. Mein Weinen wurde unterbrochen von Musik: Zu Ehren der Braut wollte eine Kusine des Bräutigams den türkischen Marsch von Wolfgang Amadeus Mozart auf dem Klavier spielen. Sie erläuterte kurz dieses Stück: »Sehr geehrte Gäste, liebe Braut und lieber Bräutigam, aus dem freudigen Anlass des heutigen Abends möchte ich Ihnen jetzt den Türkischen Marsch von Mozart vorspielen. Mozart hat sich von der türkischen Janitscharen-Musik beeinflussen lassen. Die Janitscharen waren die türkischen Soldaten von damals, die sogar bis nach Deutschland geritten sind. Jetzt sind die Türken unter uns, sie sind unsere Verwandten, und ich freue mich sehr darüber, dass ich etwas zu der deutschen-türkischen Verwandtschaft beitragen darf.«

Als sie nun begann, erinnerte das den türkischen Kapellmeister an seine Aufgabe. Seine türkische Oboe, ein Klarinetten-ähnliches Instrument, übertönte den Türkischen Marsch so sehr, dass kein Mensch mehr etwas von Mozart, oder wie der gute Mann geheißen haben mag, mitbekam. Plötzlich stand eine falsche Blondine mit barockkatholischem Busen auf der Bühne und sang mit einer herzzerreißenden tiefen Stimme ein melancholisches türkisches Lied über Heimat, Sehnsucht und Liebe: »Gurbet, gurbet, beni ayirdin yarimden: Du fremdes Land, du hast mich von meiner Geliebten gerissen!« und 979 Türken sangen mit. Einige Frauen ließen ihren Tränen freien Lauf, vor allem, wenn die Türkischblondine ihr *aman Gurbet, amaaaannnn oooooffffff Gurbet* in den Saal hallte. Das Mikrofon war so eingestellt, dass es hallte. Der Saal war so groß, dass es hallte, und die Blondine sang so lang und so hoch und tief, ohne dabei einatmen zu müssen: *amaaaaaannnnnn, oooffffffff,* hallte es, Mozart aber musste wohl in der Halle ertrunken sein.

Ob Tante Agathe ihren Schwächeanfall mit dem ersten Trommelschlag bekommen hatte oder ob ihn erst die Stimme der falschen Blondine verursacht hatte, konnte niemand mehr sagen. Sie lag jedenfalls plötzlich flach auf dem Boden, atmete kaum noch und schlug auch keine Kreuze mehr. Ihr Bruder, »mein Herbertchen«, wollte gerade eine Rede über die Bedeutung der türkisch-deutschen bzw. moslemisch-christlichen Hochzeit beginnen, aber einer vom Verein musste ihm gesagt haben, dass die Gäste nun tanzen möchten.

Und die Türken tanzten! Und wie sie tanzten: Die Männer mit bis auf den Bauchnabel offenen Oberhemden, den Blick, je nach der Art des Tanzes, entweder auf die Beinbewegungen des nächsten Partners, bei dem er sich untergehakt hatte, oder den geilen Blick auf die nächste Frau gerichtet. Die Deutschen schauten dieser entfesselten Naturgewalt aus sicherer Entfernung solange zu, bis eine Türkin, begleitet von europäisch zivilisierter Musik, mit erotischen Bewegungen der Hände, des Bauches und der Lenden auf die Bühne kam. Musik erklang in dem von den amerikanischen Orientfilmen vertrauten exotischen Rhythmus. Zuerst leise, dann schneller, dann romantisch-melancholisch, immer begleitet von den Bauchbewegungen der Türkin, auch die von einladend-zärtlich bis schließlich feurig-geil. Da wagte sich die von der anderen Seite auch auf die Bühne, die Türkinnen und Türken machten der Dame Platz, und so stand sie unversehens mit der Tänzerin allein in der Mitte, umringt von 979 mal zwei milden, sie geradezu umarmend anblickenden Türkenaugen. Sie aber bewegte sich tollpatschig, verstört und ziemlich erbärmlich. Die Türken begannen zuerst hinter der vorgehaltenen Hand zu lachen, dann prusteten sie offen heraus. Um sie vor weiterer Peinlichkeit zu bewahren, sprang nun meine Frau, sich mit ihrer türkischen Hüfte den Weg bahnend, ihrerseits in die Mitte, fasste zum ersten und letzten Mal die von der anderen Seite an einem anderen Körperteil als den Hände und drehte ihre Hüfte wie einen Mühlstein, mühselig und angestrengt im Kreise. Diese ökumenische Zusammenarbeit auf der Bühne bekam tosenden Beifall, die Türkinnen ließen ihren Hüften und Brüsten freien Lauf. An dem Abend schaukelten, schwankten und bebten alle türkischen Organe.

Die Schwester meines Schwiegerarztes wollte einen kurzen Diavortrag über die Kindheit ihres Bruders halten. Da waren die Türken schon bei der Geschenkübergabe. Jedes Geschenk wurde auf der Bühne übers Mikrofon bekannt gegeben. Wer an der Reihe war, sein Geschenk zu übergeben, ging auf die Bühne, küsste den Bräutigam rechts und links auf die Wange, schüttelte ihm kräftig die Hände und wünschte ihm alles Gute – »Allah ikinizi bir yastikta kocatsin, Allah möge Euch auf einem Kopfkissen gemeinsam älter werden lassen.« – überreichte dem Bräutigam das Geschenk, der es dem Geschenkansager weiterreichte, der es dann über das Mikrofon bekanntmachte: »Von Tante Remziye ein Goldarmband aus weißem Gold, mit zweiundzwanzig Diamanten von achtzehn Karat besetzt, ungefähr vierundfünfzig Gramm schwer«, »vom Onkel der Braut aus der Türkei ein Grundstück in der Türkei zwischen Cakirgümüs und Inoz, an der Stelle, wo Üzeyir der Kahle sein erstes Fohlen beritten hat …« Die Geschenkübergabe dauerte circa fünf Stunden. Während die Türken die Geschenke gelobt, kritisiert und diskutiert haben, schliefen einige Gäste von der deutschen Seite ein. Tante Agathe holte ihren Rosenkranz und versuchte, währenddessen drei Ave Maria herunterzubeten. Kaum hatten die Türken das gesehen, rasselten und klapperten die Rosenkränze im ganzen Saal.

Was für Rosenkränze die Türken aber hatten, begeisterte Tante Agathe. So viele und so unterschiedliche Rosenkränze hatte ihre Religion in ihrer Geschichte nicht gekannt. Da gab es Rosenkränze aus dreiunddreißig Steinen aus den unterschiedlichsten Materialien, dann einen Rosenkranz aus dreiunddreißig unterschiedlichen Metallstücken, einen anderen aus dreiunddreißig Steinen aus Alabaster, aus Bernstein, aus Achat, aus Holz, … Der eine Rosenkranz hatte neunundneunzig Steine aus wiederum unterschiedlichen Materialien, der hatte Troddel mit Parfüm, der andere mit Kölnisch-Wasser, der dritte mit Chanel, … Alle Fransen, Troddel oder Quasten waren aus verschiedenen Materialien.

Die Türken, muss man hier ehrlicherweise sagen, können, wenn sie nicht Okey spielen, mit dem Rosenkranz umgehen. Ob zuerst der Türke oder der Rosenkranz auf die Welt gekommen ist, kann man hier nicht diskutieren. Man muss einmal gesehen haben, wie die türkischen Jungen schon als Dreijährige mit dem Rosenkranz hantieren, jonglieren! Wie sie den Zipfel zwischen Daumen und Zeigefinger halten, und dann den Rosenkranz mit dreiunddreißig Steinen binden, indem sie ihn mit einer leichten, sanften Bewegung des Zeigefingers um den kleinen Finger blitzschnell in der Luft drehen, und ihn dann, ohne Pause weiter zwischen dem vierten und dem Mittelfinger hindurch schlängeln lassen und dann zwischen dem Zeigefinger und dem Daumen wieder zurück … Man erzählte in Cakirgümüs, dass viele Griechen jahrelang versucht hätten, dieses elegante Können von den Türken abzuschauen, aber es sei ihnen nicht gelungen, weil die griechische Hand nicht so elastisch sei wie die türkische. Der Rosenkranz in der türkischen Hand ist keine Gebetsschnur mehr, er verkörpert die Ruhe des Türken in sich, er beruhigt ihn, er gibt ihm Gelassenheit, er lenkt ihn von den alltäglichen Problemen ab.

Die 979 Türken beschenkten selbstverständlich meine Tochter und mein Schwiegerarzt kam dabei zu kurz. Am Ende konnte sich meine Tochter nicht mehr auf den Beinen halten, denn das ganze Geld, ob Banknoten oder Münzen, alles wurde an ihre Brust gehängt, die Münzen kamen in eine Plastiktüte, die seitdem unter den Deutschen als Türkentüte bekannt geworden ist, höchstwahrscheinlich haben die von der anderen Seite sie aus Neid so genannt. Die Banknoten wurden mit Sicherheitsnadeln – die zweimal meiner armen Tochter in die Haut gingen – aneinandergeheftet; zum Schluss reichten ihr die Banknoten von den beiden Schultern bis zu den Sohlen. Alles in allem hatte meine Tochter schließlich 24.000 Euro und auch tausend Türkische Lira, die alten, die insgesamt ungefähr zwei Euro wert waren. Wer dieser geizige Türke gewesen war, habe ich nicht rausbekommen. Außerdem hatte sie bekommen: 30 Toaster, 24 Kaffeemaschinen, 59 Messer, unzählige Teekannen, Thermoskannen und Teegläser ... Ganz Cakirgümüs hat von der Hochzeit meiner Tochter profitiert. Selbst Frau Zehra bekam kurz vor ihrem Tod eine Brotmaschine.

Mein armer lieber Arzt bekam von mir und von meiner Frau Geschenke, und von seinen zwanzig Deutschen. Zwei haben billige Blumensträuße geschenkt, so ungefähr 4,99 Euro wert. Allein drei Würste ohne Kartoffelsalat kosteten mehr als so ein Strauß. Der Verein hat ihm ein Atatürkbild gebracht mit einem Zitat: »Friede im Haus, Friede im Land und auch Friede in der Welt.«

Während wir uns mit Geschenken beschäftigten, soll irgendeine Frau irgendeinen Mann oder einen Jungen oder – ich vermute – einen Burschen angeschrien haben:

»Erst begrabschst du mir beim Tanzen mein Hinterteil und jetzt schaust du mich auch noch so geil an.«

Wer die erste Colaflasche in wessen Gesicht geschmissen hat, ließ sich auch nicht mehr feststellen. Der Oberkommissar gestand später offen ein: »Ich habe viele Massenschlägereien unter den Deutschen in Fußballstadien erlebt und wir konnten den Täter, den Auslöser immer innerhalb einer Stunde ausfindig machen, aber bei euch will es keiner gewesen sein. Alle sagen das Gleiche aus: Keine Ahnung. Ich schwöre bei Allah, ich war's nicht. Ich habe nichts gehört, nichts gesehen, nichts gerochen.«

Später sah die Halle aus wie nach dem Ersten Weltkrieg, außer das es, Allah sei Dank, keine Toten gab, nur Verletzte mit Schnittwunden, mit Glassplittern in der Haut. Die von der anderen Seite fragte mich: »Sind Sie sich sicher, Herr Dünür, dass Mohamed Cola erlaubt hat?« So eine blöde Frage: Damals gab es keine Cola.

Und es lag nicht an den Colaflaschen, sondern an dem deutschen Asbach-Uralt in der amerikanischen Cola.

Ich ergriff sofort als die Schlägerei anfing, das Mikro aus der Hand des Geschenkansagers auf der Bühne und versuchte, meine Gäste zu beruhigen, in dem ich begütigend auf sie einredete: »Meine lieben Freunde, beruhigt euch, es ist gar nichts passiert, das hier ist eine Hochzeit. Beruhigt Euch also, sonst muss ich denen die Geschenke wieder zurückgeben, die mit der Schlägerei nicht aufhören.«

Auch die Sirenen vermochten die Schlägerei nicht einzudämmen, im Gegenteil. Bevor sich die deutsche Polizei in die inneren türkischen Probleme einmischen konnte, wollte jeder Türke seinen Gegner k.o. schlagen und beschleunigte die Schlagzahl seiner Fäuste dementsprechend – oder die der Colaflaschen oder der Stühle.

Die deutsche Polizei stand kaum an der Schwelle der Halle, als 979 Türken schon im Spalier standen und im Chor skandierten: »Nieder mit dem Polizeistaat Deutschland, es lebe die demokratische Türkei.«

Alles in allem war es eine angenehme Hochzeit, ohne schwere Verletzungen. Ich bin noch immer besonders stolz darauf, dass die Hochzeit meiner Tochter ohne Tote und fast ohne Verletzte gefeiert worden ist. Man kann über uns Türken sagen, was man will, aber man muss auch zugeben, dass wir feiern können.

Familiäre Verständigungsschwierigkeiten

Die Funktionsweise der deutschen Sprache habe ich schon durchdrungen. Aber die Emotionalität dieser Sprache ist mir immer noch fremd geblieben. Dahinter steckt der Deutsche. Ohne den Menschen ist das Wort wie ein abgestorbener Baum: ohne Blätter, öde und langweilig. Nehmen wir das Wort *Liebe*: Was ist das? Nichts anderes als ein hingeworfener Begriff. *Liebe* bekommt erst ihre Bedeutung, wenn die Liebenden zusammen sind. Wie sagt es doch ein türkischer Dichter: »Deine Schönheit wäre wertlos, wenn ich dich nicht geliebt hätte.«

Wenn ich eine technische Anweisung in der deutschen Sprache lese, verstehe ich sie voll und ganz: »Um dieses Gerät zum Funktionieren zu bringen, drücken Sie bitte erst auf den rechten Knopf und drehen ihn dann zweimal nach links!« Die Sprache hilf mir, die seelenlose Mechanik in Gang zu bringen. Ich bin kein Techniker. Technisch bin ich überhaupt nicht begabt. Ich habe eigentlich nichts gelernt in meinem Leben. Ich komme aus Cakirgümüs, lebe unter den Deutschen, bin halb verwandt mit einer deutschen Familie, die behauptet, seit dem Tode von Jesus deutsch zu sein, während mich doch überhaupt nicht interessiert, wie lange ein Mensch Türke ist oder Armenier oder Deutscher, Hauptsache, er steht vor mir, ist anständig, tut mir nichts Schlechtes und wir verstehen uns. Ich kann die Gebrauchsanweisung aller Gerätschaften verstehen und sie zum Funktionieren bringen, so kompliziert das auch sein mag. Wir verständigen uns, die Gebrauchsanweisung und ich, ich brauche sie aber nicht zu verstehen. Die Anweisung, wie das Wort schon sagt, weist mich an, was ich machen muss.

Herbert oder die von der anderen Seite verständigen sich mit mir, aber sie zu verstehen fällt mir schwer, weil mir die mütterlichen Hintergründe ihrer Sprache fehlen. Sie teilt uns plötzlich mit, dass sie zu uns zum Essen kommt. Wunderbar. Dann kommt sie auch. Sie isst, lobt die Kunst meiner Frau und geht wieder weg. Dagegen ist nicht zu sagen. Wenn wir sie aber kurz vor ihrer Haustür davon unterrichten, dass wir zum Mittagessen da sind, da macht sie ein Gesicht wie eingelegte Gurken und lehnt uns brüsk ab: »Ich habe aber jetzt keine Zeit.« Zwischen uns hat zwar eine Verständigung stattgefunden, sie hat bei uns auch gut gegessen und gut getrunken, – »so einen aromatischen Tee finde ich in den deutschen Geschäften aber nicht«, aber verstanden habe ich sie nicht. In einer solchen Situation verstehe ich uns auch nicht, dass wir sie nicht hinauswerfen, warum wir ihr, wenn sie zufällig zum Mittagessen vor unserer Tür steht, nicht die Tür vor der Nase zuknallen.

Warum empfinde ich die Bedeutung derselben Aussage in der deutschen Sprache nicht so intensiv wie in der türkischen? *Ich liebe Dich*, das ist nicht das Gleiche wie *seni seviyorum*, obwohl es wörtlich übersetzt dasselbe ist.

Ich kann eine Nutte ficken. Ich kann ihr sagen, »ich will dich ficken«. Sie legt sich hin, ich stecke meinen Pimmel in ihre Muschi, das ist das Ficken. Ich muss sie nicht verstehen, sie mich auch nicht. Wir verständigen uns, dass wir das Ficken gemeinsam ausführen werden. Als einzelnes Wort beinhaltet *sich verständigen* keine Geschichte. Das ist ein Vorgang, der sofort passiert, sofort passieren soll. Sobald sich zu dem *Sich-Verständigen* eine Geschichte gesellt, beginnt das Verstehen. Ich brauche die Nutte nicht zu verstehen, wenn ich sie ficken will. Ficken ist in dem Fall ein mechanischer Vorgang, der zwischen einem Fickenden und einer Gefickten geschieht. Von mir aus kann die Nutte mir auch technische Anweisungen geben: Mach das so, nicht anfassen, küssen kostet fünf Euro.

Sobald ich anfange, die Nutte zu verstehen, dann kann ich sie nicht mehr ficken. Verstehen beginnt mit *warum?*, und dem Warum folgt eine Geschichte, folgen Begründungen:

»Meine Eltern haben mich …« oder »Ich wollte mein eigenes Geld verdienen, und habe keinen Beruf gelernt …« oder »Ich wollte unbedingt …«

Sich verständigen kann auch das Verstehen beinhalten, aber das Verstehen ist bedingt nur durch das *Sich-Verständigen.*

Ich kann in der türkischen Sprache nie *ficken* sagen. *ficken= sikmek*

das Wort auszusprechen wurde mir immer verboten, obwohl die Türken nicht weniger ficken als die Deutschen. Zum *Ficken* habe ich keine emotionale Beziehung, obwohl technisch gesehen das Ficken dasselbe ist wie sikmek.

Ich will mich nicht integrieren, ich will die Deutschen als Ali verstehen. Die Deutschen verstehen unter Integration, dass ich wie sie werde. Die Deutschen verstehen das Ficken wie ich sikmek verstehe, aber das ist für uns nicht dasselbe. Ich komme zum Vorgang *Sikmek* vielleicht unter denselben Umständen wie der Deutsche zu seinem *Ficken*, aber wir nehmen nicht den ṣelben emotionalen Weg, wenn wir den Vorgang anders nennen. Das kapieren wiederum die Deutschen nicht, warum ich beim Ficken nicht dasselbe empfinde wie beim Sikmek. Mein Enkelsohn wird das Ficken emotional lernen, wenn wir es ihm erlauben, dann darf er aber das Sikmek nicht lernen. Sobald er das eine Wort mit der Geschichte und der Emotionalität des Wortes gelernt hat, wird er für dasselbe Wort in der anderen Sprache keine Gefühle mehr entwickeln. Es sei denn, der Junge lernt schon als Kind auch die

Emotionen zweisprachig. Das ist aber keine Integration, sondern Bereicherung der Gesellschaft, in der sich der Junge befindet, was die Deutschen wiederum nicht wollen

Ich kann doch nicht wie die Deutschen werden, auch wenn ich so würde wie Herbert. Sogar seine Frau versteht ihn nicht. »Herbert, ich versteh dich nicht«, habe ich nicht selten aus ihrem Munde gehört. »Du redest jetzt einen Stuss.«

Aber ich komme langsam nicht mehr mit. Ich bin deutschenmüde. Ich bin Deutschlandmüde. Ich bin müde von den deutschen Menschen. Diese Müdigkeit hindert mich, mich hier wohl zu fühlen, mich hier in Deutschland anzupassen. Wenn es überhaupt dieses Wort in der deutschen Sprache gibt, das Wort *Integration*, so hindert mich mein Unverständnis für die deutsche Seele oder meine Unfähigkeit sie zu erfassen, doch daran, mich hier zu integrieren. Ich will in Deutschland leben wie ich will, als Türke, nicht als das Bild, das der Deutsche sich von mir gemacht hat.

Letzter Woche hatte ich einen Pickel auf meinem Gesicht festgestellt. Einen kleinen Pickel, harmlos, aber doch sichtbar. Mein Dasein in Deutschland fiel mir da, vor dem Spiegel ein. Dieser Pickel, der gestern nicht auf meinem Gesicht zu sehen war, ist heute ein Stück von mir. Wie ich, bevor ich in Deutschland gekommen war, in Deutschland nicht existierte. Mich konnte man in Deutschland nicht sehen, nicht hören, nicht berühren. Ich war für Deutschland nicht. Dann, aus welchem Grunde auch immer, bin ich nach Deutschland gekommen, und bin ein Stück von Deutschland geworden. Wie der Pickel auf meinem Gesicht. Der Pickel ist ein Stück von mir, aber ich bin nicht der Pickel. Ich kann den Pickel wegmachen, ich kann aber mein Türkensein in Deutschland nicht wegmachen, oder auch mein Deutschsein, obwohl die von den anderen Seite mich voll als Deutschen sehen und haben will, und mein Stück Deutschsein in mir nicht sehen kann, will ich und kann ich mein Türkensein nicht verlieren. Ich will mich in Deutschland nicht integrieren, dann wäre der Pickel Ali, oder Ali der Pickel, und keiner wäre damit glücklich.

Die von der anderen Seite versucht jeden Tag, mir etwas beizubringen, aber sie will nie etwas von uns lernen. Wenn meine Frau der von der anderen Seite beibringen will, wie man Sarma, also gefüllte Weinblätter, macht, dann sagt sie sofort: »Ach ja, wir machen das mit Krautrouladen so.« Das stimmte nicht. Krautrouladen kann man mit jedem beliebigen Kraut wickeln. Die Weinblätter für Sarma dürfen höchstens drei Wochen alt sein, sonst schmecken sie wie die von der anderen Seite, sauer, grimmig. Junge Weinblätter müssen auch sauer sein aber nicht alt-beleidigt sauer, sondern saftig sauer. Und Weinblätter wickelt man nicht ein, sondern rollt man, man kann nicht einfach Hackfleisch hinein stopfen, sondern so wenig wie möglich Hackfleisch, nur zum schmecken, dafür mehr Bulgur, am Besten aus Hartweizen, dann nicht einunddreißig Minuten auch nicht neunundzwanzig Minuten kochen lassen, sondern exakt dreißig Minuten, sonst bleibt er hart, so dass er in den feinen Weinblättern wie ein verlorener Zahn schmeckt, oder matschig, wie die deutsche Freundlichkeit, dann Zwiebel, Tomaten und Knoblauch winzig klein würfeln. Man kann Weinblätter auch mit Reis und Sultanin rollen. Sarma kochen ist kompliziert, es erfordert Zeit, Geduld, Kenntnis.

Die von der anderen Seite will nichts annehmen von uns. Höchstens vergleichen. Sie will uns ihre Überlegenheit spüren zu lassen. Manchmal denke ich mir, jeder Deutsche will dem Anderen zeigen, wie mächtig er ist, was er kann, dass er ihn als Mitmenschen nicht unbedingt benötigt, man soll ihm nicht helfen, wenn schon überhaupt jemand jemandem helfen soll, dann nur er dem Anderen. Wenn er aber in eine Situation kommt, in der er Hilfe braucht, dann zieht er sich zurück in seine enge deutsche Welt, und schmollt.

Unsere Nachbarin Maria, eine junge Griechin, will alles erfahren von meiner Frau, sie fragt und fragt sie, sie will alles wissen, wann meine Frau die Sarma ohne Hackfleisch macht und ohne Knoblauch-Joghurtsoße, dafür mit Sultaninen und Olivenöl; könnten Köfte-Fleischbällchen mit altem Brot besser schmecken als mit Bulgur? Wenn Ayse Hanim – meine Frau – Imam Bayildi mit Reis füllt und in Olivenöl brät, was nimmt sie dann für Reis, Vollkornreis oder Reis aus Amerika oder Reis aus Bursa oder aus Diyarbakir in der Türkei oder …? Über das Essen kommen sie zu den Problemen der Kindererziehung in Deutschland, zu den deutschen Frauen, dann zu … Das gemeinsame Kochen ist nicht für die Qualität des Essens wichtig, sondern für den Kontakt.

Die von der anderen Seite fragt nicht, um etwas zu lernen, sondern um zu wissen, ob sie es schon weiß. Sie will ihr eigenes Wissen messen, nicht etwas Neues erfahren. Sie will sich nicht mit meiner Frau verständigen, sie will ihr nur beweisen, dass sie weniger weiß, weniger besitzt, weniger hat. Sie redet, wenn sie überhaupt redet, über Altersvorsorge, Rentenversicherungen, Verkehrsprobleme, immer über die Sicherheit des Lebens. Sie scheint manchmal 150 Jahre alt werden zu wollen und das möglichst auch gesund. Wie versichere ich mich für das nächste Jahrhundert? Sie fragt uns immer: »Und, habt ihr euch schon versichert? Eine Lebensversicherung sollt ihr abschließen, dann eine Hausratsversicherung, eine Glasversicherung, eine Betonversicherung, eine Nagelversicherung, eine Überschwemmungsversicherung, eine Regen-, eine Schnee-, eine Hagel-Versicherung; dann eine gegen Sonne, gegen den Mond, …« Man fragt sich unfreiwillig, ob es auch eine Versicherung gegen die Türken gibt. Wenn nicht, dann sollten die Deutschen ganz schnell diese Versicherung abschließen. Die von der anderen Seite sollte mit einem Versicherungskaufmann aushandeln: »Wenn die Zahl der Türken in Deutschland über drei Millionen klettert, bekomme ich wegen der Verschlechterung der

Lebensqualität in Deutschland von der Versicherung so und soviel Geld.« Oder: »Wenn die Schulbildung meiner Enkelkinder durch die türkischen Kinder behindert wird, bekomme ich so und soviel Prozent von der Versicherung.«

Meine Tochter redet nicht gern über ihre Schwiegereltern, einmal hat sie aber über die Zukunftsangst der Deutschen gesagt: »Mutti, meine Schwiegermutter ist eine Deutsche, die zwar den Krieg überlebt hat, aber halbverhungert.«

Teil 2
Unser Verein

Der Verein und die Integration

Unser Verein ist am Anfang nicht gegen die Integration gegründet worden, sondern für die Verständigung zwischen Deutschen und Türken. Ich war einer der Initiatoren. Wir saßen eines Tages im, gerade eröffneten, ersten türkischen Café in Deutschland, gemütlich bei einer Tasse Tee. Da kam ein Deutscher und fragte uns etwas. Wir haben ihn aber nicht verstanden. Da merkten wir, also Fahri, der Stotterer, Sami, der Antike, Hasan, der Schäfer, und ich, dass der Deutsche uns auch nicht verstand, weil er nicht türkisch konnte. Hasan, der Schäfer, sagte laut; »Hätte ich damals gewusst, dass der Deutsche kein Wort türkisch kann, wäre ich nicht nach Deutschland gekommen.« Sami, der Antike, so nannten wir ihn, weil er immer irgendetwas Altes zum Verkauf bereit hielt, behauptete, dass auch zu Zeiten der Antike die Menschen keine fremde Sprache sprechen konnten, so hätten die Griechen damals nicht persisch gekonnt und umgekehrt.

Fahri, der aus Istanbul kam, der dort sogar bis zum Ende der Realschule in die Schule gegangen war, klärte uns auf, dass der Deutsche unsere Sprache nicht unbedingt können muss, weil er ja bei sich zu Hause wohnt und lebt, in Deutschland, unter anderen Deutschen, die alle nicht türkisch können. Der Deutsche merkt daher nicht, was er alles in seinem Leben verpasst, weil er nicht türkisch kann. Die türkische Sprache sei die einzige in der Welt, die die Gefühle der Menschen total auszudrücken vermöge. So reich sei unsere Sprache, und davon wüsste der Deutsche überhaupt nichts.

Zugegeben, Bis er uns das alles sagen konnte, dauerte es ewig. Er stotterte schrecklich.

Wir wollten den Deutschen das Zusammenleben mit uns in Deutschland erleichtern, indem wir ihnen unsere Sprache beizubringen gedachten. Wir dachten, es wäre unfein, wenn sie uns nicht verstehen. Wir reden und reden und die Deutschen gucken nur blöd rum, machen sich Stress. Wenn wir einkaufen, so dachten wir zum Beispiel, sollte der Deutsche uns sofort verstehen und uns richtig bedienen. Er sollte fragen können: »Was kann ich für euch, meine lieben Türken, tun?« Und wir könnten dann sagen: »Geben Sie uns bitte schön zwei Kilo Tomaten, Herr Deutscher.« Wenn er die Tomaten gewogen, eingepackt und uns überreicht hätte, dann würden wir darauf antworten: »Danke schön, Herr Deutscher, Sie haben etwas Gutes für uns getan.« Er hätte sich daraufhin gefreut: »Es war mir eine Ehre, meine Herren Türken, Ihnen gedient haben zu dürfen.«

Später haben wir aber eingesehen, dass die Deutschen nicht willens waren, türkisch zu lernen, und dazu auch nicht in der Lage sind, weil die Gesetze, Regeln und der Aufbau der deutschen Sprache es den Deutschen erschwert, andere Sprachen zu erlernen; und schließlich war unser Lehrer, der Stotterer Fahri, auch nicht sehr fähig, denn mit dem Stottern verbrachte er mehr Zeit als damit, den Deutschen türkisch beizubringen. Wenn man als Schüler stundenlang darauf warten muss, ob der Lehrer mit *Fe…, Fe… Fe… Fe…* Ferien meinen wird oder Fe… Fe… Fe… Fernsehen oder Fe… Fe… Festung, dann wird das nichts. Denn so viel Zeit hat kein Deutscher. Der Deutsche investiert Zeit und will auch etwas dafür. Wenn er das nicht bekommt, dann geht er irgendwo anders hin, vielleicht zum Griechen, um bei ihm griechisch zu lernen.

In der deutschen Sprache sagt man, *Ich gehe in die Stadt.* Wir Türken sagen dagegen: *Ich die Stadt in gehe.* Ich habe Jahre gebraucht, um das Wort *in* nach vorn zu bringen. Das hat mich mindestens zwanzig Jahre Zeit gekostet und viel Geld, dass ich in Sprachkurse investiert habe. Der normale Deutsche ist einfach nicht in der Lage, dieses *in* nach *Stadt* zu setzen, weil der Deutsche seine Gewohnheiten sehr schwer aufgibt, um etwas Neues zu lernen. Man glaubt jetzt, dass es nur an dem vorangestellten *in* liegt, dass wir Türken in Deutschland nie deutsch lernen konnten. Nicht nur daran, aber schwerwiegend sind solche Kleinigkeiten schon.

Sobald wir beschlossen hatten, einen Verein zu gründen, um den Deutschen zu helfen, verteilten wir Flugblätter. Mit denen luden wir die Deutschen ein, bei uns Türkisch zu lernen, um sich so schneller zu integrieren. Zugegeben, damals wussten wir nichts von der Integration, die Deutschen auch nicht. Wir wollten nur, dass die Deutschen sich mit uns in Deutschland wohl fühlen, dass sie nicht das Gefühl haben, aha, die Türken wollen uns unser schönes Deutschland weg nehmen, oder: Die Türken verbreiten sich hier wie die Karnickel, für uns Deutsche bleibt gar kein Platz mehr in Deutschland, oder: Egal, wo ich hingehe, ich treffe immer einen Ahmet oder Mehmet. Nein, wir wollten nur Gutes für die Deutschen.

Die Einladung war türkisch verfasst. Vor kurzem, als ich nach meinen deutschen Steuerbescheiden gesucht hatte, fand ich dazwischen ein Flugblatt von damals:

»An alle Deutschen, ob Kind oder Greis, Weib oder Mann, Junge oder Mädchen! Keine Angst vor uns! Wir Türken sind diesmal mit friedlichen Absichten nach Europa gekommen. Wir begrüßen Euch herzlich, ungeachtet aller Religionsunterschiede zwischen uns! Wenn Ihr Euch auch in Zukunft in Deutschland wohl fühlen wollt, lernt bitte türkisch. Denn eines Tages wird die türkische Sprache die Sprache dieses Landes werden! Wir empfangen euch mit offenen Armen. Jeder Deutsche, der täglich ein Wort türkisch lernt, investiert in seine Zukunft.

Kommt, lernt türkisch! Spätere Reue wird euch nichts bringen! Passt Euch an! Mit der Sprache beginnt das Glück! Deutsche, auf ein gutes Zusammenleben!«

Sami, der Antike, bestand darauf, dass wir das in der Sprache der Deutschen ausdrücken sollten. Hasan, der Schäfer, war dagegen: Wenn wir selber so weit Deutsch könnten, die Einladung in der deutschen Sprache zu verfassen, dann bräuchten die Deutschen die türkische Sprache nicht mehr, weil wir uns schon in ihrer Sprache ausdrückten. Das würde die Deutschen zur Faulheit verleiten, sie würden dann kein Wort türkisch mehr lernen. Als Adresse gaben wir das türkische Café an, als Vereinslokal sozusagen. Die türkischen Besucher des Cafés versprachen uns, dass sie, sobald sich ein Deutscher freiwillig in das Café wagte, sofort mit Kartenspielen und Türkei-Retten aufhören würden, damit der Deutsche seine Integrationsbemühungen frei von allen Zwängen kundtun könne.

Der einzige Deutsche, der zu uns ins Café kam, war ein Kaufmann. Der war eigentlich Fahrer von Beruf, wollte aber ins Versicherungsgeschäft einsteigen, weil ja die Türken sich eines Tages bestimmt versichern würden. Am Ende des Kurses hatte der Deutsche zwei Wörter türkisch in der Tasche: »Atatürk cok büyük«, »Atatürk ist groß«, und der Türkischlehrer, der Stotterer, einen Ford 17 M.

Wir nannten diesen Ford *Düldül* und später erfuhr ich, dass Düldül auf arabisch eigentlich *Igel* heißt und dass dieser *Düldül* das Maultier unseres Propheten Mohammeds war und unser Prophet Mohammed immer mit diesem Maultier in den Krieg zog. So könnte sich auch unser Düldül vorgekommen sein.

Dieser Ford 17 M war das erste deutsche Auto in der Stadt, das von einem Türken gefahren wurde. »Achtung!« riefen die Deutschen damals in der Stadt, »Achtung, die Türken kommen!« und machten uns die Straße frei, wenn sie nur das Geräusch unseres Autos hörten, – Der Auspuff war kaputt, und wir wussten nicht, dass jedes Auto einen Auspuff brauchte und jeder kaputte Auspuff einen Höllenlärm verursacht. Wir dachten, das gehört dazu, ein Ford 17 M muss so einen Krach machen. Als wären wir die Ambulanz, fuhren sie sofort ihre Autos an die Seite. Wir kannten keine Ampel, kein Rot, kein Gelb; wenn man ein Auto hat, so dachten wir uns, müsste man solange fahren, bis das Benzin ausgeht. Wir sammelten Geld für Sprit, fuhren kreuz und quer durch unser Deutschland, das aus der Stadt und der Umgebung der Stadt bestand.

Da wir schon damals Moslems waren – erst später haben die Deutschen gemerkt, dass wir Türken Muslime sind – tranken wir keinen Alkohol, und jede Alkoholuntersuchung schlug fehl, obwohl die Polizei uns immer anhielt. Ein deutscher Polizist wunderte sich darüber: »Wie kann ein nüchterner Mensch so schlecht fahren! Auf einer einzigen Fahrt macht er alle möglichen Verkehrsfehler. Alle Achtung vor dem Türken!«

Im Laufe der Monate haben wir gelernt, den Auspuff reparieren zu lassen, und langsamer fahren lernten wir auch.

Der Stotterer hatte keinen Führerschein, aber er hieß Gott sei Dank Fahri Sahin, auf deutsch geschrieben fahrischachin. Das klang so, als würde er selber *Führerschein* heißen, und so verkaufte er sich auch, wenn er von der Polizei angehalten wurde: »Ich Führerschein haben, in der türkischen Sprache heißt Führerschein fahrischachin.« Und er holte seinen türkischen Ausweis hervor, der damals aus vierzig oder fünfzig Seiten bestand. Die deutschen Polizisten waren froh und stolz, dass andere Nationen die deutschen Wörter übernommen haben, wie Blitzkrieg, Berufsverbot, Weltschmerz und eben Führerschein. Jeder deutsche Polizist bewunderte diesen Führerschein, dass er so viele Seiten hat, so viele Informationen über die betreffende Person beinhaltete: wie er heißt, wie groß er ist, welche Religionen er hat, ob er verheiratet ist, wann er zum Militärdienst eingezogen war, wer sein Kommandeur bei der Grundausbildung war, wie der oberste Kommandeur hieß und wann er Urlaub vom Militär hatte ... Wir übersetzten den deutschen Polizisten die Information über Militärdienstzeit und -grad, als Ergebnis der Fahrprüfung, unterschrieben vom Präfekten der Stadt mit seinem militärischen Dienstgrad.

Mensch, das war damals ein schönes Leben in Deutschland mit den Deutschen. Sie wussten nichts über uns, wir sagten ihnen nichts über uns, weil wir die Sprache nicht konnten, und wir verstanden uns wunderbar. Ich erinnere mich an eine Begegnung mit einem alten Mann auf dem Markt vor der Kirche. Ich stand vor ihm vor dem Einkaufsstand und überlegte mir, ob ich eine Kiste Äpfel kaufen sollte oder lieber doch zwei Kisten. Er schob mich mit dem Ellbogen zur Seite, kaufte sich zwei Paprika, zahlte und gab mir, bevor er wegging, einen Klaps auf meinen Rücken und verabschiedete sich, mit dem Zeigefinger auf seine Stirn zeigend: »Türke viel Zeit in Deutschland. Deutschland geduldig.« Ich bedankte mich herzlich für diesen Hinweis. Er kam zurück, schüttelte mir die Hand und lachte mir voll ins Gesicht: »Türke, nix verstehen. Gut so.« Damals fanden uns die Deutschen so einfach gut, auch wenn wir nichts verstanden haben.

Ich meine, wenn wir uns heutzutage nicht besonders verstehen, liegt es daran, dass wir Türken mehr deutsch gelernt haben als die Deutschen türkisch, und dass wir mehr schwätzen und den Deutschen innerhalb von dreißig oder vierzig Jahren alles über uns erzählt haben. Die Sprache ist nicht nur immer das Tor, das sich uns öffnet, sie ist zugleich auch die Mauer, die uns hindert, die Seele des Anderen zu verstehen. Je mehr deutsch ich kann, desto weniger verstehe ich die Schwiegermutter meiner Tochter oder ihren Herbert. Die Sprache beinhaltet ihre Geheimnisse. Die

Sprache ist wie eine Frau. Sie kann sich so weit geben, wie sie will, gibt sich aber nicht so weit, wie der Mann es sich wünscht. Damit ist die Sprache die Bestimmende, nicht die Bestimmte. Ich will alles sagen, aber die Sprache will es mir nicht erlauben, also sage ich nur das, was ich mit ihren Wörtern ausdrücken kann.

Sami, der Antike, hat einmal gesagt, dass die Deutschen eine kompliziertere Seele haben als alle anderen Nationen der Welt, weil sie eine so komplizierte Sprache haben. Und eine problematische auch. Kein Land und kein Volk hat so viele Seelenforscher wie das deutsche. Tausende von Deutschen wollten selber wissen, was sie in ihrer Seele verstecken. Die Deutschen seien ständig auf der Suche nach sich selbst, heißt es. Dabei erhoffen sie sich Hilfe von den Seelenführern oder -forschern. Diese Seelenforscher nennen die Deutschen Philosophen, so behauptete jedenfalls Sami, der Antike, und diese Philosophen haben nichts anderes zu tun, als die ganze Zeit stumm dazusitzen und nachzudenken: Was denke ich jetzt und warum denke ich was, schade, dass ich immer denken muss, ich möchte auch einmal einen Tag haben, an dem ich nicht denke, an dem ich einfach wie ein Türke vor mich hin lebe, denkend nur an Frauen und Mercedes, aber ich komme mir so blöd vor, wenn ich nicht denke. Ich fühle mich erst dann als Mensch, wenn ich denke, wenn ich nicht denke, dann denke ich mir, dass ich nichts anderes bin als das Schaf, das vor mir grast. Ist das nicht auch Denken, wenn ich bemerke, dass das Schaf fast dasselbe Lebewesen ist wie ich? Das Schaf hat auch einen Kopf, hat Beine, Nase, Mund, Magen, Darm, Herz. Merkt das Schaf, dass ich trotzdem anders bin als es? Und wenn das Schaf merkt, dass ich anders bin als es, dann heißt das, dass das Schaf auch denkt, denn merken setzt immer voraus, dass man den Unterschied erkennt zwischen dem Neuen, das man gerade gesehen hat, und dem Alten, das man im Gedächtnis versteckt hält. Aber dann ist auch das Schaf ein Philosoph. Wenn das ganze Ergebnis meines Denkens sein soll, dass das Schaf auch ein Philosoph ist, dann bin ich auch ein Schaf. Menschenskind, das Denken macht mich nicht frei von meinen Gedanken und meine deutsche Sprache macht das Denken noch schwieriger. Vielleicht müsste ich in der türkischen Sprache denken, einfach, direkt, übersichtlich. Ich kann aber leider nicht türkisch. Wohl dem, der türkisch denkt.

Alle Philosophen gelten für die Mitmenschen als »verrückt«, behauptete Sami, der Antike. Erst später werden die Verrückten als Philosophen anerkannt. Weil die Deutschen viele Verrückte haben, gelten sie in der Welt als die Denkernation. Sami, der Antike behauptet, es sei schon gut für die Menschheit, wenn die Deutschen denken. Kein Mensch denke so gründlich wie der Deutsche, und wenn der Deutsche nicht denke, dann komme er auf blöde Ideen wie Krieg erklären, Krieg führen …

Je schwerer die Sprache ist. desto verschlossener ist die Seele des Menschen, der diese Sprache spricht. Je länger ich in der deutschen Sprache denke, desto verrückter werde ich. Je verrückter ich werde, desto intensiver denke ich über mein Dasein in Deutschland nach, und grüble nach, ob es, wäre ich in der Türkei geblieben, für mich und meine Familie besser gewesen wäre. Hasan, der Schäfer meinte, man darf nie anfangen mit *warum?* Das Warum ist der Beginn allen Übels. Man will immer mehr erfahren, man soll immer mehr wissen, immer mehr Wissen verursachen, immer mehr warum, und dann tut's im Magen etwas weh, dann Kopfschmerzen, dann Aggressivität, dann Krieg und dann Mord und Todschlag. Nein, wir sind in Deutschland, und das ist auch gut so.

Verdammt noch mal, ich integriere mich jetzt ganz ohne es zu merken, denn ich denke wie die Deutschen, zu viel und zu intensiv. Der Türke an sich denkt eigentlich nicht. Er handelt und denkt dann: »Na, habe ich wieder Scheiße gebaut?« Der Deutsche denkt zuerst: »Na, wie kann ich jetzt Scheiße bauen?« und das ist ein enormer Unterschied.

Solange dieser Unterschied zwischen mir und der anderen Seite besteht, wird es Probleme zwischen uns geben. Warum verstehe ich die Seele von denen von der anderen Seite denn sonst nicht? Nehmen wir den Herbert. Der steht bestimmt so auf wie ich morgens, geht aufs Klo, hält seinen Pimmel – vorausgesetzt, er hat einen Pimmel wie ein normaler Mann – zwischen dem Daumen und dem Zeigefinger, unterstützt vom Mittelfinger, pinkelt plätschernd in die Kloschüssel und fühlt sich sau wohl danach. Vielleicht darf er nicht plätschern und ihm macht es keinen Spaß. Kein Wunder bei dieser Frau. Dann wäscht er sich – ich unterstelle ihm mal, dass er sich nach dem Pinkeln immer die Hände wäscht. Viele Türken dagegen waschen sich nach dem Pinkeln nicht die Hände. Als ich Fahri, dem Stotterer, einmal gesagt habe: Na, du Schwätzer, du wäschst dir ja deine Hände nicht, du hast doch gerade gepinkelt; da erklärte er mir stundenlang: »We...we...we... wenn ich mei...mei... meine Na...se an...fasse...dann wasche ich mir auch nicht die Hände, mein Pimmel ... ist ein Organ ... wie jedes andere auch ...«

Herbert also wäscht seine Hände und auch sein Gesicht, sagt seiner Frau »Guten Morgen!« und wenn er aus dem Klo herauskommt, erkundigt sie sich: »Na, mein Herbert, hast du gut geschlafen?« und die beiden frühstücken zusammen. Vielleicht essen sie Schweinewurst zum Frühstück. Ich weiß, dass sie immer Kaffee trinken, auch das tun sie wie du und ich. Er hält also den Henkel der Kaffeetasse zwischen seinem rechten Daumen und dem Zeige- und dem Mittelfinger, hebt sie an und schlürft langsam seinen Kaffee. Das tut er wie ich und du, langsam, weil der Kaffee heiß ist. Er macht es intuitiv, weil er ihn hunderte Mal zu heiß getrunken und sich die Zunge verbrannt hat. Bis hierher tut er alles wie du und ich. Ich habe aber Probleme ihn zu verstehen, seine Art zu denken, seine Art zu handeln, weil er Deutscher ist. Zm Beispiel, wenn er anfängt, über diesen Kaffee zu reden, in seiner Sprache, versteht sich: »Den Kaffee haben zwar die Türken nach Europa gebracht, als sie Wien belagerten, um uns Christen entweder alle zu konvertieren oder zu ermorden, aber wir Europäer haben dieses Türkengesöff zu einem feinen urbanisierten Getränk gemacht. Wir sind so, wir Europäer, wir müssen nicht alles erfunden haben, aber wir kultivieren alles, was wir in die Hände bekommen. Weil wir aber damit auch die anderen Menschen davon schmecken lassen, kann man getrost behaupten, dass wir Europäer wirklich humanistisch sind.«

Hier hört mein Verständnis auf. Nicht nur, weil ich die vielen komplizierten deutschen Wörter, die er in seinen Sätze verstreut, wenn er seinen gnädigen Mund aufmacht, nicht verstehe, sondern ich kann auch seinen Gedanken nicht folgen. Wieso sollen die Europäer alles urbanisiert haben? Was heißt das überhaupt: *urbanisieren*? Warum immer nur die Europäer? Und warum vor allem immer die Deutschen? Warum nicht die Dänen oder die Holländer oder die Österreicher? Die deutschen Wörter scheinen mir daran unschuldig zu sein, das sind ja die Wörter, die ich auch anwende, die ich in einem Satz zusammenstelle, die dann eine ganz andere Bedeutung gewinnen, nein das Wort als solches ist frei von Schuld, unschuldig wie ein Kind. Die Sünde wird von dem begangen, der das Wort ausspricht. Das Wort muss die sündigen Gedanken tragen. Dem Wort bleibt nichts anderes übrig.

Wenn ich mir überlege, wie Herbert jeden Tag aufsteht, sich duscht, frühstückt, sich von seiner Dings-Bums verabschiedet, zur Arbeit fährt, arbeitet, dort zu Mittag isst, dann nach der Arbeit heimkommt, dann seiner Frau vielleicht Hallo, Guten Abend sagt, dann sich zum Abendessen setzt, isst, ins Bett geht: Alles, aber ganz genau alles mache ich auch. Genau wie er es tut. Warum verstehen wir uns dann nicht? Seine äußerlichen Tätigkeiten ähneln meinen. Seine körperlichen Anstrengungen habe ich auch. Ich habe auch eine Frau, die mir manchmal auf die Nerven geht, andere Arbeiten von Herbert mache ich auch, und darüber hinaus habe ich Verantwortung für einen türkischen Verein, was ja weiß Allah nicht leicht ist. Ich verstehe Herbert nicht, ich komme nicht dahinter, was uns hindert uns zu verstehen.

Kaum macht er seinen Mund auf, und spricht ein Wort aus, schon kommt der Unterschied laut und deutlich raus. Seine Wörter sind mir einzeln alle bekannt, oder wenigsten die meisten Wörter. Wenn die sich aber wie eine Rosenkranzkugel hintereinander reihen, ist mir der Rosenkranz total fremd. Ich könnte schwören, ich kenne es nicht. Seine Gedanken komplizieren seine Wörter, oder Herbert ist eigentlich ein ganz einfacher Mensch, aber seine Sprache erschwert mir seine Gedanken zu verstehen.

Auf einem Besuch bei uns habe ich mich mit meinem Schwiegerarzt darüber unterhalten, während uns meine Tochter wie eine türkische Frau bedient hatte. Seit sie mit ihm verheiratet ist, möchte sie ihn nach türkischer Frauenart verwöhnen, sagte sie einmal. Ihn einfach in eine Ecke setzen, und ihn bedienen. »Das gefällt mir bei meiner Eltern gut, wie ich meinem Mann Essen serviere, Tee bringe, Kaffee koche, und ihn nicht störe, wenn er sich mit seinem Schwiegervater über Gott und die Welt unterhält.« Ich sagte meinem Schwiegerarzt, dass ich seinen Vater nicht verstehe, wenn er mit mir spricht: »Herr Herbert und ich tauschen nur Wörter aus. Er sagt mir was, ich sage ihm was. Dann schauen wir uns an, bleiben dann stumm. Wenn Herr Herbert aber mal spricht, ohne darauf Wert zu legen, ob ich ihn verstehe, dann erzählt in den Raum: dass die Deutschen eigentlich ein friedfertiges Volk sind, dass die Deutschen die Aufklärung angefangen haben, dass die ganze Welt auf die Errungenschaften dieser Aufklärung sehr stolz ist, dass die Deutschen mit Kant Vernunft und Logik neu belebt haben, dass die Deutschen mit Goethe Lyrik, Sprache, Ästhetik und tiefen Sinn der Literatur auf die Beine gestellt haben, dass die Deutschen mit Beethoven Musik neu belebt haben, dass die Deutschen mit Mendelsohn einen Vermittler zwischen dem Juden- und Christentum unterstützt haben, dem ein anderer Deutsche namens Lessing ein Denkmal in seinem Theaterstück *Nathan der Weise* gesetzt hatte, dass die Deutschen ihre Juden immer ... Dein sehr geehrter Vater kann stundenlang reden, wenn deine Frau Mutter nicht in der Nähe ist. Wenn er allein zu uns kommt, nicht so oft, ruft er mich vorher an, ich besorge ihm dann eine Kiste Bier, und er trinkt und spricht, und ich gucke und höre zu, dann schlafe ich ein, bis er mir sagt: »Dünür, Sie haben mir nicht zugehört.« Ich antworte ihm darauf: »Zugehört schon, aber verstanden nicht.«

Mein Schwiegersohn erklärt mir dann langsam, wartend, fragend, was sein Vater eventuell gemeint hat: »Die Deutschen haben vieles geschafft, das stimmt auch, aber, die deutschen Juden haben in der deutschen Geschichte eine große Rolle gespielt. Nicht als Kaiser, nicht als General, aber als Wissenschaftler, als Künstler, als Ärzte. Sie haben die deutsche Gesellschaft, die deutsche Wirtschaft, den deutschen Geist bereichert. Sie waren weit denkende Intelektuelle, großartige Künstler, hervorragende Schauspieler, Schriftsteller, die Deutschland nicht eng, sondern weit aufgemacht haben. Seit dem Zweiten Weltkrieg, also seit der Vernichtung der Juden, gibt es keinen einzigen Deutschen von Weltrang, keinen deutschen Intellektuellen, der über den Tellerrand schauen kann, Keinen deutschen Künstler, der den Weltgeist bewegen kann. Alle, die sich in Deutschland intellektuell nennen, beschäftigen sich ihrem geistigen Horizont entsprechend mit Kleinigkeiten, sind provinziell, engstirnig, konservativ.«

»Die Deutschen«, fuhr er fort: »kümmern sich noch um den Verkauf dessen was ihre Vorfahren erschaffen haben. Sie wollen mit historischen Ideen, mit Toleranz, Weitläufigkeit, Weltoffenheit der früheren deutschen Denker Dinge verkaufen, verkaufen, reicher werden, dann wieder verkaufen, dann noch reicher werden, dann um das, was sie besitzen, Angst haben. Die Juden haben nachgedacht, sich Gedanken über die Menschheit gemacht, sie haben ihre geistigen Fähigkeiten in die Menschlichkeit investiert. Karl Marx ist Jude gewesen, Rosa Luxemburg ist Jüdin gewesen, Mendelssohn ist Jude gewesen, Heinrich Heine ist Jude gewesen, Einstein ist Jude gewesen. Max Reinhardt ist Jude gewesen, und viele andere. Diese Menschen haben nicht ans Geld gedacht. Diese Juden haben Stiftungen für die Allgemeinheit gegründet, sie haben Museen gesponsert, Theater finanziert, Universitäten unterstützt. Es fehlt den Deutschen nun die Antenne der Minderheiten und deren Aufnahmefähigkeit. Der Deutsche an sich ist ein anständiger Mensch, dem aber die Empfindlichkeit und Sensibilität der Minderheit fehlt. Die das reichlich besaßen, waren unsere Juden, und die haben wir umgebracht. Proportional gesehen, haben die Juden der deutschen Gesellschaft mehr gestiftet als die katholische oder die protestantische Kirche. Jetzt seid ihr da, lieber Vater, ihr Türken, Griechen, Jugoslawen, Marokkaner … die verletzlich sind, die wir bewusst und unbewusst verletzen, die uns hoffentlich eines Tages nicht den Rücken kehren, sondern uns unter die Arme greifen werden, die uns mit ihrer Sensibilität die Früchte der Gemeinsamkeit erkennen lassen.«

Ich habe nicht alles verstanden, was er gesagt hat, aber ich habe gespürt, dass er etwas gegen die Deutschen ausgesprochen, und in uns eine Hoffnung gesehen hat. Wir saßen bei einem türkischen Tee, er sprach bedächtig, hob das kleine Teeglas langsam hoch, und während er wie ein Spatz kleine Schlückchen aus dem Glas schlürfte, dachte er nach, suchte nach Worten … Ich habe das Gefühl, ich liebe diesen Deutschen. Er schaute mir ins Gesicht, aufmerksam und lächelnd. Er suchte in mir einen Gesprächspartner. Die üblichen Blicke der Deutschen kenne ich. Die schauen mich entweder abwesend oder fragend an: »Was willst du hier? Muss ich mich mit dir begnügen? Wo ist ein mir würdiger Partner?« Er aber akzeptierte mich als Partner, als einen älteren Menschen, der eigentlich mehr Erfahrung haben müsste. Er wollte mir nichts beibringen, er wollte nur seine Bedenken mit mir diskutieren.

Ja, ich liebe diesen Deutschen, diesen germanischen Deutschen: groß und auf den ersten Blick, grobschlächtig wirkenden Deutschen, einfühlsam, zuhörend, aber nicht aushorchend, ausfragend wie seine Mutter, nein im Gegenteil, er fragt nach, er ist wissbegierig, ich hätte ihn auch geliebt, wenn er nicht mein Schwiegersohn gewesen wäre.

Die Frage ist nur, ob ich dann gewagt hätte, ihn so weit kennen zu lernen und ihn als Deutschen so nah an mich ranzulassen?

Als ich, so von meinem Schwiegersohn ermuntert, ihrem Herbert gesagt habe, dass Deutschland momentan nur Materie exportiere, geistig aber noch zurückgebliebener sei als die Türkei, weil Deutschland die eigenen Kinder, die Juden, vernichtet hatte; da konnte man ihn aber erleben: Das war toll, das war ein wunderschönes Gefühl! Jede Ader in seinem Gesicht schwoll rot an, sein ganzes Gesicht wurde rot, die Nase weiß, seine Augen rasend vor Wut, seine Hände zitterten, er konnte seine Beine nicht mehr beherrschen, er wechselte ständig von einem aufs andere: Kaum könne ich ein paar deutsche Wörter, schon rede ich von Holocaust – das Wort hätte ich nicht verstanden, aber im Kopf behalten – ich solle auch mal die guten Seiten der Deutschen kennenlernen. Ja, das sei ein historischer Fehler gewesen, das mit den Juden, die anständigen und guten Deutschen bedauerten das sehr und immer wieder, aber was passiert sei, sei passiert, man solle jetzt darauf achten, dass sich das nicht wiederhole. Herbert würde sein Leben geben, damit so etwas nie mehr passiert, dementsprechend habe er seine Kinder erzogen, und wir Türken sollten besonders darauf achten, da sei doch diese Sache mit den Armeniern, nicht mal reden dürfe man in der Türkei darüber, das sei verboten, absolut verboten, als er bei uns war, habe er einmal versucht, mit einem türkischen Geschichtslehrer darüber zu reden, der Lehrer habe ihn bedroht, habe ihm gesagt, wenn er, Herbert, noch einmal so etwas behaupte, dann würde er, der Lehrer, ihn bei der Polizei anzeigen, dann bekomme er, Herbert, mindestens zehn Jahre Gefängnis, und die türkischen Gefängnisse seien berühmt und berüchtigt, und seine, also Herberts, türkischen Verwandten, also wir, wären auch dran gewesen, und wir hätten in den türkischen Gefängnissen alle zusammen geschmort, aber Deutschland sei ein demokratisches Land, hier könne man über alles reden, ich hätte ja keine Ahnung von Deutschland, das sei auch nicht verwunderlich, wenn ich immer nur zu Hause hockenbliebe, zum Urlaub immer in die Türkei führe, immer in die Türkei ...« Mich interessierte nicht so sehr, was er sagte, mir machte es nur Spaß, wie er das sagte: mit fistelartiger Stimme, immer auf- und abgehend, mit den Händen fuchtelnd, sich dann hinsetzend und das eine Bein über das andere schlagend und umgekehrt, dann wieder aufstehend ... Schön war das. Diesen Herbert aus der Fassung zu bringen, ihn aus den eingefahrenen Bahnen seines Lebens- und Denkensweges zu werfen, ihn endlich wie einen normalen Menschen zu erleben, das lohnte sich! Mensch, dachte ich mir, Mensch, sogar aus dem deutschen Herbert kann man einen Menschen machen, dessen Zorn sich leise, aber wirkungsvoll auf den Gesprächspartner überträgt. Er hatte seine Stimme nicht angehoben, mich nicht angeschrien, er hat mir nicht gedroht wie ein Türke. Nein, er sprach leise, wie eine Schlange, nur seine Blicke auf mich fokussiert und fixiert. Ich habe mich innerlich sehr gefreut, aber auch Angst davor gehabt, ihm meine Freude zu zeigen.

Vielleicht ist es Aufgabe der Türken in Deutschland, aus dem Deutschen einen richtigen Menschen zu machen. Einen Menschen, der sich irrt, der sich aufregt, der sich Fehler leistet und der sich das auch eingesteht; einen Menschen, der sich nicht nur fragt: »Wie kann ich Scheiße bauen?«, sondern der sich dann auch fragt: »Scheiße, habe ich schon wieder Scheiße gebaut?« Wenn er sich schon mal diese Frage zu stellen beginnt, dann wackelt sein Deutschsein, dann beginnt sein Menschwerden. Herbert hat mich zwar nicht hierher geholt – obschon sein Sohn mir meine Tochter weggenommen hat –, aber als Deutscher muss er sich sagen: »Mensch, meinen Dünür mag ich, obwohl seine Tochter mir meinen Sohn weggenommen hat, er kann aber nichts dafür. Dass er jedoch hierher geholt worden ist, das stinkt schon. Noch stinkender wäre es aber, wenn ich ihn zu einem Deutschen machen würde, ihn integrieren wollte.«

Ich will die Deutschen nicht dämonisieren, sie nicht schlechter machen als sie sind. Mit dem Deutschen, wie er ist, habe ich mich schon abgefunden. Mein Problem ist nicht der Deutsche, sondern mein Problem ist, dass ich sein Problem bin und dass ich aber daran nichts ändern kann. Hier bin ich, ich kann nicht anders. Im Verein spielten wir Deutsche und suchten uns unsere Türken. Wir versteigerten den besten Türken der Stadt: »So einen Türken hast du noch nie gesehen! Er kann alles gleichzeitig spielen: Trommeln mit den Händen, Mundharmonika mit dem Mund, Querflöte mit dem rechten Ohr, Flöte mit der Nase. Er kann Elefant im Porzellanladen sein und sich dann bücken wie James der Butler. Wer bietet mehr für meinen Türken? Er ist billig, anständig, was selten bei den Türken ist, er ist sauber, er betet nicht gen Mekka, also hundert zum ersten, hundertfünfzig zum zweiten … Ha, da sind zweihundert? Zweihundertfünfzig?« Oder wir verkleideten einen von uns als Bayer. Dafür kauften wir extra eine Lederhose, einen Hut mit Gamsbart, die passenden Socken und Schuhe. In die Hosenträger ließen wir *Mein Türke* sticken. Gut, der Satz war orthographisch angepasst, aber das war Deutsch von Türken für Türken: *mayn türk*. Und dann ließen wir ihn hopsen und sich auf die Schenkel schlagen. Und dabei sollte er türkisch-arabeske Schlager jodeln: »Du, meine untreue … jolojolojo … Geliebte …

jolojolojolo … hast mich betrogen …« Fahri nannte das Integrationspiele.

Alle Versuche in 35 Jahren, die ich unternommen habe, um die Deutschen zu verstehen, sind fehlgeschlagen. Ich will aber auch nicht nur die deutsche Sprache verstehen und sprechen, nein, ich will wissen, warum die Deutschen so sind, wie sie sind, ich will sie verstehen, schließlich habe ich einen deutschen Schwiegerarzt. Und meine Enkelkinder … nein, sie sind keine Deutschen, oder sie sind … ich will darüber nicht nachdenken. So stark bin ich auch wieder nicht.

Die Deutschen im Verein

Den Verein gründeten wir im Café, beim Karten- und Okeyspielen und Türkeiretten. Die schönste Beschäftigung der Türken, ob studiert oder nicht, besteht darin, dass man täglich drei Mal die Türkei rettet. Über zwei Dingen reden wir türkische Männer sehr gern und ausführlich: Wie man die Türkei rettet und wie oft man eine deutsche Frau flach gelegt hat. Da kennt die Phantasie keine Grenzen. Der Türke blüht auf, strahlt förmlich, findet neue Wörter für die erfundenen Situationen mit der erfundenen deutschen Frau. Jeder weiß, dass der andere lügt, aber jeder glaubt, er würde eines Tages diese Situation doch erleben: ob wir die deutsche Integration erreichen, eines Tages, zu deutscher Zufriedenheit, steht in den Sternen, dass wir aber, bevor wir nach Deutschland gekommen sind, mit vielen deutschen Frauen geschlafen haben, das steht in unserer Phantasien. Im Laufe der Jahre, in denen wir in Wirklichkeit keine einzige deutsche Frau nackt in unseren Armen gestreichelt haben, behielten wir es als unseren sehnsüchtigsten Wunsch im Hinterkopf: eine schöne deutsche Geliebte, die nichts anderes will, als von einem geilen Türken geliebt zu werden. Davon träume ich auch. Eine deutsche Geliebte, die mir keine Probleme bereitet, die mir meine Frau nicht übel nimmt, die meine Enkelkinder akzeptiert. Es gibt Türken, die das geschafft haben sollen, hören wir immer wieder. Es gäbe in Berlin oder in München oder in Hamburg, wo auch immer, türkische Männer in meinem Alter, also schon mit Enkelkindern, die eine junge deutsche Geliebte haben. Sie seien so was von willig und geil, dass sogar einige von diesen Türken sich vorübergehend in die Türkei abgesetzt haben, um sich von den wunderbaren, aber doch anstrengenden Nächten mit der Deutschen auszuruhen. Fahri der Stotterer wusste von einem Freund zu erzählen, der in Köln wohnt, der wiederum einen Bekannten in Stuttgart hat, der diesem Bekannten erzählt hat: Diese deutschen Frauen, die sich mit den Türken einließen, seien ganz anders, sie seien schlank, nicht mit solchen Mühlensteinärschen wie unsere Mütter, die nach rechts und links schwankend dahin watscheln, nein, sie seien schlank, aber vollbusig, mit feurigen Augen, heißen Händen, offenen Schenkeln. Im Bett seien sie so beweglich, hüpfend und reitend, lutschend und saugend … Wenn sie einen Türken sähen, der ihnen gut gefiel, würden sie sich sofort ausziehen, nicht wie unsere Mütter: »Ali, mach' mal Licht aus! Nein, mit Licht geht's nicht. Ich bin keine Hure, ich bin keine deutsche Frau, ich ziehe mich nicht aus, nein … Bist du noch nicht fertig? Ich muss morgen früh aufstehen.« Solche Gespräche herrschten in dem Verein, wenn man sich zu zweit unterhielt, oder zwei-drei Gleichaltrige zusammen saßen.

Ich frage mich immer noch, warum wir türkische Männer mehr über Frauen erzählen als die deutschen Männer; weil wir geil sind, oder weil wir außer unseren Frauen so wenige Frauen zu lieben bekommen, oder weil wir Schwätzer sind? Ich kenne meine Mutter, meine Frau und meine Töchter. Mehr Frauen habe ich in meinem Leben nicht gesehen. Aber auch mir gefiel es zu erzählen, wie ich mal mit einer deutschen Nachbarin, die ich nie in meinem Leben näher kennengelernt habe, im Treppenhaus … Ich kann keine andere Frau näher kennenlernen, meine Ayse würde mich zum Teufel schicken. Ich kenne sie, ich habe großen Respekt vor meiner Frau, das würde ich wiederum nie im Verein zugeben. Wenn meine Frau sich aufregt, dann Gnade mir Allah … Sie spricht nicht laut, sie schimpft nicht, sie schreit nicht, sie schaut und beginnt meine Fehler aufzuzählen und zwar seit unserer Hochzeitsnacht: »Ich bin es leid Ali, so einen Menschen wie dich zu haben, du …« nein, nein. Ich will das lieber nicht vor so vielen Fremden wiederholen.

Dagegen ist man in der Politik nicht gezwungen, den, über den man erzählt, zu erfinden. Man redet, während man in Ruhe Tee trinkt und Okey oder Karten spielt, über die Innenpolitik und darüber, dass der Innenminister sofort abgelöst und durch einen gestandenen Mann mit militärischer Disziplin und derwischhafter Gelassenheit ersetzt werden muss, der muss dann sofort, aber mit Geduld ran gehen! Wie die Geduld und sofort zusammen funktionieren können, weiß vielleicht der Joker, der irgendwo unter dem vorletzten Stein liegt, der mit Geduld darauf wartet, dass einer der Spieler den Stein umdreht.

Eines Tages tauchte ein Deutscher bei uns auf, er komme aus der Gewerkschaft und wolle uns fragen, ob wir in Deutschland Probleme hätten. Am Anfang wussten wir nicht, was wir sagen sollten, und nur um etwas gesagt zu haben, behaupteten wir, wir hätten Probleme, zum Beispiel mit der deutschen Sprache.

»Gut«, sagte er: »Ich will mich mal umschauen, was ich für euch tun kann.« Dann kam er mit einer jungen deutschen Frau wieder. An den Tag kann sich jedes alte Mitglied erinnern: Es war an einem Freitag Nachmittag, die Sonne schien seit Wochen wieder, die Eltern wagten sich mit ihren Kindern auf die Straßen, die Verkäufer stellten ihre Körbe draußen auf, und wir saßen vor dem Caféhaus und ließen die Seele baumeln. In der Türkei war geputscht worden, die Generäle brachten wieder Ruhe ins Mutterland, wir hatten Pause vom Okeyspielen, denn jedes Mal, wenn die Generäle an die Macht kamen, legten wir eine Zwangspause vom Okeyspielen und Türkei-Retten ein, denn die Türkei war schon von den ruhmreichen Generälen gerettet worden.

Der Chef der Generäle erfand einen neuen Begriff: Demokratie nach türkischen Maßstäben. Als die Griechen davon hörten, wurden sie bestimmt blass. Wie diese Demokratie aussah, hat später niemand kapiert. Der Chefgeneral plädierte auf den Plätzen, auf denen er lauter junge Männer aufgehängt hatte, für die Demokratie: »Mein Volk,« schrie er »mein Volk, kein Volk der Welt hat die Demokratie mehr verdient als mein Volk, als Ihr. Ich sage Euch, wie die Demokratie aussieht. Schaut nach rechts, da kommt die Demokratie her, links sind Anarchie, Kommunismus, Blut. Also, mein Volk, schaaauuut nach rechts, noch mehr nach rechts, noch mehr.« Das geschah höchstwahrscheinlich auf dem selben Platz, wo er einen sechzehnjährigen hatte aufhängen lassen, nach dem er ihn gerichtlich um zwei Jahre hatte älter machen lassen, damit ihm die Geschichte nicht unterstellen konnte, er hätte ein Kind ermorden lassen. »Mein Volk, seid ihr Idioten? Nein, mein Volk ist nicht idiotisch, deshalb schaut mein Volk noch mehr Rechts, fast soweit rechts wie Mussolini. Von da kommt die Demokratie.«

Von einem jungen Neffen von mir wollten die Soldaten wissen, wer denn sein Auftraggeber sei, der den türkischen Staat umstürzen wollte. Und weil er das nicht verraten wollte, weil die Soldaten den Namen dieses Feindes des türkischen Staates aus seinem Munde nicht herausbekamen, versuchten sie dann, diesen Feind in seinem Arsch zu suchen. Dreimal haben sie ihm einen Polizeistock in den Arsch gesteckt, so richtig hinein geschoben. Weil sein Schließmuskel danach deformiert war und nicht mehr richtig funktionierte, musste dieser Neffe dann ständig auf die Demokratie dieses ruhmreichen Paschas scheißen. Er war erst sechzehn Jahre alt, als er auf seinem Schulweg vom türkischen Militär aufgegabelt wurde. Während also die Soldaten die Feinde des türkischen Staates in seinem Arsch suchten, hörten wir im Verein mit dem Türkeiretten auf, ohne zu wissen, dass mein Neffe den Feind des türkischen Staates nicht verraten wollte.

Zurück im Verein: Mani, er hieß eigentlich Manfred, aber wir sollten ihn Mani nennen, brachte die Dame zu uns, dafür sollten wir aber die Gewerkschaftsveranstaltungen besuchen. Ingeborg Weißmüller versuchte mit allen Tricks, uns die deutsche Sprache beizubringen.

»Was ist das? Ist das das Fenster? Nein, das ist nicht das Fenster, sondern das ist die Tür! Ist das die Tür? Nein das ist nicht die Tür, sondern ...«

In den zwei Monaten, die Ingeborg uns unterrichtet hat, wollte jeder von uns mit Ingeborg schlafen. Ingeborg wollte aber mit keinem von uns. So hörten wir auf mit dem Deutschlernen. Wozu eine Fremdsprache lernen, wenn sie uns nicht zu einer Frau führt?

Wir lernten kein Wort Deutsch, dafür sangen wir »Hoch die internationale Solidarität.«

Ingeborg holte uns nicht in ihr Bett, sondern brachte uns mit ihrem Freund zu Veranstaltungen zum 1. Mai. Mani brachte einen Gewerkschaftsfachmann mit, der ausführlich über die Entstehung der 1. Mai-Feier berichtete, dass schon die Römer den Maianfang mit den Floralien gefeiert hätten, einem Fest zu Ehren der Blumengöttin Flora, der Patronin der Blumen und des Frühlings, dann auch die Katholiken, der König von Bayern, Maximilian X., ebenso die Australier im Jahre 1856 und dann auch die Amerikaner. Der 1. Mai von heute wäre nie so, wie er ist, ohne seine Geschichte. Es seien hauptsächlich die deutschen Gewerkschaften gewesen, die die Arbeiterbewegung in der Geschichte beeinflusst haben. Ohne die Gewerkschaften wäre die Integration der Arbeiterklasse in die Konsumgesellschaft nie möglich gewesen.

In der Tat war alles sehr lehrreich, und besonders das Wissen, dass die Römer die Floralien gefeiert haben, verhalf uns zu einem großen Schritt in Richtung Integration. Ich fühlte mich in

Deutschland allmählich wohler. Du gehst auf die Straße, merkst, dass die nicht merken, dass du schon integriert bist, weil du ja über dieselbe Information, ja gar über dasselbe Wissen verfügst, wie sie, und sie wissen nicht, dass du weißt, was sie wissen. Mich bereicherte es ungemein, das zu wissen, dass ich am Wissen der Römer teilgenommen habe. Mich würde hier aber interessieren, ob die Römer stolz sind, dass sie mich mit ihren Floralien integriert haben.

Der Gewerkschaftsmann ließ uns dann alle aufstehen und das ganze Caféhaus aus vollem Halse singen: »Hoch die internationale Solidarität!«

Hasan, der Schäfer, der schon Genosse geworden war, sagte mit Tränen in den Augen: »Es ist wunderschön, zu wissen, dass sich nun alle Völker der Welt mit uns Türken solidarisiert haben. Der Grieche ist kein Feind mehr, der Russe nicht, der Franzose nicht. Leute, ich könnte heulen vor Freude.« Und hat er auch getan.

Fahri, der Stotterer, hielt zum ersten Mal in seiner persönlichen Geschichte und auch in der deutschen Gewerkschaftsgeschichte eine Rede in der deutschen Sprache, und das einwandfrei. Der türkische Stotterer auf der 1. Mai-Feier der deutschen Gewerkschaft! Das war für uns eine Sensation, für die Deutschen eine Revolution. Fahri sprach schnell, um nicht zu stottern, und obwohl er nicht stotterte, verstand ihn keiner, aber es war eine Freude, einen Türken auf dem Rednerpult zu sehen.

Er

artikulierte – in der deutschen Sprache,

schrie – in türkischer Art,

betonte – wie ein türkischer Politiker: verlangsamte die Sätze, hob die Stimme: *Ho... ch inininin... terterter... na... tiona... le So... lidarität...*

Weil der Stotterer die *Solidarität* passend zu dem ursprünglichen *Hoch die internationale Solidarität* Klang intonieren wollte, also

Silbe für Silbe, schwenkte die Melodie langsam allmählich zu einem bekannten osmanischen Lied über, nämlich *Üsküdara giderken: als ich nach Üsküdar ging.* Wie ein orientalischer Dirigent fuchtelte der oben auf der Bühne der deutschen Gewerkschaften mit den Händen, – er fuchtelte immer mit den Händen, wenn er das Stottern kommen spürte und nicht aus dem Stotterrhythmus herauskam. Das wussten die, die ihn kannten, aber es waren in der Mehrheit Türken, die ihn nicht kannten. Der türkische Chor unten, unter den deutschen 1. Mai-Teilnehmern, stimmte in seinen Rhythmus ein und sang die internationale Solidarität mit orientalischer Intensität. An der Stelle »Hoch die internationale« begann einer der türkischen Teilnehmer mit einem herzzerreißenden *ofofofofofof* zu klagen, was sofort von den Türken aufgenommen und mitgesungen wurde ... Die Deutschen kamen aus dem Rhythmus und sangen falsch; sie versuchten vergeblich, die anderen Teilnehmer in den richtigen Rhythmus zurückzuführen, indem sie noch lauter schrien. Da fühlten sich die Türken von den Deutschen herausgefordert und schrien noch lauter, bis die Deutschen mit den Türken sangen, falsch, aber solidarisch. Die türkischen Teilnehmer der 1. Mai-Veranstaltung der deutschen Gewerkschaften kamen voll auf ihre Kosten. Das war in der Tat internationale Solidarität, welche die deutschen Gewerkschaften seitdem auf den 1. Mai-Veranstaltungen auf keinen Fall missen wollen. Erst später kamen Kebab und Folklore dazu.

Mani fand diesen 1. Mai den tollsten, den er je mitgestaltet hatte. Die Leitung habe ihm zu seinem Erfolg gratuliert. So international und so solidarisch sei der 1. Mai schon lange nicht mehr gewesen. Die Türken verlangten keine höheren Löhne und Gehälter, schrien nicht nach Marx und Engels und Kommunismus, sondern es ging ihnen nur um die Solidarität und das Vergnügen: proletarisch, bescheiden, aber aus ganzem Herzen. So müsse der Arbeitertag sein.

Von nun an engagierte Mani sich noch mehr in unserem türkischen Verein. Er beschrieb in einem Vereinsgrundsatzbuch ausführlich, welche Aufgaben der Vereinsvorsitzende hat, der zweite Vorsitzende, der Beisitzer, der Protokollführer, und dass dieser Protokollführer alles niederschreibt, wann der Vorsitzende mit wem was geredet hat, was dabei ausgemacht worden ist, wie die Mitglieder darüber informiert worden sind ... Mit lauter solchen unnötigen, ja gar überflüssigen Sachen hat sich der Deutsche beschäftigt, wochenlang, jeden Abend, außer an den Abenden, an denen er als Gewerkschaftsmitglied anderswo tätig war.

Er führte eine Mitgliederliste ein, »wie bei uns in der Gewerkschaft«, schwarz auf weiß und alle nummeriert. Die Mitgliedsnummer eins bekam: Fahri Sahin, geb., wann, wo, seit wann in Deutschland, Beruf, der Name des Vaters und der Mutter, Adresse, Telefon: ja? dann Telefon-Nummer; wen soll man anrufen, wenn ihm etwas passiert, Höhe des Mitgliedsbeitrags ...

Da gab's den ersten Widerstand gegen den Deutschen. Von wegen Beitrag! Wieso Beitrag? Ein türkischer Verein benötigt keinen Beitrag. Beitrag ist eine Erfindung der Fremden. Wir wollen keinen Beitrag! Nieder mit Beitrag! Bisher haben wir einen Verein ohne Beitrag geführt, und zwar ruhmreich, mit viel Ehre, gegen allen Widerstand. Eine türkische Organisation mit einem Mitgliedsbeitrag in jedem Monat – das kann doch nicht gut gehen! Das ist der Untergang des Türkentums. Ein Türke unter Zwang, nie und nimmer! Wir, die Türken, wir sind aus Mittelasien bis hierher geritten, weil wir jeden Zwang, jedes Verbot, jede Regel und jeden Beitrag abgelehnt haben. Nie und niemals einen Beitrag!

Es war Sami, der Antike, der eine historische Rede gegen den Beitrag hielt: »In der türkischen Geschichte hat keine Partei ihren Mitgliedern einen Beitrag auferlegt. Eine politische Partei mit Mitgliedsbeitrag hat keine Chance zu überleben. Denn die politische Partei gehört in der Türkei dem Parteivorsitzenden, nicht den Mitgliedern, also muss der Parteivorsitzende zusehen, wie er die Partei finanziell auf den Beinen hält. Selbst der türkische Staat kann die Steuer, also den bürgerlichen Beitrag, nicht eintreiben, aber der Türke zahlt Steuern nur deshalb nicht gern, weil er sie für einen Beitrag hält. Außer beim Militär lehnt der Türke jegliche organisatorische Disziplin ab. Aber auch da zahlt der Türke keinen Beitrag. Zu Spenden dagegen ist der Türke bereit, denn er ist in sich an sich großzügig: Spenden für die Kranken, für die Bedürftigen, für die Behinderten, für die Armen, ja ... Spenden ja, wir sagen *Ja* zur Spende!« und er forderte uns auf. *Ja* zu schreien. Schon damals ahnten wir, dass es gut wäre, wenn wir zu bei allen Gelegenheiten für jegliche deutsche Vorschläge *Ja* sagen würden. Wir standen auf und skandierten:

Spende ... Ja, Beitrag ... Nein ... Türke und Spende zusammen passen ... Türke Beitrag hassen ... Deutscher kann's nicht fassen ... Dann Hände weg lassen ...

Nachdem wir uns beruhigt hatten und der Stotterer Mani erklärt hatte, warum wir geschrien hatten, verlangte Mani dann eine Spendenpflicht. Man könnte diese Spende dem Verein auch per Bankeinzugsermächtigung zukommen lassen. »Ihr braucht nicht jeden Monat in die Bank zu gehen. Einmal hingehen reicht schon völlig aus.« Die Spendenpflicht wurde mit großer Mehrheit abgelehnt, dafür die Spendenfreiheit angenommen. Vom dreißigsten eines jeden Monats bis zum ersten des darauf folgenden Monats musste das Mitglied seine freiwillige Spende auf das Bankkonto überwiesen haben. Die Mehrheit des Vereins lehnte das Wort *musste* mit großer Entschiedenheit ab und stimmte dieser Formulierung zu: »Jedes ehrenvolle Mitglied dieses ruhmreichen türkischen Vereins kann und darf innerhalb von 24 Stunden dem Verein, in dem andere Ehrenvolle Mitglieder für die gute Sache kämpfen, seine Großzügigkeit erweisen.«

Mani stellte die Unterlagen der einzelnen Mitglieder der Namenliste nach in ein Regal, machte eine Aufstellung der Einnahmen und Ausgaben, notierte da auch wer, wann und wie viel als seine Mitgliedsspende – so hieß nunmehr der Mitgliedsbeitrag in diesem Verein – bezahlte, woher die Einnahmen kamen, wofür die Ausgaben gemacht wurden. Das wiederum war überflüssig. Erstens gab es keine großen Einnahmen: Ein türkischer Verein mit Einnahmen! Der Verein ist doch kein Finanzamt oder ein Unternehmen, sondern ein Ort oder am besten eine Idee, wo gleichgesinnte Menschen einander treffen. Wenn es eine Einnahme gibt, so ist das Geld, zum Beispiel für die Überführung eines verstorbenen Landsmannes in die Heimat ausgegeben worden.

Wenn der Verein irgendwie Geld brauchte, dann nahm man einen Hut, ging durch das Café, nannte den Grund, wofür gerade Geld gesammelt werden musste, dann wurde das Geld mit große Wahrscheinlichkeit dafür ausgegeben und zu einem späteren Zeitpunkt bekannt gegeben, wie viel Geld wofür gesammelt und ausgegeben wurde. Punkt, fertig und Amen mit den Finanzen des türkischen Vereins. Solange sich kein Mitglied darüber beschwerte, kümmerte sich auch das deutsche Finanzamt nicht darum, wie ein türkischer Verein in Deutschland mit dem Geld umgeht. Es ist auch vorgekommen, dass man in einem türkischen Verein für Leichenüberführung eines Mitglieds Geld gesammelt und das dann aber für ein Sammelbeschneidungsfest der Jungen eines anderen Mitglieds ausgegeben hat.

Wie wir SPD-Mitglieder wurden

Wir wurden SPD-Mitglieder nicht deshalb, weil die Partei etwas für uns getan hätte oder sie uns sympathisch erschienen wäre, sondern weil sie als erste deutsche Partei jemand zu uns geschickte hatte, ihren Jörg, diesen Akademiker, und weil dieser Jörg sagte, dass die anderen deutschen Parteien uns nicht aufnehmen würden. Der CDU würden wir als Muslime nicht passen, weil die CDU nur christliche Mitglieder aufnehmen würde, die FDP sei eine Partei der Rechtsanwälte, der Ärzte und der kleinen Unternehmen, die sich offen für die Welt sehen, aber nur für die Welt ihres Gleichen. Die Kommunisten seien gegen die Türkei und gegen die Nato, bliebe also nur die SPD. Es gäbe auch noch eine andere Partei, aber die ist so stramm wie die Kommunisten, die heißt CSU, das sind die Menschen, die jodeln, Bier trinken, also die für uns total Fremden. Die SPD wäre aber bereit, uns zu beschnuppern. Warum auch nicht? sagten wir uns, die Hauptsache ist, dass uns jemand aufnimmt. So behauptete es jedenfalls Jörg; die Mitgliedschaft in einer deutschen Partei würde uns die Integration erleichtern, und die SPD sei dafür die einzig passende Partei. Unsere Chancen in Deutschland würden sich durch die Integration bzw. durch die Mitgliedschaft in der SPD erhöhen, wir hätten dann eine blendende Zukunft.

Hasan, dem Schäfer, gefiel die SPD so sehr, dass er zuerst Sympathisant dieser Partei wurde und offen und laut davon träumte, wie er in Deutschland in Zukunft Karriere machen werde, langsam aber sicher, weg von seinem Schäferdasein, wie er dann mit einem offiziellen Parteiauto in sein Dorf fahren würde, die Parteifahne an der rechten Seite des, wie die türkische Fahne, weiß-rot gestrichenen SPD-Autos, selbstverständlich von einem deutschen Chauffeur mit Jackett und Krawatte gefahren, grimmig um sich blickend, wie eben ein Deutscher im Dienst sein kann, aufspringend und sich vor Hasan verbeugend. Und so wäre er, Hasan, der Schäfer, der erste Türke, der von einem Deutschen bedient, bzw. gefahren würde, ha! Die im Dorf würden Augen gemacht, dem Dorfvorsteher würden die Augen aus ihren Höhlen herausspringen, er würde nicht mehr wissen, ob das weiß-rote Auto von den türkischen Generälen ins Dorf geschickt worden sei und ob er nun das Auto militärisch grüßend empfangen sollte oder eher so, wie man einen deutschen Touristen empfängt, jovial lächelnd. Er, der Vorsteher, würde seinen Maul aufreißen, aber kein einziges Wort herausbringen. Hasan, der Schäfer, der noch bevor er nach Deutschland gegangen ist, mit einigen dummen Schafen auf der Weide des Dorfes vor sich hin trottelte, eine verstimmte Flöte in der Hand, einen verlausten Hund hinter sich. Dieser Hasan, ein feiner Herr geworden, der befehlen gelernt hat, ja dieser würde zu ihm gehen, bescheiden und freundlich, ihm seine Hand geben und sagen: »Na, Muhtar, wie geht's dir?« Dann würde sich Hasan, der Schäfer, an seinen deutschen Fahrer wenden und ihm befehlen: »Hans, gib meinem Muhtar eine Schachtel HB.« Genauso würde er es machen.

Die SPD, eine deutsche Partei der armen Menschen, ist eine großherzige alte Dame, die jedem hinuntergefallenen hilft. Diese Partei wird Hasan den Schäfer unter die Arme greifen und ihn vor die Menge stellen, damit er sie führt.

Hasan behauptete, da er als Schäfer daran gewöhnt sei, einen Haufen Vieh zu hüten und zusammenzuhalten, würde er das als

Parteifunktionär auch locker schaffen. Wie oft stehe er doch allein auf der Weide und spreche mit seinen Tieren! Wie oft er den Tieren Reden gehalten hatte, heimlich, um sich guckend, ob jemand aus dem Dorf kommt und ihn verarscht: Na, Hasan, was redest du für ein Scheiß mit diesem dummen Vieh. »Meine lieben Freunde,« so hat er immer mit den Schafen zu reden angefangen, »meine sehr lieben Freunde, ich bin hierher geschickt worden, von Oben, von ganz Oben, von Allah, auf euch aufzupassen, euch zu führen, eure Sicherheit, euer Wohlsein, zu sichern. Ich mag euch sehr gern, ich finde es toll, dass wir zusammen gekommen sind. Es gibt keinen besseren Chef als mich, ich werde Vernunft, Herz und Geist walten lassen, damit ihr fressen könnt, wie ihr wollt, ich werde euch in die Sülze führen, wenn es euch nach Salz ist, ich werde euch in die Quelle führen, wenn ihr Durst habt, ich werde nicht schlafen, nicht essen, nicht trinken, bis ihr euch zum schlafen legt. Ich werde euch gegen die Feinde verteidigen, ihr könnt euch auf mich verlassen. Ich erwarte dafür von euch Gehorsamkeit, Disziplin und Genügsamkeit. Ich kann aber auch sehr unangenehm werden, ich kann euch auf die Nerven gehen, ich kann euch anschreien, ja aufbrausen, wenn der eine sich von der Menge entfernt, ohne mich vorher danach gefragt zu haben. Ich werde auch Strafen wissen, wenn nicht nach meiner Pfeiffe getanzt wird. Wie ich das machen werde, dass soll meine Sache sein. Nun gehet hin, genießt das Leben.«

Nein, um Gottes Willen, er vergleiche die SPD-Mitglieder jetzt nicht mit seinen Tieren, er wollte damit nur sagen, dass er an mehrere Lebewesen gleichzeitig gewohnt sei. Hasan besuchte mit Jörg öfter den Ortsverein der SPD, lernte immer mehr Namen auswendig, wie Karl Marx, Friedrich Engels, Friedrich Ebert, Schumacher, Brandt ... und wurde dann eines Tages Mitglied der Partei und innerhalb eines Jahres war er im Vorstand zuständig für die Integration der Türken in Deutschland. Hasan wollte die

Türken ins fremde Land hineinführen, in die Integration, so wie er seine Tiere ins Grüne führte; weidensicher, grasreich.

Nach jeder Veranstaltung im Caféhaus, die in Zusammenarbeit der Gewerkschaft mit dem türkischen Verein, von der SPD mit dem türkischen Verein, von der Evangelischen Kirche mit dem türkischen Verein, organisiert und durchgeführt wurde, gab es einen ausführlichen Bericht in der lokalen Zeitung, jedes mal auch mit einem Foto. Das zeigte immer dieselben Personen von der türkischen Seite, mit entweder Mani oder Jörg oder ... alle freundlich lachend und der Schäfer manchmal mit dem Siegeszeichen.

Als ich die Fotos meinem Enkelsohn zeigte, konnte er mich darauf nicht erkennen. Dann war er erstaunt, dass ich auf den Fotos so schlank und jung aussehe. Er habe gedacht, ich sei schon immer alt und dick gewesen: »Büyükbaba, damals warst du auch klein.«

In der Lokalzeitung begann der Bericht immer mit der gleichen Überschrift: Der türkische Verein setzt seine Integrationsarbeit fort. Der zweite Vorsitzender des türkischen Vereins Manfred Streicher betonte: »Als Verein haben wir uns die Integration zum Ziel gesetzt. Dieses Ziel werden wir auf jeden Fall erreichen. Wir danken der deutschen Gesellschaft für ihre Hilfsbereitschaft, der Stadt für ihre Hilfe und unseren Mitgliedern für ihren Integrationswillen.« Dann ließen sie einen von uns zu Wort kommen, am Anfang den Stotterer, dann, nachdem er Genosse geworden war, Hasan den Schäfer: »Wir leben gern in Deutschland, und die Arbeit wird gut bezahlt, wir fühlen uns hier wohl, haben aber Heimweh, und mein Verein und die SPD arbeiten im Hinblick auf die Integration eng zusammen.«

Bevor Hasan der Schäfer alle türkischen Männer der Stadt erfolgreich integrieren konnte, muss ihm irgendein Deutscher, der mit seiner Frau nicht glücklich war, einen Floh ins Ohr gesetzt haben. Denn jedes Mal, wenn der Schäfer von dem Treffen von *seinen Genossen* – so gab er im Caféhaus an – zurückkam, sprach er so:

»Genossen, wenn wir in Deutschland die Integration überhaupt wollen, dann müssen auch Frauen hierher kommen dürfen. Ohne Genossinnen wurde nie einen Arbeiterkampf gewonnen. Rosa Luxemburg, eine engagierte Genossin von mir, hat sich für das Frauenrecht eingesetzt. Also her mit den Frauen! – wenn ihr euch integrieren wollt.«

Ja dann, dachten wir, her mit den Frauen. In der Tat. Die Frauen haben uns gefehlt. So viele Männer gab es, aber keine einzige Frau. Sami, der Antike, der sich eigentlich nur für Geschäfte interessierte, bestand darauf, dass der Verein sich dringend und vehement für die Integration einsetzen müsse. Ein türkischer Verein in Deutschland ohne Engagement für die Integration mache sich schuldig. Hasan, der Schäfer, der nun einen Integrationsmitkämpfer gefunden hatte, machte auch Druck. Plötzlich wehte im Verein ein starker Integrationswind. Auch die Cafébesucher, die Okey-, Karten-, Domino- und Backgammonspieler sprachen sich für die Integration aus. Im Caféhaus wurde geredet, als hätten die Generäle die Türkei wieder einmal gerettet, aber nicht mehr vom Türkeiretten war die Sprache, sondern nur von der Integration. Jeder träumte von der Integration. Sie kommt und befreit uns von allen Lasten.

Wir alle fanden, dass die Integration unbedingt sofort stattfinden sollte. Jeder Tag, der ohne Integration vergeht, ist eine Verschwendung, wir sind jung und kräftig, wir sind bereit zur Integration. Mit Ungeduld warteten wir auf die Integration. Ich kann mich heute noch genau erinnern, wann Hasan, der Schäfer, über die Notwendigkeit der Integration gesprochen hatte. Es war an einem Donnerstag, denn einen Tag vorher, also am Mittwoch, muss er an der Vorstandsitzung der SPD teilgenommen haben, wo den jungen Türken endlich die Integration versprochen worden war. Wir fanden es zwar ungebührlich, dass in einer Vorstandsitzung öffentlich über unsere sexuellen Bedürfnisse diskutiert worden war und eine politische Partei den Verkuppelungsdienst übernommen hatte, aber wir waren in Not und konnten nicht nein sagen, offen gestanden waren wir begeistert von der Idee. Doch gab der Stotterer Hasan dem Schäfer zu bedenken: »Hasan, du bist ein wahrer Genosse, wenn du die Integration bis in den Verein, also ins Caféhaus bringst. Ich meine aber, dass nur wir vier, die Gründungsmitglieder dieses Vereins, uns integrieren sollten, und zwar heimlich, in einem Hotel oder so …« Darauf Hasan, der Schäfer: »Wieso im Hotel? Wenn schon Integration, dann öffentlich. Wir brauchen uns nicht zu schämen, das tun wir schließlich für unsere Zukunft, für unsere Kinder.« Dann wieder Sami, der Antike: »Wieso für unsere Kinder? Ich möchte keine Kinder mit den deutschen Frauen haben.« Hasan, der Integrationsbeauftragte der alten Tante, der sozialdemokratischen Partei Deutschlands: »Genosse, soweit muss die Integration nicht gehen, dass wir mit den Deutschen sofort verwandt werden. Nein, sachte muss es gehen, immer mit Geduld.« Der Antike: »Sachte ja, aber da kenne ich keine Geduld, verdammt noch einmal, seit dem Urlaub in der Türkei, das sind immerhin schon sieben Monate, habe ich keine Frau mehr im Bett gehabt. Mein letzter Integrationsversuch war in einem Puff in Izmir.« Hasan schaute drein wie seine Schafe damals geschaut haben dürften, mit Schafsblicken, unschuldig, aber doof: »Integration im Puff … im Puff? Integration …« und ging weg.

Samstag haben wir auf die Integration gewartet, Sonntag, Montag, Dienstag, Mittwoch, dann kam am Donnerstag Hasan, der Schäfer: »Genossen, Integration … wie soll ich euch sagen: Integration heißt nicht, eine deutsche Frau zu ficken sondern Integration heißt für meine Partei: Dass auch türkische Frauen in den türkischen Verein kommen können, dass wir auch Frauen an unserer Arbeit beteiligen sollen.«

Da ließ sich der Stotterer vernehmen: »Höööööörrrrrr maaaaall zzzzuu!« Vor lauter Aufregung sprach er die darauf folgenden Sätze fehlerfrei: »Ich bin seit meiner Hochzeit mit meiner Frau integriert. Dafür brauche ich keinen deutschen Rat. Nur aus reiner Liebe zu deiner Partei wollte ich mich auch mal mit einer deutschen Frau integrieren. Wenn nicht, dann eben nicht. Das war mein eigener Fehler, mich von deiner Integrationsidee verführen zu lassen.«

Umfassende Bildung

Einmal erschien ein fröhlicher, bis zu seinen Ohren lachender Deutscher, schwarz gekleidet, wie ein Ramadanfestbesucher. Er sprach jeden an, schüttelte viele Hände, fragte diesen und jenen, wie es ihm gehe, fragte nach Frau und Kindern und danach, ob er sich hier wohl fühle. So sprach er mit jedem, bis er zu uns kam. Wir dachten zuerst, er wollte das Fest mit uns feiern, aber er fragte: »Es soll hier jemand geben, der Hilfe braucht!« Ismail, die Glatze, stand auf und fragte jeden, wer denn unter den Besuchern Hilfe brauche: »Leute, da ist ein Deutscher, der einem von uns umsonst helfen will. Heute ist unser größtes Fest, und wer heute etwas Gutes tut, kommt ins Paradies. Lasst euch bitte heute helfen! Wenn wir uns von dem Deutschen helfen lassen, dann helfen wir ihm, er wird sich dann wohler fühlen.« Er fand aber keinen Türken, der sich die deutsche Hilfe umsonst hätte bescheren lassen wollen.

Bevor er sich uns vorstellen konnte, bekam der Mann als Gast sofort zwei Baklawas auf einer Teeuntertasse serviert:

»Heute ist Ramadanfest, da ist jeder Gast ein Gottesgast, essen Sie zuerst, dann haben wir Zeit miteinander zu reden.«

Der Mann konnte sich kaum zurückhalten:

»Ich heiße Hieronymus, ich bin Pfarrer und ein Freund von Manfred Streicher, der hat mir gesagt, hier könne man den Türken unbegrenzt helfen. Also, wo brennt's? Wo soll ich anfangen?«

Obwohl das Ramadanfest ein religiöses Fest ist, und Hiro, wie wir ihn bald nannten, weil sein ganzer Name zu kompliziert war, ein Mann der Religion, konnte man die beiden nicht zusammenbringen. Der türkische Imam wäre nicht damit einverstanden, dass seine Aufgabe von einem anderen Religionsmann übernommen wird. Da er für die Moslems nicht zuständig sein durfte, suchte das ganze Café nach einer Möglichkeit für den Pfarrer, wo und wie er den Türken unbegrenzt helfen könnte. Wenn dieser Mensch unbedingt seine Hilfsbereitschaft ausleben wollte, warum dann nicht heute? Er wusste auch selbst nicht, wie er helfen könnte.

»Gut«, sagte der Caféhausbesitzer: »dann kannst mir ja helfen.«

Und nach einer kurzen Anlernzeit bediente er die Ramadanfest Besucher im Café. Das ging aber nicht gut: Er kannte die Teetrinkgewohnheiten der Türken nicht. Seine Teegläser wackelten zu sehr, der Tee schwappte über, auch konnte er nicht mehr als zwei Gläser in einer Hand tragen. Um den Tee beim Tragen nicht zu verschütten, heftete er seine Augen auf die Gläser statt auf seinen Weg, was ihn noch unsicherer machte, vergaß, wer den Tee mit zwei Stück Zucker trank und wer ihn mit einem oder überhaupt keinen nahm. Und erst der Kaffee: Wer nahm den türkischen Kaffee ohne, mit, mit wenig, mittel oder viel Zucker? Wer trank Lindenblütentee oder Orangentee, trank ihn kalt oder heiß, oder … Jeder Besucher hatte seine eigene Art, Tee zu trinken: Der eine trinkt ihn sehr stark, der Tee muss aussehen wie Tavsankani, Hasenblut, der andere will einen Paschatee, einen sehr dünnen. Als Bedienung muss man das alles wissen. Obendrein konnte er sich unter all dem Türkenkrach akustisch nicht durchsetzen. Seine Stimme war viel zu leise, zu salbungsvoll und immer bittend. »Einen Tee für …« konnte der Caféhausbesitzer von seiner Theke aus, wo der Samowar steht, gar nicht hören, geschweige denn verstehen.

Hiro versuchte den neuen Besuchern des Festes, die von außerhalb der Stadt kamen, Baklawas anzubieten. Er verbeugte sich dabei tief und sprach: »Würde mein Bruder wohl so nett sein und zum heiligen Ramadanfest ein Stück Baklawa annehmen?« Dieses Deutsch verstand nicht einmal der Stotterer, der unter uns der Beste im Fach Deutsch war.

Er wollte aus Leibeskräften helfen. Damit er nicht unverrichteter Dinge nach Hause ginge, zeigten wir ihm den Verein, bzw. das Caféhaus.

»Das ist unser Verein«, sagte der Stotterer.

»Hier machen wir alles, unser ganzes Engagement für das deutsch-türkische Verständnis.«

Im Café, bzw. im Verein, war die Türkei öfter gerettet worden. Nun sprach man plötzlich nicht mehr über die Politik. Die Caféhausbesucher dachten, dass man in Anwesenheit von Fremden nicht über die inneren Probleme der Türkei reden dürfe. Das ist unsere Familienangelegenheit, das ist unser nationales Geheimnis. So hat das auch der Evren Pascha, der Pascha der Paschas, gesagt. Mit seiner klaren Generalsstimme hat er gesagt: »Leute, die Ausländer lügen, um uns zu schwächen, aber wir Türken sind die demokratischste Nation der Welt, die sind nur neidisch auf uns.«

Dagegen wurden nun deutsche Fachleute eingeladen, sie hielten Fachvorträge in ihrer Fachsprache. Jörg holte einen Historiker, der mit Daten, Fakten und Dias über die geschichtliche Entwicklung der deutsch-französischen Beziehungen dozierte und uns erklärte, dass die Kenntnis über die Geschichte für die Integration dringend nötig sei. Besonders beschäftigte er sich mit der Emser Depesche. Nach Streitigkeiten um die spanische Thronfolge habe Frankreich wegen des Inhalts dieser Emser Depesche Preußen den Siebziger-Krieg erklärt. So nannte man diesen deutsch-französischen Krieg, über den man als Deutscher unbedingt Bescheid wissen müsse, denn ohne die Geschichte eines Landes zu kennen, könne man auch niemals die Gegenwart und besonders die Zukunft dieses Landes verstehen. Wenn man als Türke in Deutschland lebe, dann müsse man wissen, mit wem man zusammenlebe, warum die Deutschen so seien, wie sie sind, und wenn man längere Zeit in diesem Land leben wolle, dann solle man sich zu seiner Geschichte bekennen. Ohne die Geschichte könne man das Land und dessen Menschen nie verstehen. Die Kriege machten die Menschen so, wie sie sind, der Hunger, die Not ... Ohne Geschichtskenntnis und -verständnis sei die Integration ein Baum ohne Wurzel. Man könne diesen Baum ein paar Tage am Leben erhalten, aber dann ...

Welcher Türke will denn in Deutschland wie ein Baum ohne Wurzel leben. Der Stotterer sprach es aus: »Her mit dem Wurzel, den Baum haben wir selber.«

Die Zuschauer waren begeistert, sie dankten dem Historiker mit frenetischem Beifall. Einer von unserem neuen Mitgliedern stand auf und sprach: »Jetzt weiß ich, was mir zur Integration gefehlt hat! Ich habe mir immer gesagt: Recep, du willst dich integrieren in Deutschland, aber du vermisst etwas dabei. Die Emser Depesche! Ich danke Ihnen herzlichst, meine Familie wird diesem Tag, unserem Integrationstag, immer ehrenvoll gedenken.«

So haben wir endlich auch verstanden, warum die Deutschen so sind, wie sie sind. Wegen der Franzosen! Diese verdammten Franzosen! Hätten sie damals nicht den Deutschen den Krieg erklärt, wären die heute anders als sie sind. Hasan, der Schäfer, sagte: »An der Stelle des deutschen Sultans, oder des Königs oder dessen wer damals die Deutschen geführt hatte, hätte ich die Kriegserklärung des Franzosen nicht angenommen. Ich hätte ihm ins Gesicht gelacht und ihm gesagt: Also, du Franzose, ich weiß, dass du jetzt besoffen bist, mit Besoffenen redet man am besten, wenn man selbst besoffen ist, und ich bin jetzt nüchtern.« Ich kann mich ganz genau erinnern, was ich darauf Hasan, dem Schäfer, gesagt habe: »Nehmen wir an, der Kaiser oder der andere hätte dem Franzosen gesagt, Du, Franzmann, mich interessiert deine Erklärung überhaupt nicht, du kannst tun, was du willst, aber ich habe etwas Anderes vor. Wie wären dann die Deutschen geworden?«

Der Genosse ist mir immer noch eine Antwort schuldig. Wenn ich ihn heute treffe, brauche ich ihm nur diesen Satz zu zuflüstern: »Na, wie wären die Deutschen geworden?« Manchmal hört er mir nicht zu, manchmal fragt er mich: »Hat Dich das immer noch nicht losgelassen?«

Mich interessiert nach wie vor, was aus den Deutschen geworden wäre, wenn sie auch die beiden Weltkriege nach diesem Franzmannkrieg gewonnen hätten. Mit Hilfe des Stotterers habe ich diese Frage an den Historiker gerichtet. In der Geschichte gäbe es so etwas nicht »Was wäre wenn?« Die Geschichte sei so geworden, weil sie nichts anders geworden ist, sie bleibe stehen, sie könne man nicht mehr verändern. Wenn die Geschichte schon Geschichte geworden ist, dann heißt sie Geschichte. Sie sei so, wie sie sei. Wie die Deutschen eben, dachte ich mir dann. Das verdanken wir dem Franzmann aus Paris.

Nach dem Historikervortrag sagte der Caféhausbesitzer: »Du Stotterer, ich habe kein Wort davon verstanden.«

Der Stotterer: »Ich auch nicht.«

»Warum hast du dann Beifall geklatscht?«

»Das gehört sich doch nicht, dass er mit dem Eindruck nach Hause geht, wir hätten kein Interesse an seinem Vortrag gehabt. Außerdem habe ich auch deshalb geklatscht, weil der Scheiß zu Ende war.«

Der Vortrag zog mehr als dreißig türkische Zuschauer ins Caféhaus. Nach dem Vortrag unterhielten sie sich dann untereinander und gelangten zu der eindeutigen Feststellung, dass das Wissen über die »Emser Depesche« allen Türken in Deutschland fehlen würde, um sich in Deutschland wohl zu fühlen. Womöglich gebe es in der deutschen Geschichte viele *Emser Depeschen*, die den Türken bisher verborgen geblieben wären! Deshalb müsste es die Aufgabe der hiesigen Türken sein, diese Depeschen aus der Geschichte herauszuholen.

Hiro wollte auch etwas tun für die Integration seiner Türken und lud uns zu einer Veranstaltung ein. Was wir in dem Verein gemerkt haben, ist dass jeder Deutsche in dem Verein nur von seinen Türken sprach. Das gefiel uns sehr. Wenn du weißt, wem du gehörst, ist das ein sicheres Gefühl. Ich bin nicht allein, mich hat jemand. Manchmal ist das sicherlich komisch, wenn in der Vorstandssitzung in Anwesenheit der türkischen Mitglieder die deutschen Mitglieder von ihren Türken als dritte Person reden, als wären wir nicht dabei, wie man von seinen kleinen Kindern redet. Es fehlte uns nur noch, dass die deutschen Mitglieder während sie von ihren privaten Türken redeten, uns über den Kopf streicheln, oder, wenn diese eigenen Türken etwas lobenswertes geschafft haben, zu sagen: Bravo mein Türke, du bist gut, du schaffst das, du kannst das, ich weiß, ich kenne dich, mach weiter so.

Da, bei Hiros Veranstaltung hörten wir zum ersten Mal, welche Probleme wir in Deutschland haben. Viele Deutsche kamen auf die Bühne und erzählten uns, wie dreckig es uns in Deutschland geht. Der erste Deutsche erzählte uns Türken, dass wir Probleme mit der Wohnungssuche haben, der zweite, dass wir Probleme bei den Ämtern und Behörden haben, der dritte, dass wir Probleme mit den Schulen haben, der vierte, dass wir Probleme mit den deutschen Vereinen haben, der fünfte, dass wir in Deutschland Probleme mit unseren Glauben haben … Einige von den Rednern problematisierten unsere Probleme so problematisch, dass wir unsere Probleme überhaupt nicht mehr verstanden.

In der Pause stritten wir unter uns, wer den Deutschen denn diesen Unsinn erzählt hat? Warum wussten wir von all dem nichts? Wer war der Verräter unter uns? Wir leben doch wunderbar in

Deutschland; wir gehen einkaufen, ohne Problem, wir machen Arztbesuche, ohne Problem, wir zahlen Steuern, ohne Problem. Zugegeben, manchmal verstehen uns die Deutschen nicht, aber es liegt auf jeden Fall nicht an uns. Und die Deutschen können wir auch nicht aus Deutschland hinausschicken. Wer soll die Deutschen annehmen? Wir müssen allmählich lernen, mit den Deutschen zusammen zu leben. Selbstverständlich gibt es im Verein und im Caféhaus Landsleute von mir, die sich schwer tun. Die jammern, die sich beklagen, wie der Caféhausbesitzer. Sein Café läuft in letzter Zeit nicht besonders gut, also seit die Deutschen im Vorstand sitzen und die Türken die Türkei nicht mehr nach Herzenslust retten können. Jedes Mal sitzt ein Deutscher im Caféhaus, und ermahnt die Besucher, ruhig zu diskutieren, das sei ja keine Diskussion, was sie da untereinander machten, sie schwatzten vielmehr wie alte Weiber und am Ende komme nichts dabei heraus. Er begreife ohnehin nicht, warum die Türken alle so unverbindlich und ausführlich redeten.

Manchmal kam dem Caféhausbesitzer der Verdacht, dass die Deutschen im Vorstand alle türkisch verstünden und uns abhörten. Seine Kunden befürchten, dass die Deutschen von einem Geheimdienst hierher geschickt worden sind, um die Türken auszuhorchen und von ihnen zu erfahren, wie es in der Türkei politisch läuft. Der Stotterer als Vorsitzender hat das alles bestritten:

»Das stimmt so nicht. Weil die Deutschen nach jeder Vorstandssitzung sofort wieder abhauen, heißt das noch lange nicht, dass sie die Geheimnisse des türkischen Lebens ausspionieren. Die Deutschen können unsere Lebensart nie nachvollziehen. Denn wir leben nicht nach irgendeiner Regel.«

Wenn nicht der Caféhausbesitzer, wer dann? Wer hat den Deutschen verraten, dass wir in Deutschland Probleme haben?

Wir haben Hiro im Verdacht gehabt, was er sofort und vehement bestritt. Weil er uns immer wieder danach gefragt hat, wie wir uns in Deutschland fühlen würden, ob er uns helfen könnte. Wenn wir Probleme hätten, dann sollten wir sofort zu ihm kommen: »Gott hat immer eine Lösung.« Auf der Stelle erwartete er eine Entschuldigung von uns, dass wir ihn überhaupt ... Als Pfarrer dürfe er das Vertrauen seiner Mitmenschen nie missbrauchen: »Meine Brüder und Schwestern erzählen mir vieles, aber niemand darf es von mir erfahren.«

Wir gingen mit einem unguten Gefühl wieder in den Saal.

Ich stand auf und bedankte mich im Namen des Vereins und meiner Freunde herzlich bei den Rednern dafür, dass die sich so viele Mühe gemacht und uns auf unsere Probleme aufmerksam gemacht hätten, und erklärte ihnen, dass es uns nicht bewusst gewesen sei, dass wir so viele Probleme haben, dass wir uns dafür in aller Öffentlichkeit hier und jetzt in aller Form entschuldigen, und dass ich bitte schön noch eine Frage hätte:

»Woher wissen Sie, dass wir so viele Probleme haben? Wer hat Ihnen gesagt, dass wir Probleme haben? Eigentlich wollten wir unsere Probleme niemandem erzählen.«

»Viele Türken haben uns erzählt, dass sie Probleme haben.«

»Und Sie erzählen dann den anderen Türken, die noch nicht wissen, dass sie Probleme haben, dass sie eigentlich Probleme haben müssten?«

»Nein, nicht dass sie nun Probleme haben müssten, sondern wir deutschen Wissenschaftler erfahren es von den Türken und geben das den anderen Türken weiter.«

Einer der Redner fragte mich, ob ich Probleme mit der deutschen Sprache hätte. Ich habe das bejaht. Daraufhin betrat er wieder die Bühne:

»Alle wissenschaftlichen Studien besagen, dass Türken in Deutschland enorme Schwierigkeiten haben. Das haben wir gerade auch aus seinem Mund gehört. Sprachprobleme sind der Anfang der Probleme. Und das Schlimmste ist, dass die Türken uns nicht als Gesprächspartner annehmen. Sie hören sich unsere Fragen an, schauen uns höflich, aber mit nichts sagenden Blicken an, dann schweigen sie entweder oder geben provokative Antworten. Die leben unter sich, lassen niemanden an sich ran, selbst die deutsche Polizei hat Probleme mit den Türken. Sie würden mit ihrer Sturheit alle Ermittlungen ins Stocken bringen. Sie lehnen alle Integrationsversuche ab. Sie bemühen sich nicht um die Integration, sie haben schon resigniert, isolieren sich und schließen sich ein.«

Wir nahmen uns einzeln selbst unter die Lupe. Wen könnten die Redner gemeint haben?

Der Stotterer, unser langjähriger Vorsitzender, verteidigte sich: »Al...ssssoooo, an mir kann es nicht gelegen haben, ich war immer fleißig, ich war bereit, Deutsch zu lernen, ich habe, damit ich mit den Deutschen in Ruhe zusammen leben kann, nicht einmal meine Frau hierher geholt. Sie hätte mit jedem Krach gehabt. Wie ihr merkt, habe ich immer die Integration gesucht, also Integration heißt für mich Ruhe und Frieden.«

Der Antike wollte es auch nicht gewesen sein: »Ich bin ja meistens unterwegs. Mal in der Türkei, mal hier. Das muss alles passiert sein, während ich weg war. Wenn ich die Integration irgendwo finde, werde ich euch Bescheid sagen.«

Auch Hasan, der Schäfer, redete sich heraus: »Ich bin der einzige, der die Integration wirklich gesucht hat, ich bin Parteimitglied, also, ich suche auch den Schuldigen.«

Wir haben auch die anderen Mitglieder sowie die Caféhausbesucher gefragt, ob sie jemanden kennen, der Unruhe stiftet in Deutschland, der Probleme verursacht, der den Wohlstand verhindert. Wer so einen deutschfeindlichen Menschen kennt, trifft oder ihn auf frischer Tat erwischt, sollte das bitte dringend dem Vorstand melden. Wer sachdienliche Hinweise zur Ergreifung des

Täters gebe, bekomme ein halbes Jahr Deutschsprachunterricht als Prämie.

Wir haben ihn nie gefunden. Allerdings wurde der Deutschsprachkurs sowieso von uns nicht besucht. Wir hatten schon unsere Erfahrungen mit solchen Sprachkursen.

Dazu muss ich hier allerdings sagen, dass kein einziger Deutscher mehr – außer den deutschen Vorstandsmitgliedern – in den Verein gekommen ist. Doch einer, ein Herr Schiele. Er wollte mit dem Zuständigen des Vereins für den Tourismus sprechen. Die deutschen Mitglieder des Vereins waren noch bei ihren eigentlichen Arbeiten, entweder in der Partei oder in der evangelischen Kirche oder bei der Arbeiterwohlfahrt, und wir wussten mit der Frage überhaupt nichts anzufangen. Der Stotterer war zuständig für die deutsche Sprache, wenn die Deutschen des Vereins sich mit uns verständigen wollten, auch ich konnte einigermaßen deutsch, der Antike war für den Außenhandel, Hasan der Schäfer für unnötige Arbeit zuständig – aber einen Zuständigen für Tourismus den hatten wir nicht! Wie immer, wenn es sich um Deutschland und um Deutsche handelt, war es der Stotterer, der darauf antworten sollte. Der wollte den Mann nur nach Istanbul schicken: »Außer Istanbul kenne ich keine Stadt in der Türkei, die zu sehen sich lohnt. Geschichte hat die Stadt, Ambiente, Frauen, Geschäfte.« Herr Schiele behauptete dagegen, er sei x-Mal in Istanbul gewesen, er kenne sich da aus wie in seiner Westentasche. Darauf entwickelte sich ein Streit zwischen den Beiden. Der Stotterer empfahl ihm einige Stadtteile, worüber Herr Schiele einen Lachkrampf bekam: »Da sind doch Gecekondus, Slums, da ist doch überhaupt nichts zu sehen, nur Armut, Elend ...« Der Stotterer war stocksauer über diesen Besserwisser und wollte mit diesem elenden Typ kein Wort mehr reden. Ich mischte mich ein: »Kennen Sie Cakirgümüs? Waren Sie schon mal da? Na, schauen Sie, ein wunderschönes Dorf, in dessen Mitte ein Bächlein murmelt, klar und kalt. Das Bächlein entspringt am Hang des Akdag, dessen Gipfel selbst im Sommer von Schnee bedeckt ist. Zwischen dem Akdag und dem Dorf wächst der Wald, wild und kühl.« Cakirgümüs kenne er nicht, aber in Samsun sei er zwei Mal gewesen und die Stadt habe ihm nicht gut gefallen, sie habe überhaupt keine Eigenschaften. Das Meer sei kalt und schmutzig und die Menschen stocksauer. Einzig wegen des Tabaks, der da in der Umgebung wächst, will er nicht schon wieder hin. Des Caféhausbesitzers Teegehilfe wollte ihn nach Sivas schicken. Darauf Herr Schiele: »Diese alte seldschukische Stadt mit zwei Minaretten und sonst nichts?« Jeder von uns wollte ihn in sein Dorf schicken. Jeder von uns beschrieb seinen letzten Wohnort in der Türkei als ein Paradies, lobte das Dorf und versprach ihm alle denkbaren Vergünstigungen. Ich sagte ihm nur: »Wenn du, Herr Schiele, in die Türkei gehst, dann brauchst du kein Hotel zu bezahlen – abgesehen davon, dass es in Cakirgümüs kein Hotel gibt. Du kannst bei meinem Bruder bleiben. Essen und Trinken ist natürlich umsonst. Mein Bruder und seine Frau sind nämlich sehr deutschfreundlich.«

Herr Schiele kam eine ganze Woche lang, immer nachmittags zwischen 15 und 17 Uhr. Er erklärte uns die Türkei, beschrieb die Orte, die er x-Mal gesehen hat, von der Hagia-Sophia bis zum Ölü-Deniz. Er erzählte uns Geschichten, die er da und dort erlebt hatte. Wie er zum Beispiel im Dorf Olympus in der Nähe von Antalya auf einem Baum geschlafen hatte. Damals gab's fast kein Motel, keine Pension, das Dorf begrüßte jeden Fremden per Handschlag. Als er ein Dorf nach einem Jahr zum zweiten Mal besuchte, erkannte ihn der Dorfvorsteher sofort wieder und lud ihn zu sich nach Hause ein. Sie sprachen über dies und jenes, bis dann die Rede auf den Umstand kam, dass Herr Schiele noch ledig war. Da ließ der Vorsteher sofort seine Nichte rufen. Zwei Tage lang hat das Mädchen sie bedient. Herr Schiele hat den Wink des

Vorstehers sehr wohl verstanden: Aber er wollte kein türkisches Mädchen heiraten. Die seien viel komplizierter als die deutschen Frauen. Bei den türkischen Frauen wusste Herr Schiele nicht, was sie meinen, wenn sie mit ihrem Kopf nicken. Mit einem einzigen Augenaufschlag drückt das türkische Mädchen mehr aus als ein seitenlanger Brief einer deutschen Frau. Bei der deutschen Frau verstehe er den ganzen Brief, aber den sekundenschnellen Augenaufschlag verstehe er nicht.

Nach einer Woche sagte er uns: »Leute, ihr kennt euch ja in der Türkei überhaupt nicht aus. Ihr kommt ja direkt aus euren Dörfern hierher.«

Jahre später behauptete der Stotterer, der Herr Schiele sei derjenige gewesen, der den Binnentourismus der Türkei erfunden hätte. Hätte der Herr Schiele uns, die in Deutschland leben, damals nicht erzählt, wo und wie er in der Türkei was gesehen und erlebt hat, hätten wir niemals Ferienhäuser in Bodrum, Kusadasi, Alanya oder Kas gekauft.

So gesehen, kann man im Nachhinein sagen, dass sich die Integrationsbemühungen des Vereins gelohnt haben.

Wie die Deutschen wieder verschwunden sind

Die deutschen Mitglieder nannten ihre Aktivitäten im Verein *Solidarität mit unseren Gastarbeitern.* Solidaritätsfeste haben sie organisiert, wo türkische Volksmusik und türkische Speisen angeboten wurden. Sie haben deutsche Gäste eingeladen, wir haben sie bedient, sie haben Rede gehalten, wir haben geklatscht, sie haben getanzt, wir haben zugeschaut, sie haben gegessen, wir haben das Geschirr gespült. Das war sehr schön. Einige unserer Frauen kamen zum ersten Mal mit den Deutschen zusammen, sie haben sie live gesehen, sie haben sie lachend erlebt. Nach ein paar Solidaritätsfesten sagte mir meine Frau: »Ali, lass uns auch mal mit den Deutschen solidarisieren. Jedes Mal solidarisieren sie mit uns, wir müssen dann arbeiten. Nun will ich mich auch einmal vergnügen, also ich solidarisiere mich mit den Deutschen, und sie arbeiten.« Das wollten die deutschen Vorstandsmitglieder auch, aber sie warfen uns vor, dass unsere Frauen nicht mit den Deutschen tanzen wollten. Sie solidarisierten sich mit uns, wir noch nicht mit ihnen. Wir wollten aber so nicht mit ihnen zusammenarbeiten. Irgendwann wollten wir nicht mehr, dass sie sich mit uns solidarisieren. Die deutsche Solidarität bestand darin, uns zu zeigen, was sie konnten und was wir mussten. Dafür verlangten sie von uns, dass wir ihnen türkische Spezialitäten anboten. Manfred aus der Gewerkschaft sagte: »Genosse, es reicht uns völlig, wenn wir nach der Arbeit hier im Verein etwas zu essen bekommen. Etwas

Türkisch-Anatolisches.« Sie wollten zwar die Integration, aber das türkische Essen sollte das türkische Essen bleiben.

Als Mani nach einem Solidaritätsfest im Gewerkschaftshaus, wo viel geredet und getrunken worden war, wieder mal in den Verein kam und sagte: »Also, jetzt könnte ich was vertragen, so etwas richtig Türkisches.« Da bot der Cafébesitzer Ismet ihm den Rest des Kebabs vom Wochenende an. »Statt ihn wegzuwerfen, gebe ich ihn lieber ihm«, musste er sich wohl gedacht haben. Er bereitete jedes Wochenende Iskenderkebab zu. Die Türken strömten förmlich aus ihren deutschen Baracken und aus ihren türkischen Konservendosen in dieses Café, um etwas Anständiges wie Kebab oder Bohnensuppe mit Reis und dazu Zwiebeln zu essen. Damit der Geruch des Döner die deutschen Nachbarn nicht in die Flucht schlagen würde, stellte er in seiner Küche heimlich ein Dönergerät auf. Er hatte keine Konzession und Döner war damals noch nicht das deutsche Nationalgericht, und es war noch nicht gesetzlich vorgeschrieben, wie es zuzubereiten ist, und deshalb schmeckte es jedes Wochenende anders gut. Ismet war kein guter Planer und von dem Kebab blieb immer etwas übrig. Manchmal die Krusten, manchmal die ins Eisfach gelegten Reste. Er wärmte sie auf, brachte sie den Deutschen auf den Tisch und er schmeckte ihnen. Leider. Denn nun kamen noch mehr Deutsche ins Café und fingen an, ihre Zusammenarbeit durchzusetzen. Wenn ich hier einen Vergleich ziehen darf, so war Mani von der Gewerkschaft der Columbus des deutschen Kebabs. Er hat ihn hier, in diesem Café in der Bahnhofstrasse 13 entdeckt. Sagen wir es so, Ismet war der Indianerhäuptling und endete wie alle Indianerhäuptlinge in Amerika endeten – als Caféhausbesitzer. Er wurde nicht erschossen und soff sich auch nicht zu Tode, er wurde vor seinem eigenen Café von einem deutschen Autofahrer überfahren. Der Deutsche war besoffen und kam nach einem Monat frei. Wie der Kebab geendet hat, weiß ja jeder in der Welt. Der deutsche Kebab gilt nun als Weltklasse-Kebab und befindet sich als Qualitätsmerkmal auf Augenhöhe mit Daimler und BMW, ein Markenzeichen echter deutscher Wertarbeit. Ich habe einmal gehört, dass ein Chinese in Peking in China einen Kebabimbiss aufgemacht und darauf geschrieben habe: Deutscher Kebab, der beste der Welt. Als er gefragt wurde, warum er seinen Kebab so genannt habe, habe er gesagt, er sei überall in Europa gewesen und habe dort alle möglichen Sorten Kebab gegessen, also Kebab aus den Niederlanden, Kebab aus Dänemark, Kebab aus der Schweiz, Kebab aus Österreich: Am besten habe ihm der deutsche Kebab geschmeckt. Er hätte dann chinesisch gelacht: deutsche Weltalbeit.

Erst integrierten die Deutschen den Kebab – mit Ketchup oder Senf und Krautsalat oder Sauce mit oder ohne Knoblauch in den Verein, dann ... Wie die Integration mit den Türken in Deutschland aussehen würde, kann man am Kebab sehen.

Ich kann hier ohne Stolz sagen, dass unser Verein der erste türkische Verein in Deutschland war, in dem die Deutschen die Integration durchzuführen versuchten. Ich kann hier aber doch mit Stolz sagen, dass wir die ersten Türken in Deutschland waren, die den Angriff der Integration abgewehrt haben. Während Mani und seine Männer Kebab mit Ketchup und Kraut aßen, aßen wir ihn demonstrativ mit Reis und Peperoni, leicht auf der Kohle gedreht und mit Auberginensalat. Die Aubergine drehte Ismet langsam auf der Kohle, verkohlte gleichmäßig ihre Schale, schälte sie aus legte sie in Knoblauchjoghurtsoße. Damals wussten die Deutschen überhaupt nicht, ob man Auberginen essen kann, genauso wenig wussten sie, ob man Wassermelone mit oder ohne Schale isst. Mein Verein hat den Deutschen Geschmack beigebracht, den deutschen Gourmet geweckt, hat die Deutschen auf die Speisen anderer Nationen neugierig gemacht. Mani, der Dicke, war eine gesuchte deutsche Versuchsperson. Er machte den Kebab und diverse Kebabbeilagen im deutschen Lande bekannt, wofür die türkische Küche ihm Dank schuldig ist!

Dass die Deutschen sich aus dem Verein entfernt haben, dafür habe ich auch etwas getan – und mein Anteil war nicht gering. Ich habe keinem Menschen weh getan, keinen Deutschen zusammengeprügelt, aber ich war der erste, der sich heftig gegen die Mitgliedschaft der Deutschen geäußert hat. Mir hatte die Art der Deutschen nicht gefallen, die Art und Weise, wie sie den Verein übernahmen. Das habe ich nicht direkt im Vorstand gesagt, ich weigerte mich aber, an den Veranstaltungen teilzunehmen. Ich meinte im Café, dass wir unter uns bleiben sollten, dass wir, auch wenn wir gegen die Deutschen in Deutschland keinen Krieg führen dürfen und wollen, nicht mit den Deutschen über die Türken in Deutschland reden sollten. Jedes Mal, wenn wir den Deutschen etwas über die Türken gesagt hatten, vor allem wenn es Negatives war, bekamen wir von Mani, Jörg oder Hiro zu hören: »So sind die Türken eben, das habt ihr doch selbst gesagt.«

Sie redeten immer wieder über die Anpassung, Integration, Gewöhnung, Akzeptanz, Respekt, miteinander leben, Zusammenleben, Solidarität ... In jeder Sitzung begannen sie mit einem von diesen Begriffen. Sie führten den Verein aber allmählich allein. Sie beschlossen, das und jenes so und so zu machen.

Der Tropfen, der dann das Fass zum Überlaufen brachte, bildete meine Feststellung, dass es einen Begriff wie *Integration* in der deutschen Sprache nicht gäbe und auch früher nicht gegeben habe. Das Wort *Integration*, so führte ich aus, kommt aus dem Lateinischen und heißt *Wiederherstellung des Ganzen*, was ja bedeuten würde, dass wir Türken einmal ein Stück von den Deutschen waren und dann in die Türkei gegangen sind und nach Hunderten von Jahren wieder zurückgekommen sind, um das Ganze wieder herzustellen. Das ist doch nicht wahr, wir sind kein Stück von den Deutschen. Die Deutschen sind die Deutschen, wir Türken sind wir Türken. Jeder für sich! Also, ich bin ein Türke, Du bist ein Deutscher – wogegen ich nichts habe. Du bist ein guter Mensch, genauso wie der Stotterer. Du sollst als Deutscher in Deutschland glücklich sein, ich als Türke glücklich. Ich mische mich in dein Leben nicht ein, du sollst dich auch nicht in mein Leben einmischen. Ich achte die Gesetze, die zwar nicht von mir oder von meinen Vertretern gemacht worden sind, ich erkenne Eure Verfassung als meine Verfassung an, solange ich in Deutschland lebe. Wenn ich etwas verbrochen habe, verhaftet mich die deutsche Polizei, verklagt mich der deutsche Staatsanwalt, verurteilt mich der deutsche Richter. Nichts dagegen zu sagen.

Mani: »Du willst damit sagen, dass ich mich in dein bzw. in euer Leben einmische?«

Mein kräftiges »Ja« darauf gefiel mir selbst sehr gut.

Dann wurde ich zum zweiten Vorsitzenden gewählt. Nachdem ich zweiter Vorsitzender geworden war, wehte in dem Verein ein ganz anderer Wind. Keine Deutschmacherei mehr, keine Integration, keine Experten. Nur wir. Wir, Türken, Vereinsmitglieder. Anständige Vereinsarbeit. Ein sauberer Vorsitzendertisch mit einer Decke, darauf das Atatürkbild, die türkische Fahne und Plastikblumen in der Farbe unserer Fahne, rote und weiße Rosen.

Im Cafe entbrannte nun eine heiße Diskussion, ob Türken Nationalisten sind. Sie entzündete sich daran, dass Mani neben der türkischen Fahne die deutsche aufgestellt hatte. Dagegen sprach zuerst der Caféhausbesitzer. Er hatte Angst, dass seine türkischen Besucher nicht mehr einkehren würden.

Mani band daraufhin die deutsche Fahne an eine kleine Stange, wie er es – so behauptete er – in der Türkei gesehen habe. Jeden Samstagnachmittag und Montagvormittag würden in der Türkei die armen Kinder, ob es nun kalt oder heiß sein, stundenlang unter Absingen diverser Märsche in Reih und Glied stehen, um die türkische Fahne zu hissen. Was der türkischen Fahne in der Türkei recht sei, dürfe der deutschen Fahne in Deutschland billig sein.

Der Caféhausbesitzer verteidigte seine These, dass sein Caféhaus ein privater Raum ist, wofür er Miete zahle und Strom, Heizung, Wasser und das er dann also auch bestimmen dürfe, was in seinem Hause passiere, welche Fahne hier gehisst werden dürfe.

Im Vorstand warf Mani den türkischen Vorstandsmitgliedern vor, nichts gegen dieses perfide Vorgehen des Caféhausbesitzers unternommen zu haben, weil auch sie genauso stocknationalistisch seien. Das erkenne man schon daran, dass keiner der Vorstandsmitglieder sich in Deutschland integriert habe, dass keiner von ihnen, auch nicht der Stotterer, der sich ja sichtlich Mühe gebe, richtig deutsch gelernt habe und es auch nicht lernen wolle. Stattdessen würden sie sich wie ein türkischer Pascha benehmen, die deutschen Frauen, die er ab und zu hierher bringe, immer gleich anmachen und alle deutsche Frauen, die aus welchem Grunde auch immer hierher zu kommen wagten, sofort ficken wollen. Er habe allmählich die Nase voll davon. In seiner Umgebung würde er nur Türkenmani genannt, weil er ja nichts anderes wolle, als den Türken zu helfen, die aber leider Gottes diesen unschuldigen Wunsch nicht zu würdigen wüssten, weshalb er sich allmählich frage, wie lange er noch in diesem Scheißverein mitmachen wolle.

Hiros Versuch, ihn zu besänftigen, ja gar zu trösten: »Wir sind hier, um den Armen zu helfen. Wie kannst Du die Türken, also Moslems, mit uns vergleichen! Als du hierher kamst, wusstest Du doch, mit wem du dich einlässt! Lass uns unsere Arbeit machen, so ein Aufstand wegen einer Fahne!«

Da mischte sich Jörg ein: »Ich habe mich bisher immer rausgehalten, ich muss aber sagen, ich bin auf der Seite von Mani. Ich wünschte mir mehr Parteimitglieder von euch, nur um ein Zeichen zu setzen, dass die Türken bereit sind, sich zu integrieren.

Nein, außer dem Genossen Hasan wollte keiner bei uns mitarbeiten. Das kann mit Nationalismus zu tun haben. Ich wollte schon lange nicht mehr mitmachen. Demnächst kandidiere ich nicht mehr für den Vorstand.«

Dann gingen die Deutschen, wie sie gekommen waren.

Samis Kultur-Export/Import

Nach einem Jahr hatten wir kein deutsches Mitglied mehr, dafür aber einige Polizeirazzien in unserem Vereinsraum bzw. im Café, weil Sami dem deutschen Kaufmann, der bei uns türkisch hatte lernen wollen und es dann nicht konnte, dafür aber dem Stotterer ein Auto verkauft hatte, zur Strafe eine griechische Geige angedreht hatte. Diese Geige hatte nur zwei Saiten, und man konnte damit nicht spielen. Die Geige sei uralt und entsprechend einzigartig in ihrer Art, sie habe lange in einem griechischen Tempel im tiefsten Anatolien gelegen. Sami, der Antike, habe sich große Mühe gegeben, diese Geige aus der Türkei heraus zu schmuggeln. Wäre der Antike von der türkischen Polizei an der Grenze erwischt worden, wäre er mit dem Tode bestraft worden, weil die alte griechische Kultur von den Türken unter türkischem Schutz gestellt worden ist. Als er das in Anwesenheit dieses deutschen Kaufmanns sagte, der eigentlich Fahrer war, der in Versicherungsgeschäft einsteigen wollte, haben wir uns alle totgelacht. Erstens erwischt die türkische Polizei niemanden, weil sie niemanden erwischen will, es sei denn, es bringt ihr Geld ein, und zweitens kann man die Todesstrafe in der Türkei viel leichter bekommen. Dazu braucht man sich nicht so viel Mühe zu geben, sondern braucht nur im betrunkenen Zustand etwas gegen den türkischen Staat zu sagen, schon wird man mit dem Tode bestraft. Aber das konnte der ehemalige Kaufmann nicht wissen.

Sami der Antike brachte erst ein vergilbtes Foto der Geige an und zeigte es uns in Anwesenheit des deutsche Kaufmanns übertrieben heimlich, sprach ganz leise und erwähnte immer wieder die Wörter *teuer, alt, griechisch.* Sami der Antike gab uns einen sehr auffälligen Wink, dass wir jetzt schweigen sollten, dann wieder flüsterte er am Tisch und lachte dem Kaufmann ins Gesicht, so, als würde er sagen: »Ätsch, wir haben ein gemeinsames Geheimnis.«

Der Kaufmann wurde aufmerksamer und neugieriger, wollte unbedingt das Foto sehen, drängte sich an den Tisch, versuchte etwas von unserem Gespräch mitzubekommen, bat uns um genauere Informationen und schaltete schließlich den Stotterer als Vermittler ein. Dann legte er das erste Foto zusammen mit allen anderen Fotos auf den Tisch und fragte den Kaufmann, ob er ihm helfen könne, diese teure Geige aus der Antike zu verkaufen. Er, der Kaufmann solle aber sehr vorsichtig sein, denn die Geige sei zwar sehr alt, sehr teuer und sehr gefragt, aber auch sehr gefährlich. Wenn die türkische Regierung herausfände, dass Sami, also ein Türke, diese uralte hellenistische Geige aus der Türkei, aus dem ursprünglichen Land der Hellenen herausgeschmuggelt und an Fremde verkauft hätte, würde Sami wegen Vaterlandsverrat aufgehängt und zwar mit einem billigen türkischen Strick, und das sei sehr schmerzhaft, bis man stirbt. Ein entfernter Onkel von Sami sei wegen längst nicht so alter seldschukischer Trommeln drei Mal aufgehängt worden, aber weil der türkische Strick nicht aus Hanf, sondern aus einfachem Schilf gedreht war und deshalb drei Mal hintereinander gerissen wäre, sei er begnadigt worden. Denn so sei das Gesetz in der Türkei – wenn der zum Tode durch den Strang Verurteilte seinen Hals drei Mal aus der Schlinge rettete, würde er begnadigt. Obwohl der Onkel aber nun begnadigt worden war, musste der arme Mann dann mit einer grippalen Stimme weiter leben, so, als wäre er ewig erkältet. Ob der Kaufmann sich, obwohl er germanisch schön und gutaussehend sei, vorstellen könne, eine Frau mit einer solchen Stimme anzusprechen, also der Stimme eines gerade Entmannten, eines Eunuchen? Hier ahmte Sami, um seiner Erzählung mehr Ausdruck zu verleihen, die Stimme nach.

All das hatte Sami weniger mit seiner deutschen Sprache erklärt als viel mehr mit seinen flinken türkischen Händen und Füßen. Damals wunderte ich mich vor allem darüber, dass der deutsche Kaufmann seine Bewegungen besser zu verstehen schien als seine türkische Sprache. Der Stotterer behauptete, so seien die Deutschen, wenn sie meinten, es würde ihnen einen Vorteil bringen, würden sie alles verstehen. Der Kaufmann verließ das Café mit strahlendem Gesicht und wir haben uns kräftig vergnügt. Es macht unwahrscheinlich großen Spaß, sich in Deutschland auf Kosten der Deutschen zu vergnügen. Man bekommt vor Lachen Bauchschmerzen, man pinkelt sich in die Hose, man lacht lauthals – und der Deutsche merkt nichts davon, er schaut nur dumm und dusselig drein.

Am Ende hat aber dann Sami, der Antike, dumm und dusselig dreingeschaut – im Gefängnis, wo wir ihn dann einzeln besuchen durften. Sami war der erste Türke in Deutschland, der in den Genuss gekommen ist, in einem deutschen Gefängnis deutsch zu lernen. Nun spricht er hervorragend deutsch, ist selbst kaufmännisch tätig, betreibt einen Import-Export-Laden in der Bahnhofstraße in einer kleinen deutschen Stadt und ist völlig integriert. Also er kümmert sich weder um die Deutschen noch um die Türken. Er lebt wie ein normaler Deutscher vor sich hin. Macht Geschäfte, jammert über die Weltwirtschaftslage und beschimpft allerlei Politiker und genießt sein Leben. Wie ich mal gehört habe, leitet er einen Moscheegründungsverein.

Sami machte sich um den internationalen Kulturaustausch verdient: Er, Sami, importierte griechische Steine aus der Türkei nach Deutschland, lieferte die Unterschrift des Aristoteles an ein deutsches Museum, verkaufte das Todesurteil eines griechischen Gerichts über Sokrates in der Originalsprache einem deutschen Sozialdemokraten, erfand eine Bibel in aramäischer Sprache … Es wurde ihm aber noch viel mehr vorgeworfen. Zwei Mal wurde er aus Deutschland ausgewiesen, drei Mal ist er nach Deutschland zurückgekehrt. Deutschland war damals so liberal, was die Ausländer anbetraf, dass sogar straffällige Ausländer wieder ins Land kommen durften und die Chance bekamen, sich zu bessern.

Woran erkennt man einen echten Türken?

Sogleich begann ich Maßnahmen gegen jegliche Integration zu treffen. Obwohl wir kein Vereinslokal hatten, die Sitzungen wurden ja bekanntlich im Café abgehalten, suchten wir Mitglieder, die aber nachweisen mussten, dass sie Türken sind. Ich fand eine geniale Methode, um herauszubekommen, ob jemand wirklich ein Türke ist oder nur ein getürkter Türke.

Derjenige, der sich um die Mitgliedschaft in unserem Verein bewarb, musste nachweisen, dass er Türke ist. Wir stellten ihm keine blöden Fragen wie: »Seit wann bist du Türke?« oder »Ist ein Mitglied deiner Familie in irgendeinem türkischen Mutterlandskrieg gegen den Feind gefallen, kannst du das nachweisen?«, oder »Hast du irgendeinem Ungläubigen geholfen, zum Islam überzutreten?« Nein, wir luden den Kandidaten zum Okeyspielen ein. Wer diese Probe bestand, wurde Mitglied, wer nicht, der eben nicht, auch wenn er die Namen dutzender Märtyrer seiner Familie nennen konnte.

Okeyspielen ist eine Erfindung eines amerikanischen Wissenschaftlers für die amerikanischen Geisteskranken, so hat Fahri einmal gesagt. Die geistig Behinderten sollten damit ihre Kombinationsfähigkeiten üben und auch entwickeln.

Das Spiel besteht wie Rommé aus 104 Steinen. Fünf Steine werden reihenweise aufeinander gestapelt. Es gibt dazu zwei Joker und zwei falsche Joker. Der erste Spieler wird durch Würfeln bestimmt. Wer die höchste Zahl wirft, muss als erster die Steine verteilen. Der Spieler soll von jeder Farbe – also gelb, blau, rot und schwarz, die Farben kann man auch anders kombinieren – mindestens zwei Viererreihen und dazu zweimal dreier Zahlen zusammenstellen. Er kann, wenn ihm eine Farbe zwischen zwei Zahlen derselben Farbe fehlt, zum Beispiel die zwei zwischen eins, drei und vier, dann seinen Joker, wenn er überhaupt einen hat, dazwischen legen. Der Reihe nach nimmt jeder Spieler einen Stein von dem Haufen, legt ihn auf seine vor ihm stehende, hölzerne Ablage und die dazu passende Zahl oder Reihe, dann wirft er den überflüssigen Stein zurück in die Mitte des Platzes.

Dieses Spiel ist ein Nationalspiel in der Türkei. Nur ein Vollbluttürke kann dieses Spiel mit all seinen Tricks beherrschen. In jedem Haus in der Türkei befindet sich ein Okeyspiel neben dem Koran, manche Liebhaber dieses Spiels bewahren ihre Steine in einem dafür extra angefertigten Lederetui auf, das sie bei einem Täschner in Auftrag gegeben haben, der es liebevoll aus Kalbsleder zusammennäht. Der Meister kann, wenn man will, den Namen des Familienoberhaupts auf das Etui gravieren oder sticken. Der Besitzer des Okeyspiels kann seinen Namen auf die Halter schnitzen und ihn in Gold oder Silber fassen lassen. Ich kenne türkische Akademiker, die dieses Spiel öffentlich anprangern, die alles erdenklich Schlechte darüber sagen, es zu Hause aber heimlich mit ihren Kindern spielen.

Ein Türke kann, während er spielt, nebenbei die Türkei retten, mit den anderen Spielern die Zukunft seiner Kinder diskutieren, die EU ablehnen, Griechenland den Krieg erklären, Bier trinken, gekochte Kichererbsen essen und sich über die Haselnüsse und deren Wirkung auf männliche Hormone äußern.

Ein deutscher Soziologe, der dann später Professor für Türken in Deutschland geworden ist, hat uns einmal im Verein besucht und sich das Spiel angeschaut. Meinen Vorschlag, dass er doch, wenn er schon über das Spiel schreibe, es auch selbst gespielt haben sollte, lehnte er aber ab: »Es genügt mir schon, wenn ich zuschaue.« Ich habe dann einmal sein Kapitel über das Verhalten der Türken in den Caféhäusern gelesen. Es lautet ungefähr folgendermaßen:

Vier Türken, immer männlich, setzen sich einander gegenüber an einen Tisch. Der Tisch kann aus Holz sein, aus Metall oder auch aus Glas. Die Hauptsache ist, dass der Tisch eine glatte Oberfläche hat. Der Caféhausbesitzer bringt ihnen einen Kaufhauskarton, welchem er vier Holzhalter und einen Lederbeutel entnimmt. Während der eine Spieler die Holzhalter verteilt, holt der zweite Spieler die Spielsteine aus dem Beutel und wirft sie mit der Rückseite nach oben auf die Tischplatte. Alle Spieler bauen vor sich mehrere Stapel zu je fünf Steinen auf und beginnen zu würfeln. Wer die höchste Zahl hat, muss die Steine verteilen. Vorher muss er aber noch zwei Mal würfeln: um zu ermitteln, bei wem das Verteilen beginnen soll, und um von den fünf bzw. sechs Steinen den zu bestimmen, der als Joker gelten soll. Dann beginnt das Verteilen: In der ersten und zweiten Runde bekommen alle Spieler je fünf Steine, in der dritten nur der erste fünf und alle anderen vier. Die Spieler legen ihre Steine auf die Halter ...« Dann schreibt er so weiter, wie ich vorhin beschrieben habe.

Gut beobachtet, präzis erklärt, wie das die Deutschen immer tun, wenn sie uns beobachten, dann aber ziehen sie die falschen Schlussfolgerungen. Immer. Sie beobachten das türkische Verhalten mit deutschem Blick. Unser Professor schreibt weiter:

»Es geht um die Unterhaltung, um den Zeitvertreib oder auch nur um das Gespräch. Einer gewinnt oder das Paar, das sich gegenüber sitzt, gewinnt und das Spiel ist zu Ende.« Von wegen.

In diesem Spiel steckt der türkische Geist. Der Türke muss, während er mit Daumen und Zeigefinger einen Stein aus dem Stapel in der Mitte zieht und auf seinen Halter legt, gleichzeitig reden, das Spiel kombinieren, den Schwarzen Tee schmecken und spüren, ob er aus Rize kommt, aus Indien oder Ceylon, und dabei auch den türkischen Finanzminister, dieses korrupte Schwein, aus dem Amt entlassen, darf nicht vergessen, den Beischlaf mit einer deutschen Frau detailliert zu schildern, während der andere Spieler mit Elan, Begeisterung und hoher Stimme das Tor seines Lieblingsspielers von Galatasaray Istanbul moderiert, manchmal im Stehen.

Dieses Spiel scheint für die Ausländer ein harmloses Spiel zu sein. Man hebt einen Stein auf, legt ihn zwischen die anderen Steine, und wenn es so weit ist, deckt man seine Steine für die anderen auf und schon hat man das Spiel gewonnen. Die Deutschen schauen zu, dann entscheiden sie, ohne dabei das Wesentliche verstanden zu haben.

Kein Deutscher vermochte das Okeyspielen zu erlernen. Viele versuchten es, Kaufleute, Versicherungsagenten, Soziologen, Psychologen, Pädagogen, Schriftstellerchen, Lehrerinnen und Lehrer, Schülerinnen und Schüler, Politiker, Pfarrer … Vertreter aller Berufe, aller Schichten, alle Geschlechter der Deutschen versuchten es, gaben sich Mühe, lernten emsig, fragten minutenlang diskutierten tagelang, schrieben seitenlang, Journalisten fragten, Professoren machten Felduntersuchungen … Nichts. Keinem Deutschen gelang es. Die Deutschen konnten die Seele des Spiels nicht begreifen. Zwar mag ein amerikanischer Wissenschaftler dieses Spiel für Geisteskranke erfunden haben, die Türken haben aber das Spiel urbanisiert und zivilisiert und ihm ihren Stempel aufgedrückt. Das ist wie beim Kaffee; dieses feine Getränk, diese Errungenschaft des zivilisierten, modernen Menschen war einmal ein arabisches Gesöff, das dann von den Türken verfeinert worden ist.

Genauso wenig gelang den Deutschen das Kürbis, oder das Sonnenblumenkernspucken. Um zu prüfen, ob jemand ein echter Türke ist, eignen sich Sonnenblumenkerne am besten, denn sie sind klein und nicht leicht zwischen dem Daumen und Zeigefinger zu halten. Das erfordert Geduld. Man stellt eine Schale aus Glas, aus Plastik, auch Tupperware geht, oder auch eine Türkentüte, in eine Ecke, füllt sie mit Sonnenblumenkernen, gesalzen und geröstet. Man nimmt einen aus der Tüte, legt ihn mit dem Daumen und Zeigefinger auf die Lippen, schiebt ihn durch die Lippen zwischen die vorderen Zähne, drückt mit geübter Gewalt auf die Schale, um sie aufzuknacken, ohne das Innere des Kerns zu beschädigen, sonst würde die Schale zermalmt und der Kern mit. Dann muss man den Kern mit der Zunge aus der geöffneten Schale herausholen und ihn zwischen die hinteren Zähne verschieben, um ihn dort entweder bis zum zweiten Kern aufzubewahren oder sofort zu zerkauen, während man zugleich die Schale mit sanftem Zungenschlag hinaus spuckt.

Na und? werden viele Unwissende jetzt spöttisch lächeln. Das ist doch nichts. Andere Völker haben noch viel kompliziertere Übungen, um herauszubekommen, ob der Fremdling zu ihnen gehört oder nicht. Die Indianer beschnupperten den Weißgesichtigen, die Eskimos servierten ihm Fische mit Würmern, die Deutschen fragen, ob er integriert ist, die Afrikaner …

Das Sonnenblumenkernspucken muss man bis zum Schulbeginn erlernt haben, denn dann lernt das Kind Wörter, die es daran hindern, den Blumenkern leicht mit der Zunge berührend zwischen die Zähne zu nehmen. Das Kind muss tage-, monate-, ja jahrelang in der Familie gesehen haben, wie seine Bezugspersonen, also seine Mutter und sein Vater, den Sonnenblumenkern wie eine Rose behandeln, um ihn dann doch zu essen. Das Kind muss ein Gefühl dafür entwickeln, bis seine Zunge die richtige Dosis Gewalt ausübt. Das Kind muss seiner Zunge eine hohe Geschmeidigkeit abverlangen können, um den Kern im richtigen Moment aus seinem Gehäuse zu entfernen und dann die Schale nicht mit Spucke zu bekleckern. Wenn das Kind in diesem Alter eine Fremdsprache lernt wie die türkischen Kinder in Deutschland die deutsche Sprache durch den Kindergarten oder durch die Schule, dann kann das Kind seine Zunge nur für die fremden Wörter gebrauchen. Mann kann ruhig sagen, dass das Sonnenblumenkernessen und das korrekte Ausspucken der Schale mit absoluter Sicherheit die Integration verhindern.

Ich habe im Verein verhindert, dass fremde Menschen in unser intimes Leben eindringen, indem sie so tun, als seien sie Türken. Ich habe eingeführt, dass jeder Mensch, der Mitglied unseres Vereins werden will, ein paar Tage Okey spielen und mindestens eine Woche lang unter der Beobachtung erfahrener Mitglieder Sonnenblumenkerne aus der Schale essen und die Schale ausspucken muss. In unserem Vereinslokal, also im Café, haben wir eine Ecke bestimmt, in der der Kandidat unter Aufsicht ausspucken kann. Das nannte Sami, der Antike, Brauchtumspflege. Nur mit der Brauchtumspflege kann man in einer fremden, feindlich eingestellten Welt überleben. So haben die Griechen überlebt, so sind sie aus dem Dreck herausgekommen. So haben die Deutschen sich vor den Römern, also vor den Italienern gerettet.

Sonntagvormittags, bevor noch ein Cafébesucher seinen Tee trank, trafen sich die Kandidaten im Vereinsraum. Wenn man in das Café hineinging, sah man gleich neben der Teetheke, um die Ecke, die Sonnenblumenkernspuckecke, die ich mit weißem Tuch an der Wand markiert hatte. Das Tuch hatte Kreise wie ein Dartspiel und der Kandidat musste dann vorgeblich zum Spaß darauf spucken. Am Ende wurden Punkte vergeben: Wer öfter ins Schwarze getroffen hatte, bekam soundso viel Punkte, dann der rote Kreis einige weniger und so abwärts vom blauen zum grünen und am Ende zum weißen Kreis. Entsprechend unserer Bewertung beschlossen wir dann im Vorstand, ihn aufzunehmen.

Alle türkischen Vereine pflegen seitdem türkische Bräuche, Sitten und Gewohnheiten. Das ist gut so. Die Sprache der anderen kann man lernen, wie ich deutsch gelernt habe. Die Sprache öffnet nicht nur das Tor zur anderen Welt, sondern macht einem die eigene Stärke, die eigene Welt bewusst. Die eigenen Bilder, Begriffe und Metaphern werden durch die fremde Sprache deutlicher, stärker und bewusster.

Aber nicht nur die Sprache ist eine Hilfe, sich in seine eigene Welt zurückzuziehen und sich dort stark zu fühlen. Ich hätte nie gedacht, dass der Sonnenblumenkern mich vor der deutschen Welt retten würde. Wenn ich Ärger mit meiner deutschen Umwelt hatte, spuckte ich meine Sonnenblumenkerne mit großer Aggressivität in meine Ecke. Zugegeben, ich traf dann nicht richtig, aber ich war dann beruhigt und hegte gegen niemanden Zorn.

Meinen Enkelkindern habe ich von Anfang an bewusst vorgespuckt. Ich gebe zu, dass ich mich schon der deutschen Umwelt angepasst habe, in dem ich zu Hause nicht auf den Parkettboden, auf die Kilims und auf die Teppiche gespuckt habe, sondern dass wir auf dem Flur zwischen der Toilette und dem Badezimmer eine Ecke ausgesucht haben, gegen die auch meine Frau nichts hatte, und haben so wöchentlich manchmal vier oder fünf Tage lang geübt. Den Kindern machte es Gott sei dank viel Spaß.

Manche Türken knacken die Schale lustlos, manche arbeiten schlampig, die Hälfte des Kerns bleibt in der Schale zurück, manche vergessen das Salz, manche versalzen die Schale übermäßig. Das sind alles integrationsgefährdete Türken. Die muss man unter die Fittiche nehmen, um sie dann behutsam zu den eigentlichen türkischen Eigenschaften zurückzuführen.

Ich habe gehört, dass das den Kindern anderer Familien keinen Spaß machen würde. Arme Familien!

Als die von der anderen Seite uns einmal unangekündigt besuchte, was sie normalerweise ganz selten tat, erwischte sie uns in dieser Ecke beim Sonnenblumenspucken. Plötzlich ging die Tür auf, und meine Prinzessin verschluckte sich an einem Sonnenblumenkern. Sie bekam kaum Luft, dafür bekam ich Angst und die von der anderen Seite, nachdem sie den Grund dafür von meinem Enkelsohn erfahren hatte, ein rotes Gesicht. Sie fuhr in die Stadt und kam dann mit einem Kilo geschälter Sonnenblumenkerne zurück; sie kritisierte mich vor meinen eigenen Enkelkindern: »Herr Dünür, wir Menschen sind doch keine Vögel, so fressen nur Vögel Sonnenblumenkerne, wir Menschen tun sie in den Salat oder in den Teig des Vollkornbrötchens, aber, aber ...« Die arme Frau hatte den Sinn meines Tuns nicht verstanden. Wie schon so oft!

Mein neuer Antiintegrationskurs

Einmal zweiter Vorsitzender, immer zweiter Vorsitzender, denn als zweiter Vorsitzender musst du mehr arbeiten als der erste Vorsitzende. Der erste Vorsitzende in unserem Verein fungierte wie der deutsche Staatspräsident: alles kritisieren, selbst nichts machen, überall Rad schlagen wie ein Pfau. Als zweiter Vorsitzender musst du arbeiten wie ein Ministerpräsident. Ich arbeitete auch gern. Ich bin der erste zweite Vorsitzender des ersten türkischen Vereins in Deutschland, der auch ohne Vereinslokal mehr auf die Beine gestellt hat als alle anderen. Am Ramadanfest oder Opferfest organisierte ich Festtagstreffen im Café. An den Nationalfeiertagen sangen die Kinder Heldenlieder, Märsche singend marschierten sie durch das Café, rezitierte das kleinste Kind ein Heldengedicht über Atatürk. Schon gleich am Anfang sprach der Vertreter des nächsten türkischen Konsulats über die Bedeutung des Türkenseins in der Welt und sprach solche Sätze wie: »Ein Türke gleicht der ganzen Welt« oder »Wohl demjenigen, der von sich sagen kann, er sei Türke.« Wir hörten das mit stolzer Brust und bedauerten die armen Deutschen, dass sie keine Nationaltage feiern dürften.

Ich war derjenige, der durchgesetzt hatte, dass wir trotz allem den Deutschen die Hand reichen sollten, daher sollten unsere Frauen die besten türkischen Spezialitäten zubereiten, die dann den Deutschen an bestimmten Tagen anbieten, das würde uns der deutschen Bevölkerung bekannt machen. Hier muss ich gestehen: Kein Nation der Welt gibt sich mehr Mühe, sich den anderen bekannt zu machen als die türkische. In jeder türkischen Zeitung liest man tagtäglich Hunderte von Berichten, Kolumnen, Artikel wie: »Hamburg. Der türkische Verein hat Folklore aufgeführt. Die Deutschen haben begeistert geklatscht. Der Vereinsvorsitzende Ali Tanitan: Wir freuen uns, dass wir den Deutschen damit unser Land, unsere Sitten und unsere Folklore bekannt gemacht haben. Ein Deutscher sagte: Die Türken sind ein tanzlustiges Volk, sie tanzen leidenschaftlich und genau.« Oder: »Unser Korrespondent berichtet aus New York: Der Vorsitzender der türkischen Vereine in den USA, Kürsat Büyüktürkoglu: In diesem Jahr haben zweitausend Amerikaner den Türkentag in New York mitgefeiert. Sie bewunderten unseren Halbmond und unseren Stern auf unserer Fahne, aßen türkische Spezialitäten und John McCallahan, ein Amerikaner, Mitarbeiter des Weißen Hauses und vielversprechender Kongresskandidat, sprach: Ich finde es toll, was die Türken hier organisiert haben. Wer hätte gedacht, dass die Türken aus dem Orient ohne Krawall durch New York marschieren! Respekt. Ende des Zitats von dem zukünftigen Präsidenten des Landes. So machen wir unser Land bekannt. Ab nächstem Jahr besuchen bestimmt mehr Amerikaner unser Land.« Und wir lasen solche Berichte und freuten uns im Verein, wetteiferten mit ihnen, dass wir unser Land noch populärer machten.

Einmal haben wir in der Stadthalle einen großen Abend veranstaltet. Der Oberbürgermeister der Stadt kam. Auch die Parteivorsitzenden und viele Deutsche mit ihren Frauen und unsere Kinder durften Folklore tanzen, die Deutschen aßen wunderbar und alles auf, was unsere Frauen für sie zubereitet hatten, und es wurde ein Film über Atatürk gezeigt. Der türkische Konsulatsbeamte hielt eine rührende Rede über die türkisch-deutsche Brüderschaft: »Mein Großvater hat noch selbst mit den Deutschen gegen den Feind gekämpft. Er fiel durch eine feindliche Kugel und starb in den Armen seines deutschen Waffenbruders, der Wilhelm hieß. Meine Großmutter wollte diesen Wilhelm unbedingt kennenlernen, was ihr nicht vergönnt war, aber ich habe die Deutschen kennen und schätzen gelernt. Ein feines Volk sind die Deutschen, fleißig und gastfreundlich. Ich trinke auf unsere Waffenbrüderschaft.« Das sagte er in der deutschen Sprache, worauf er brausenden Beifall bekam. Die Deutschen sind wirklich gastfreundlich, wenn es sie nichts kostet: Der Beifall für den türkischen Konsulatsbeamten kostet nichts.

Nachdem ziemlich viel getrunken worden war, forderte mich eine dicke, lustige Frau mit den Worten zum Tanzen auf: »Komm junger Mann, Du Waffenbruder meines gefallenen Großvaters, tanzen wir«. Meine Frau hat aber Augen gemacht. Später habe ich von einem anderen Deutschen erfahren, dass sie begeistert von dem Abend waren: »Die Türken bekommen nie genug von dieser Brüderschaft. Egal, wo ich eingeladen werde, reden sie davon, dann gibt es noch einen Film über Atatürk, dann sind alle Türken glücklich. So einfach ist das.«

Im Verein haben wir als erste Videofilme aus der Heimat vorgeführt, Filme von Orhan Gencebay, Türkan Soray, Fatma Girik und, bis er zu politisieren anfing, auch Filme von Yilmaz Güney. Er wurde dann kommunistisch, und wir wollten keine Politik im Verein, wir wollten nur entweder Filmgucken oder Okey oder Karten spielen und dabei die Türkei retten.

Dann … ja, dann … Ich will ja nicht damit angeben, aber ich war derjenige, der dem Verein ein Vereinslokal geschenkt hat. Sozusagen. Nicht direkt geschenkt. Aber ich habe Ismet gesagt: »Junge, was hältst du davon, wenn wir dein Café wie Berlin in der Mitte teilen, der eine Teil gehört dann dem bekanntesten türkischen Verein Deutschlands und der zweite Teil selbstverständlich dir. Miete können wir dir allerdings nicht zahlen. Denn wie alle türkischen Verein in der Welt zahlen auch die Mitglieder unseres Vereins fast keinen Mitgliedsbeitrag.« Er drehte den Kopf ein paar Mal nach rechts, dann nach links, dann fing er an zu jammern, als wäre er ein Deutscher, wie wenig er verdiene, dass er kaum seine Mitarbeiter bezahlen könne, dass der Tee in Deutschland mehr koste als ein ganzer Teegarten in der Türkei. Ich habe ihn unter Druck gesetzt: »Was meinst du jetzt? Sollen wir dein Café verlassen und uns irgendwo einen anderen Ort suchen?«

»Das meine ich nicht, aber die Miete wäre dringend nötig.«

»Du weißt ja, dass wir unsere Vereinsarbeit nur am Freitag, Samstag und Sonntag erledigen. Das heißt, dass das Vereinslokal dir vier, manchmal auch fünf Tage in der Woche zur Verfügung stehen wird.« Wir einigten uns dann auf dreißig Mark pro Monat. Damals war das viel Geld. Wir zahlten also eine Mark pro Tag für die türkische Kultur.

Unser Lokal befand sich in der Ecke, wenn man in das Café rein kommt, ist es gleich rechts, neben dem Billardtisch. Aus dieser Ecke machte ich unser Vereinslokal. Wie ein Gecekondu haben wir es in einer Nacht gebaut. Ich, der Stotterer und Ismet, der Cafébesitzer, stellten dorthin einen Tisch, wenn wir Vereinssitzungen abhielten, stand auf dem Tisch eine türkische Fahne, wenn wir offizielle deutsche Besuche bekamen, kam geschwind eine deutsche Fahne daneben, das Atatürkbild hing ständig an der Wand, dazu eine Türkeikarte, ein Foto von der Bosporusbrücke und eins vom Ölü Deniz für die deutschen Besucher. Sie sollten sehen, wie schön unser Land ist. Ich hatte zwar darauf spekuliert, wegen dieses Erfolges zum ersten Vorsitzenden gewählt zu werden, aber was soll's, meine Landsleute sind undankbare Menschen.

Ich blieb Zweiter Vorsitzender. Wenn diese Menschen nicht wissen, was ich alles kann, dann muss ich es ihnen beweisen. Ohne sie zu fragen, ernannte ich mich zum Fachmann für Integration, ich wollte alle erdenklichen Maßnahmen treffen, um die Integration zu be- und zu verhindern.

Dich in Deutschland niederzulassen ist angenehm, gemütlich, es geht dir dabei gut, du fühlst dich wohl, im Laufe der Jahre hinterlässt das aber seine Spuren. Wie die Zuckerkrankheit. Die Zuckerkrankheit schleicht sich langsam heran und frisst dich auf, bis du sie bemerkst. Wenn du sie bemerkt hast, ist es schon zu spät. Dann kannst du auch nicht mehr zurück. Du hast hohen Blutdruck oder Nierenschäden oder ein Augenleiden, du kannst nichts mehr sehen, deine Bewegungsfähigkeit ist eingeschränkt, du siechst vor dich hin. Das ist die Blutzuckerkrankheit, dagegen gibt es keine Therapie. Du kannst nie mehr sagen, ich bin ausgeheilt. Du kannst dagegen kämpfen, sogar einen Krieg führen, den hast du aber schon verloren, bevor du ihn beginnst. Selbst wenn du erfolgreich gegen sie Sport getrieben oder eine mühsame Diät gehalten hast, schlummert die Krankheit nur in dir. Sie wartet ab, sie wartet auf dich, wie ein Deutscher auf dich in der Ecke wartet, um dich zu integrieren. Die Integration lauert dir auf, späht dich aus und schnappt zu. Wenn du einmal angefangen hast, dich zu integrieren, dann fällst du in einen unergründlichen Brunnen, du kannst immer tiefer schwimmen, immer tiefer, den Boden erreichst du nie. Viele Türken haben im Laufe ihrer Aufenthaltsjahre in Deutschland freiwillig versucht, sich zu integrieren. Keiner hat es geschafft. Die Zuckerkrankheit ist nicht heilbar, die Integration nicht erreichbar. Denn der Deutsche ist in seinem eigenen Land nicht integriert. Ich habe nicht viel gesehen in Deutschland. Ich gestehe das. Aber der Bayer benimmt sich wie das Gegenteil von einem aus Schleswig Holstein, der Berliner will mit dem Pfälzer nichts zu tun haben, der Schwabe ist fremd außerhalb seines Schwabenlandes.

Damit die türkische Seele in Deutschland nicht verloren geht, habe ich antiintegrative Feste im Verein organisiert wie Beschneidungsfeste oder Opferfeste. Ich fand Jungen, die schon beschnitten waren und auch solche, die noch nicht beschnitten waren, die auch nicht beschnitten werden wollten. Ich brachte sie im Verein zusammen und wir feierten das Fest, als wären wir alle in der Türkei. Den Jungen setzte ich auf einen Thron, meist in einer Offiziersuniform, am besten in einer von der Marine, denn die ist unschuldig weiß, der Offiziersgrad ist sofort zu erkennen, und in der Hand hielt der Beschnittene einen Marschallstab. Wozu? Das weiß keiner. Wozu in einer Offiziersuniform? Das weiß auch keiner. Vielleicht deshalb, weil in der türkischen Gesellschaft besonders die Offiziere als tapfere Männer gelten.

Ich plante Demonstrationen gegen die Integration und führte sie im Verein durch. Ich versammelte meine Mitglieder am Samstagnachmittag vor der Bundesliga im Vereinsraum, wir diskutierten kurz über das jeweilige Integrationsthema und ich hielt eine Rede dagegen, die kämpferisch war, aber sich gleichzeitig über die Integrierten und sich Integrierenden lustig machte. Ich schrieb antiintegrative Märsche und diese Märsche sangen wir zu türkischen Volksmusikklängen:

Aman Integration
Tschaputh Integration,
»Caput billige alte Stoffstück«
Mich machst du
Kaputt Integration

Du willst mich bekehren
Mich den Türken,
Ich werde mich wehren
Kenne deine Tücken

Aman Integration

Tschaputh Integration
Mich machst du
Kaputt Integration

Du willst mich verzehren,
Mich, den Türken,
Lehnst ab meine Brücken
Ich kenne deine Lücken

Wir stellten uns dabei auf in Dreierreihen, hakten uns unter und marschierten los. Das rechte Bein hoch bis zu den Lenden, den Blick nach vorne, also auf die Mauer des Vereinsraumes und los ging es: eins, zwei und eins, zwei, rechts, links, rechst und links, Aman Integration Tschaputh Integration. Weil der Vereinsraum uns leider keine raumgreifenden Schritte erlaubte, mussten wir sie kurz und zackig halten. Wo immer wir vorwärts marschierten, richtete sich der Blick auf den Satz uns gegenüber: »Integration Scheiße«. Wieder drei, vier Schritte, dann zurück, wieder der Satz »Integration Scheiße«. Mehr als vier Reihen konnten wir nicht aufstellen, daran hinderte uns der Vereinsraum ... Zu eng, zu kurz! Hätten wir einen Vereinsraum wie ein Stadion gehabt oder einen wie eine lange und breite Straße, wo wir hätten frech-fröhlich singend marschieren können mit hunderten von Reihen, den Blick auf den deutschen Horizont gerichtet, die Köpfe gerade aus, dann hätte die Integration in Deutschland keinen Meter gewonnen.

Manche Tage marschierten wir nur zu dritt, bildeten also nur eine Reihe ... Als mein Enkelsohn noch klein war, so vier oder fünf Jahre alt, und bei uns lebte und wunderschön türkisch sprach, da schritten wir in familiärem Rahmen gegen die deutsche Integration, eins, zwei, eins, zwei ... Cinar war damals ein junger Integrationskämpfer, er kannte keine Angst, er fluchte türkisch wie ein Alter: »Integrationun anasini sikeyim. Integration ibne.

Amina koyum Integrationun.« Wer ihm diese Sätze beigebracht hatte, weiß ich nicht mehr. Wenn ich jetzt die Sätze ins Deutsche übersetze, also: »Ich ficke die Mutter der Integration. Integration ist schwul. Ich bumse die Muschi der Integration«, werde ich rot. Für ihn war das Wort *Integration* eine Person, die uns Türken nur Böses antun wollte. Das war gewissermaßen ja auch richtig, dass das Wort *Integration* nicht nur irgendein Begriff war, sondern ein Begriff, hinter dem eine bestimmte Person oder mehrere Menschen steckten. Der Junge hatte mal nicht Unrecht.

Die Sätze könnte ihn Ismet gelehrt haben, denn Ismet hatte ein vulgäres türkisch. Ismet fickte alles, was er nicht kannte, was er verabscheute und was er hasste. Wozu dabei die Integration gehörte, kann ich im Moment nicht sagen, aber mein Enkelsohn hob seine linke Hand hoch, packte mit der rechten seine Hoden und schrie: Ich ficke die Mutter der Integration, integrationun anasinin amini sikeyim. Als ich den Satz hörte, bildete ich mir ein, dass sich eine Stimme von draußen, von den deutschen Seiten her in den türkischen Verein hereindrängte, als würde in Deutschland nur türkisch gesprochen. Der Satz war so selbstverständlich, aber so unwirklich, dass ich ihn beim ersten Mal nicht richtig aufnehmen konnte. Ich schaute mich während des Marsches rechts und links um, hörte mit dem Singen auf, lauschte noch einmal, woher der Satz wohl kommen könnte, und entdeckte plötzlich meinen Enkelsohn, der dastand wie ein türkischer Soldat bei der Parade zu einem türkischen Nationalfeiertag, ernst und voll konzentriert, seine Augen auf *Integration Scheiße* gerichtet, die linke Hand oben und die Hoden in seiner rechten Hand: *Integration schwul.* Ich konnte nicht mehr marschieren, blieb stehen, sah und hörte mir meinen Enkelsohn an. Dann merkte ich, dass auch die anderen Integrationsgegner stehengeblieben waren, sich schallend auf die Oberschenkel klopften und lachten. Und der Junge war der einzige, der tapfer gegen die Integration marschierte: eins zwei, eins zwei und zurück, integration schwul, amina koyum integrationun, eins zwei, links und rechts, links und rechts ibne integration.

Bei diesen Märschen, die wir manchmal zu dritt zelebrierten, trugen wir Plakate: *Integration ist Kastration* oder *Wer sich integriert, der hat resigniert* oder *Deutscher, hör auf mich zu integrieren, sonst werde ich dich blamieren.*

Der Marsch begann immer mit einer Zeremonie, in der wir uns, wie die Ritter, gegenseitig Treue schwuren, uns gelobten, bis zu unserem letzten Blutstropfen Türke zu bleiben, wir schwuren der türkischen Kultur Treue:

»Ich, Ali, schwöre bei Allah und bei seinem Propheten Mohammed, dass ich die Fahne der türkischen Kultur, der türkischen Sitten und Gebräuche überall in der Welt, im Reichtum wie im Elend, in Gesundheit wie auf dem Sterbebett hoch halten und nie und niemandem erlauben werde, das Türkentum zu beschädigen.« Wir schüttelten uns die Hände, stießen uns an die Stirn, spuckten über die Schulter, fassten uns an unsere Säcke. Das Händeschütteln war das Zeichen unserer ewigen Verbundenheit miteinander, das Stirne stoßen das Zeichen, dass wir alles mit den Köpfen schaffen werden, das Spucken auf die Schulter das Zeichen des Glücks dabei und das an die Säcke fassen Zeichen der männlichen Ehre.

Es war wie ein Ritual: marschieren – bis zur Wand des Raumes, dann zurück, und das Schild auf der Wand *Integration Scheisse* nie vergessen. Marschieren bis zur Erschöpfung, dabei singen, aber leise, denn den deutschen Nachbarn nebenan wollten wir nicht stören bzw. wir wollten nicht, dass er mit bekommt, dass wir die letzten Türken in Deutschland waren, die der türkischen Kultur im Ausland die gebührende Ehre zuteil werden ließen.

Manche Samstage waren wir sage und schreibe zwanzig Mann im Vereinsraum, die marschierten und summend sangen – alle gegen die Integration. Fahri Sahin behauptete, er käme in Ekstase.

Mir machte es Spaß, den Deutschen und dem Wort *Integration* eins zu verpassen.

Nach einer Teepause schauten wir unsere deutsche Bundesliga, stritten über unsere Mannschaften und gingen nach Hause, glücklich und beruhigt. So etwas könnte nur durch den Sieg meiner Bundesligamannschaft übertroffen werden.

Wieder zuhause

Als der Junge dreizehn wurde, schien er es sich zur Gewohnheit gemacht zu haben, immer an den Samstagen, an denen wir die Integration in den Dreck zogen, zu uns zu kommen. So auch diesmal.

Meine Frau wartete auf mich, bis ich kam, dann aßen wir gemeinsam. Cinar saß mir gegenüber. Meine Bemühungen, ihn für Fußball zu interessieren, blieben erfolglos. Ich sprach türkisch, er gab mir seine Antworten in Deutsch.

»Büyükbaba«, sagte er mit vor Ärger rotem Gesicht: »Hast du wieder türkische Zeitungen gelesen?«

»Wie oft habe ich dir, mein lieber Pascha, gesagt, dass ich immer türkische Zeitungen im Verein lese.«

»Büyükbaba, du hast mir versprochen, deine deutsche Aussprache zu korrigieren.«

»Das mache ich auch.«

»Nein, das machst du nicht. Weißt Du was, Büyükbaba, ab heute lernen wir gemeinsam Deutsch.«

»Ich kann doch Deutsch. Mehr brauche ich die Sprache der von der anderen Seite nicht.«

»Doch, doch. Was ist, wenn ich groß werde, Abitur mache, was du ja unbedingt willst, und die Uni besuche, was du ja auch unbedingt willst, dann hast du Probleme mit mir. Ich spreche besser Deutsch als Du, und dann verstehe ich mich mit meinem Opa besser als mit dir.« Da hat mir der Atem gestockt. Obwohl ich wusste, wen er mit Opa meinte, sagte ich: »Ich möchte nicht, dass du mich Opa nennst.«

»Büyükbaba, ich meine damit doch meinen deutschen Opa, den Herbert.«

Schon die Vorstellung, dass mein Pascha, das bestaussehende Enkelkind der Welt, mit einem Herbert … machte mich verrückt. Auf der Stelle könnte ich alles aufgeben, nur damit mein Enkelsohn nicht mit diesem Menschen, diesem Schlappschwanz, diesem »mein Herrchen« zusammen kommt, geschweige denn, sich gut mit ihm versteht.

Noch schlimmer wurde die Sache noch dadurch, dass er ahnte, es vielleicht auch ganz genau wusste, dass ich Herbert nicht mochte. Der Bengel nützte wahrscheinlich meine Lage aus.

»Junge«, sagte ich ihm: »Ich erlaube nicht, dass du mir meinen Verein verbietest.«

»Büyükbaba, du darfst und kannst deinen Verein besuchen so oft du auch immer willst. Meine Mama sagt, dass dein Zorn auf die Deutschen sich allmählich in Hass verwandelt.«

»So etwas sagt deine Mutter über mich?«

»Meine Mutter sagt auch noch, dass deine Verallgemeinerungen gefährliche Züge annehmen und immer rassistischer werden.«

»Ich – ein Rassist?« schrie ich. »Ich soll ein Rassist sein wie ein Deutscher?«

»Schon allein diese Frage, Büyükbaba, *Rassist wie ein Deutscher?* ist gefährlich. Meine Mutter hätte ein paar Mal versucht, mit dir darüber zu reden, du hättest sie aber immer wieder abgeblockt. Büyükbaba, wenn du alle Deutsche in einen Sack steckst, dann sind nicht nur mein Opa und meine Oma mit drin, auch mein Papa, ich, meine Schwester …«

Verdammt noch einmal, so weit ist meine Familie also gekommen, dass meine Enkelkinder sich als Deutsche fühlen. Ich fragte meine Frau: »Und was meinst du dazu?« Aber meine Frau war wie immer auf der Seite ihrer Enkelkinder: »Ali, seit du versuchst, Erster Vorsitzender deines Vereins zu werden, redest du immer nur noch von *den* Deutschen, das sind die Bösen und von *den* Türken, das sind die Guten. Ich habe dir hundert Mal gesagt, es gibt nicht *den* Deutschen und nicht *den* Türken. Ist dein Enkelsohn nun Türke oder Deutscher?«

»Türke!«

»Sein Vater ist ein Deutscher, er geht ihn die deutsche Schule, er lernt deutsche Geschichte, er hat deutsche Freunde, und du behauptest immer noch, er ist Türke.«

»Er ist aber mein Enkelsohn, mein, verstehst du, mein Enkelsohn, nicht der von Herbert, nicht der von der von der anderen Seite.«

»Du kannst auch einen deutschen Enkelsohn haben.«

»Ayse, du spinnst wohl, ich bin Türke, ich bin Zweiter Vorsitzender eines ruhmreichen türkischen Vereins, ich werde Türke bleiben. Und du auch!«

»Was ich bleiben werde und möchte, darüber entscheide ich, Ali.«

»Ayse, bist auch Deutsche?«

»Das nicht, aber ...«

»Was aber ...?«

»Sag mal Ali, wie viele Deutsche kennst du?«

»Eine ganze Menge.«

»Nicht *eine ganze Menge*. Ich sage dir wie viele: Du kennst Oma und Opa von unserem Pascha, unserer Prinzessin, einige Nachbarn hier im Haus, einige Arbeitskollegen ... Das ist dein Deutschland.«

»Na und? Wie viele Türken kennen deine Dünürs, die immer wieder behaupten, *So seid ihr Türken, so seid ihr Türken*. Dabei betont sie immer das *ihr*.«

»Ali, wir leben in Deutschland. Wenn der Nachbarsjunge Thomas dich zum Arzt gefahren hat, sagtest du: wer hätte das von einem Deutschen erwartet?! Wenn Thomas dich wegen der Kehrwoche angesprochen hat, sagtest du; so ein Schwein ist dieser Thomas, typisch Deutscher. Erinnerst du dich, Ali daran, als du deine Hand geschnitten und so stark geblutet hattest, ich nicht mehr wusste, was ich machen sollte, um Mitternacht ging ich dann, obwohl du strikt dagegen warst, zu Thomas Mutter, Theresia, sie war selber nicht ganz gesund, und sie ist mit dir zum Arzt gefahren. Da hast du wieder gesagt: Theresia, sie kann keine Deutsche sein, so eine gutmütige, hilfsbereite Frau.«

»Ja, schon, es gibt selbstverständlich auch nette Deutsche.«

»Warum redet ihr immer türkisch, wenn ich bei euch bin? Ich verstehe doch kein Wort,« meldete sich unser Herr Pascha. »Büyükbaba, damit wir Frieden schließen, schlage ich dir vor: Du lernst meine Sprache, ich werde versuchen, deine Kultur zu verstehen.«

Der Vorschlag kam mir sehr entgegen. Mich störte schon lange, dass mein Enkelsohn immer tiefer in dem deutschen Morast versank. Er kannte fast kein türkisches Märchen, er lehnte es ab, türkische Märchen anzuhören, sie seien immer dasselbe, behauptete er, er fühlte sich im Urlaub in der Türkei nicht mehr wohl. Seine Kritik an den Türken nimmt zu, er fand unsere türkischen Besucher ganz merkwürdig, die Frauen zu dick und lahmarschig, die Männer immer mit Rosenkranz. Er wollte nicht mehr zu uns kommen, wenn *unsere Türken* zu uns zu Besuch kamen. »Warum redet ihr Männer immer von der Türkei und die Frauen immer vom Essen und Kochen.«

»Du verstehst doch kein Wort türkisch,«

»Ja, aber wenn man aufmerksam zuhört, merkt man schon, worüber ihr ungefähr redet.«

Es wird Zeit, dass der Junge seine Kultur kennen lernt, dachte ich mir, die ruhmreiche türkische Geschichte, feine türkische

Sätze, die zärtlichsten türkischen Wörter, Lieder in der türkischen Sprache, die einen zu Tränen rühren, die türkischen Epen, in denen ein einziger türkischer Held gegen die ganze Welt kämpft und am Ende auch gewinnt.

So begannen wir mit dem Unterricht. Er korrigierte mein Deutsch: »Büyükbaba, in der deutschen Sprache sagt man nicht: Ich *habe* Auto gefahren, es sei denn du sagst, ich habe den VW gefahren, sonst musst du immer sagen: ich *bin* gefahren.«

»Warum denn nicht? VW ist doch auch ein Auto?«

»Ja, schon, Verben der Bewegung verwenden das *sein*, die anderen das *haben*, wenn du die Zeit Perfekt zur Sprache bringen willst.«

»Das ist doch verrückt bei der deutschen Sprache: Wenn ich den VW fahre, bewege ich mich auch.«

»Das stimmt, aber da bewegt sich der VW, du führst den VW.«

»Auch wenn ich gefahren bin, führe ich selbst das Auto.«

»Büyükbaba, die Regel einer Sprache macht man nicht von heute auf morgen. Das dauert Hunderte von Jahren. Genauso wie ruhmreiche türkische Märchen. So hast du mal gesagt: Märchen erzählt man seit tausenden von Jahren.«

»Ich glaube, die deutsche Sprache hat was gegen die Türken!«

»Du siehst in Deutschland immer und überall etwas gegen die Türken ...«

»Das ist nicht wahr. In dir sehe ich nichts gegen Türken.«

»Meine Büyükanne und mein Büyükbaba sind Türken, meine Mutter ist ehemalige Türkin.« Den letzten Satz sprach er mit Zwinkern aus und lächelte mich spitzbübisch an.

Der Junge macht mir echt Spaß, er ist klug, gescheit, versteht mich voll, versucht mir alles schonend beizubringen und er weiß, was er von mir will. Wir sind uns durch diesen Sprachunterricht näher gekommen. Nach jedem grammatikalisch gelungenen deutschsprachigen Satz bekomme ich einen dicken Kuss von ihm und ein deutschsprachiges Kompliment dazu: »Mein Büyükbaba ist der gescheitester Büyükbaba der Welt.«

»Herrlich Büyükbaba, wie du das gemacht hast.«

»Schade, dass du die deutsche Sprache bisher nicht gelernt hast, sonst wäre aus dir ein sehr bekannter deutscher Dichter geworden.«

»Manchmal habe ich den Eindruck, als ob Du schon lange Deutsch gekonnt hättest.« Ich bewunderte seine Kenntnisse, damit war ich auch auf mich stolz. Wie hätte ein vierzehnjähriger Junge all das lernen können, wenn er nicht so klug wäre? Woher kamen diese Eigenschaften? Von der von der anderen Seite bestimmt nicht! Was hat sie denn überhaupt für geistige Fähigkeiten? »Cinar, meinst du, dass deine Oma, wenn sie in der Türkei wäre, so schnell türkisch lernen könnte wie ich deutsch?«

»Büyükbaba, sie lebt aber nicht in der Türkei. Deine Frage ist hypothetisch, so kann ich darauf auch nur hypothetisch antworten: Wenn sie müsste, dann könnte sie sicher.«

Er bestand darauf, die Unterrichtszeit zu bestimmen. Wegen seiner Schule, sagte er. Unglücklicherweise fielen die Stunden genau auf die Freitag- und Samstagnachmittage, an denen ich doch meine Sitzungen im Verein hatte. Einige Woche konnte ich mich heimlich aus den Sitzungen, aus den heftigen Integrationsdiskussionen entfernen, aber im Laufe der Zeit bemerkten das meine Vereinskameraden. Und ich sagte ihnen, dass ich aus Integrationsgründen meinen Enkelsohn in Türkisch unterrichte und ich dafür mein Deutsch bei ihm übe. Im Verein aber behaupteten sie, dass ich allmählich Interesse an der Vereinsarbeit verlöre, das ich immer mehr Scheingründe vor brächte, um nicht in den Verein zu kommen. Selbst bei den Vorstandwahlen, wo ich die größte Chance meines Lebens gehabt hätte, Vorsitzender dieses Vereins zu werden, hätte ich eine Brandrede halten müssen, und nicht so einen Mischmasch von Menschenliebe, dass auch die Deutschen

Menschen seien. Und wenn wir schon in Deutschland lebten, dann sollten wir uns doch ein bisschen – mehr wirklich nicht – aber doch ein bisschen anpassen. So könne es doch nicht weiter gehen, dass wir unsere Kinder deutschfeindlich erziehen. Wir dürften nicht vergessen, dass diese Kinder hier in diesem Land, in Deutschland weiter leben werden, daher müssten wir in den Kindern ein bisschen – aber mehr wirklich nicht – ein bisschen Interesse an diesem Land wecken. Am besten sollen wir das selbst mal vorleben. Ab und zu sollten wir die Kinder, die ganze Familie nehmen und hinaus in die anderen deutschen Städte reisen. Wenn uns das zu viel kosten sollte, so hätten wir doch überall türkische Verwandte, wenn man selbst keine Verwandten hat, dann hat man als Türke einen Freund der einen Verwandten hat, oder der Verwandte anderer Verwandte.

Das alles soll ich in meiner Rede gesagt haben! So habe ich es gehört. Der Stotterer sagte mir bei einem anderen Treffen: »Also, Ali, ich fragte mich, während ich dich zuhörte, wo ich mich gerade befinde. Du hast so geredet wie Hiro seinerzeit. Harmlos, ängstlich, schwammig, unklar und manchmal hatte ich den Eindruck, arschkriecherisch. Du unterstellst uns allen, dass wir manchmal überhaupt keine Ahnung hätten, wo wir leben, ob in Deutschland oder in der Türkei. Viele von uns hätten sich absichtlich gegen die deutsche Sprache gestellt, ja, wir hätten uns allerlei Mühe gegeben, diese Sprache nicht zu lernen. Dann hast du den Caféhausbesitzer Ismet gefragt: Du bist ja seit Ende der sechziger Jahre in Deutschland, weißt aber immer noch nicht, ob du den VW gefahren hast oder den VW gefahren bist. Obwohl wir die Vorstandwahl eines türkischen Vereins hatten, behandelte deine ganze Rede die deutsche Sprache, was der Unterschied zwischen Konjunktiv I und Konjunktiv II ist. Dann hast du statt einer deiner üblichen feurigen Reden gegen die Integration eine Erklärung dieses Scheißkonjunktivs vorgetragen: Der Konjunktiv ist im Deutschen neben dem Indikativ und dem Imperativ einer der drei Modi eines Verbs. In der deutschen Standardsprache unterscheidet man zwischen dem Konjunktiv I und dem Konjunktiv II. In der Alltagssprache wird häufig zwischen den unterschiedlichen Funktionen der beiden Arten des Konjunktivs nicht richtig differenziert oder der Konjunktiv II Präteritum wird durch den Konjunktiv II Futur (würde-Form) bzw. durch den Indikativ ersetzt. Verben, die im Konjunktiv I, bei Identität mit dem Indikativ Präsens im Konjunktiv II stehen, können Teil der indirekten Rede (obliquus) sein oder drücken einen Wunsch (Optativ) oder eine Aufforderung (Jussiv) aus. Verben, welche unmögliche bzw. sehr unwahrscheinliche Bedingungen, Sachverhalte, Wünsche oder Folgen beschreiben (Irrealis) oder eine höfliche Aufforderung darstellen, werden in den Konjunktiv II gesetzt. Ali, sag mir bitte, woher hast du das – und vor allem: wen interessiert das? Junge, ich habe mir gedacht, du übernimmst den Vorsitz und führst du uns in den Kampf gegen die Integration, du redest aber von Scheiße.«

Ich hatte keine Zeit mehr, mich darüber mit dem Stotterer zu unterhalten: »Du, Stotterer,« entschuldigte ich mich bei ihm: »Mein Enkelsohn kommt bald in den Unterricht, er ist stinksauer, wenn ich mich ein bisschen verspäte. Die Konjunktive sind sein heutiges Thema, ich habe mich ein bisschen darüber vor informiert. Ich glaube nicht, dass ich dir nächste Woche die Konjunktive erklären kann, denn es ist noch nicht sicher, ob ich nächste Woche in den Verein kommen kann. Ich muss erst mal den Jungen fragen. Jetzt muss ich aber wirklich gehen. Türkische Kultur gegen Konjunktiv, das ist doch ein guter Tausch oder?

Teil 3

Epilog

Auf der Suche nach Integration

Ich habe mich untersuchen lassen, weil ich mich nicht besonders wohl fühlte. Mein Blutdruck war in Ordnung, mein Puls normal, Blut und Urinwerte, alles o.k. Habe meine Lunge röntgen lassen, meinen Bauch mit Ultraschall, sogar meine Prostata prüfen lassen – das war verdammt unangenehm, der Mittelfinger des Arztes … Wegen der Integration habe ich sogar meinen Arsch befingern lassen. Kein Befund.

Bis ich darauf gekommen bin, warum? Mir fehlte die Integration. Jeder in Deutschland redete von der Integration. Alle Deutschen hatten sie, nur ich nicht. So machte ich mich auf die Suche.

Ich schrieb mir ein Gedicht, um mich bei der Suche nach Integration zu stärken.

Oh meine geliebte Integration
Ich will dich erfassen in deiner Gestalt,
Ich möchte dich bewundern, ohne Verstand,
Ich will dich besitzen, sicher ohne Gewalt,
Manchmal denke ich doch, du bist herzlos und kalt,
Ein Leben ohne dich, sagen sie mir, nicht zu ertragen
Es ist schwer jeden Deutschen nach dir zu fragen,
Viele schimpfen mich dann, an hellichten Tagen,
Sie hätten schon genug Probleme in den Magen.
Ich werde dich finden, wenn ich muss dich jagen,

auch dann, wenn sie mich in den Leichenwagen tragen.

Ich las in der Zeitung, dass es in der Stadthalle eine Veranstaltung gibt: Integrierte Systeme und Bauelemente Technologie IISB, unter der Leitung des Fraunhofer Instituts.

Ich musste die Eintrittskarte bezahlen dafür, dass ich Integration lerne. »Jeder kann kommen,« sagte die Ticketverkäuferin. »Es gibt nichts umsonst auf dieser Welt.« Integration kostet was. Gut, sagte ich mir, koste es, was es wolle, ich muss.

Ich setzte mich zu einem feinen Herrn, der sehr konzentriert dem Redner zuhörte, und fragte ihn leise: »Entschuldigen Sie mich bitte, haben Sie auch Integrationsproblem?«

»Aber wie,« antwortete der Herr leise: »Geräte, Materialien, Prozesse, Simulation, Leistungselektronik, Bauelemente, Kristallzüchtung, Anlagen-Prozessentwicklung, Simulation, Messtechnik, alles gehört zur Integration, wie der Titel schon besagt. All das muss integriert werden. Um die Methoden zu erfahren, bin ich hier.«

»Sie sind schon Deutscher oder?«

»Ja, wieso?«

Wo soll man in einer deutschen Stadt die Integration suchen? War die erste Frage, die ich mir dann gestellt hatte. Wo geht man hin, wenn man etwas sucht.

So ging ich dann zur Touristen Information. In einer Holzbaracke neben der großen Kirche in mitten der Stadt. Die Dame war hilfsbereit, nett. »Entschuldigen Sie mich bitte, gnädiges Fräulein, wären Sie wohl so gut, und hätten Sie die Güte, mir zu sagen, wo in dieser wunderschönen Stadt ich die Integration finden könnte?« Darauf sie: »Would you repeat your question, please? I didn't understand you.« Auf die englische Antwort war ich nicht vorbereitet: »Ich habe Sie leider nicht verstanden.«

»Oh, Entschuldigen Sie, würden Sie Ihre Frage bitte wiederholen. Ich habe Sie leider nicht verstanden.« Ich konnte es aber nicht wiederholen, weil ich die Hälfte schon vergessen hatte. Den Satz hatte ich im Buch *Deutsch für Ausländer*, Kapitel 2, gefunden und drei Stunden lang geprobt. Mühevoll brachte ich einen anderen Satz raus: »Entschuldigen Sie bitte, muss ich nun englisch können, um die Integration in Deutschland zu finden?«

»Sie müssen nichts. Was suchen Sie?«

»Integration«. Sie schaute mich ein bisschen irritiert an, »Integration? Wo soll das sein?«

»Ich weiß nicht, bestimmt in dieser Stadt.«

»In dieser Stadt? Sagen Sie mir, woher kommen Sie?«

»Von zu Hause.«

»Wo sind Sie zu Hause?«

»Schöner Berg Weg, in Böfingen.«

»Ich meinte Ihr Land. Sie sind wohl Ausländer?«

»Nein, ich bin Türke.«

»Das meine ich auch.«

»Ich bin Türke, wohne hier und suche die Integration.«

»Ich informiere seit zwölf Jahren die Menschen hier. Hierher kamen Hunderte von Engländern, Amerikanern, selbst Japaner, Afrikaner, Chinesen, und keiner von Ihnen fragte nach Integration, und nun? Ich kann Ihnen leider nicht helfen. Ich kenne keine Integration in dieser Stadt.«

So kehrte ich um, ging direkt zum Oberbürgermeister. Bis dahin kannte ich außer dem Ausländeramt kein anderes Amt. Der OB regiert in einem alten Haus, schön bemalt, in der Stadtmitte.

Der Oberbürgermeister. Ein hagerer Mann. Weiße Haare. Aderige Hände. Lächelnd. Empfing mich im Stehen. Wollte wissen, wie er mir helfen kann. Ich sprach: »Herr OB, ich komme aus der Türkei.«

»Aha, so so. Sie sind der erste Türke, den ich im meinem Amt begegne. Sie sind sozusagen der Vertreter der Türkei, des Orients. Schön. Sagen Sie mir, was ich für Sie tun kann.«

»Ich suche die Integration. Finde sie aber nicht.«

»Wer suchet, der findet, sagt man bei uns in Deutschland. Suchen Sie sie weiter. Hier habe ich sie nicht, die Sie suchen. Ich schicke Sie in ein anderes Amt, wo Ihnen bestimmt geholfen wird.« So schickte er mich zum Sozialamt. Vom Sozialamt wurde ich überreicht zum Jugendamt, weil ich Kinder hatte, von dort aus zum Schulamt, weil meine Kinder schulpflichtig sind.

Ich besuchte das Büro von CDU. Das ist eine politische Partei, die sich christlich um die Menschen kümmert. Ihre politische Seite geht mich nichts an. Politik interessiert mich nicht. Wenn eine Partei mir bei der Integrationssuche und -findung hilft, dann wunderbar. Man muss wissen, was man sucht.

Ein Mann, er sei Mitarbeiter der Partei, so hat er sich mir vorgestellt, kümmerte sich um mich. Er fand überwältigend, dass ein Türke, »Sie sind doch Moslem oder?« die CDU aufsucht. Auf meine Antwort »Ja, ich bin Moslem« war er irgendwie stolz. »Sie dürfen leider nicht Mitglied unserer Partei werden aber Sie können uns helfen, in dem Sie öfters zu uns kommen, uns informieren, wie es unter den moslemischen Bewohnern dieser Stadt läuft.«

»Ich dachte mir, Sie würden mir helfen, in dem Sie mir sagen, wo ich hier in dieser Stadt die Integration finden kann.«

»Integration? Also wir haben sie auf jeden Fall nicht. Unsere Partei, die sich ja seit Adenauer für die Geringverdienenden einsetzt, geht davon aus, dass alle Menschen in Deutschland schon lange die Integration gefunden haben. Wir haben keine Mühe gescheut die Ostpreußen, die Oberschlesier, die aus Danzig oder die aus Polen, in unsere Gesellschaft aufzunehmen. Dass auch Sie als Moslem uns um Aufnahme bitten, das ist mir neu. Ich muss es weitermelden nach Oben.« Von dieser Partei erwarte ich immer noch eine Antwort auf meine Frage. Das ist immerhin dreißig Jahre her.

Wenn ich Hasan den Schäfer sah, wollte ich nicht in die SPD gehen. Die SPD hoffte in dem Schäfer die Antwort auf die Integration gefunden zu haben, was ja total falsch war, denn Hasan konnte nicht einmal das Wort *Integration* richtig aussprechen. Er redete von Interegation und meinte damit, dass jeder in der SPD ihm die Hand schüttelt, ihm auf die Schulter klopft, und ihn den anderen SPD Mitgliedern bekannt macht: »Das ist unser Integrationsmeister, der wird uns vom Türkenproblem befreien.« Hasan grinste dabei breit.

Das FPD Büro war nicht besetzt, als ich es aufsuchte. Erst beim dritten Mal traf ich einen jungen Mann, nett, lächelte mich ständig an, trug eine kariertes Jackett, eine beigefarbene Hose und eine kanariengelbe Krawatte. »So so. Sie suchen die Integration und finden sie nicht. Wie wäre es, wenn Sie ein Geschäft aufmachen, und dort mit vielen Deutschen in Kontakt kommen. Vielleicht hat ein Kunde von Ihnen dann eine Integrationsidee? Was halten Sie davon?« Nichts hielt ich davon. Ich verstehe nichts vom Geschäft.

Als ich wegen der Arbeitsgenehmigung und wegen einer Übersetzung bei der Arbeiterwohlfahrt war, wollte ich die Gelegenheit nutzen und fragte den Arbeiterwohlfahrtmenschen dort: »Wenn ich schon bei Ihnen bin, können Sie mir dann auch sagen, wie ich hier die Integration finde«

»Vielleicht können Sie mir sie beschreiben?«

»Alle Deutschen, die ich kenne, die klug sind, raten mir dringend, ich soll sie finden. Keiner kann sie mir beschreiben. Manchmal habe ich den Eindruck, so was gibt's in Deutschland nicht, das ist ein Phantom. Es kommt mir manchmal so vor, als würde ich verarscht von den klugen Deutschen. Oder ist jeder Deutsche ein Stück Integration? Wir sehen sie täglich aber wahrnehmen können wir sie mit unseren türkischen Nerven nicht.«

»Ich habe mal von der evangelischen Kirche gehört, sie würde immer etwas für die Türken oder über die Türken in ihrer Akademie anbieten. Gehen Sie mal hin, vielleicht haben Sie dort mehr Glück.« Sie gab mir die Adresse.

Die Autos kamen an, parkten ein, Menschen stiegen aus, gingen ins Haus der Akademie. Alles Deutsche. Die Sonne schien. An einem schönen Frühlingstag im Dorf der Akademie. Die Knospen waren kaum zu merken.

Die Mitarbeiter der Akademie empfingen mich geschäftlich-freundlich. Kein Wort mehr aber auch kein Wort weniger. So kam es mir vor. Wenn man die Sprache nicht gut kennt, dann erkennt man auch nicht, was schön und gut ist, was Geschwätz ist, was Inhalt hat. Sie wiesen mir mein Zimmer zu. Das Zimmer hatte kein Bad und keinen Fernseher, Ein kahles Zimmer mit zwei Betten und einem Stuhl. Ein kleiner Spiegel über dem Waschbecken. Ich hoffte sehr, dass kein zweiter Gast rein kam. Besonders kein deutscher Gast. Zur Begrüßung gab's Kaffee und Kuchen. Der Chef des Hauses, nehme ich an, begrüßte die Leute herzlich, auf mich zeigend sagte er: »Heute haben wir einen Suchenden, und als Akademie der Evangelischen Kirche hoffen wir sehr, ihm bei seiner Suche behilflich sein zu können. Dieses Programm verspricht viel; Integration, was ist sie, wie weit soll sie gehen, dürfen wir über die anderen Menschen entscheiden?«

Bis zum Abendessen ging ich raus, dann auf mein Zimmer. Zum Abendessen sah ich ein Buffet, bestehend aus Käseplatte, Wurst, Brote, eingemachte Gurken dazu Tee und andere Getränke. Ob die Wurst aus Schwein ist, traute ich mich nicht zu fragen. Ich legte ein paar Scheiben Käse, Brot, Gurken meinen Teller. Als ein Gast sah, dass ich an der Wurst schnell vorbei ging, sprach er mich lächelnd an: »Sie würdigen die Wurst nicht einmal eines Blickes. In der Wurst liegt die Wahrheit der Integration.«

Bevor das Buffet abgeräumt wurde, habe ich eine Scheibe Wurst stibitzt, um die Integrationswahrheit in ihr zu suchen. Ich verbrachte nicht viel Zeit mit den anderen Gästen. Was hätte ich mit ihnen reden sollen. Ich kannte sie ja nicht.

Vielleicht lag es an der Lampe im Zimmer, oder an mir – ich habe ziemlich schwache Augen – aber ich fand in der Wurst nichts, aber auch gar nichts. Ich schnitt sie in noch kleinere Scheiben, berührte jedes Stück mal zart, mal hart, drehte es um, hielt es gegen die Lampe, ließ deren Licht durch die Scheibe fallen, durchgehen, legte es unter kaltes, dann warmes Wasser, untersuchte es noch einmal, klebte es an die Wand, fand nichts, überhaupt gar nichts. Dann habe ich mich rechts und links umgeguckt, aus Gewohnheit, aus Angst, dass mich jemand beim etwas schlechtem erwischen würde, dann durch das deutsche Fenster hinaus, dann nach Oben und nach Unten, und bat schließlich Allah um die Vergebung: »Mein Allah,« habe ich gesagt, »Mein Gnädiger, Verzeihender, alles Sehender, Hörender; es geht nicht um meine Befriedigung, es geht um die Zukunft meiner Kinder, vielleicht der Kinder meiner Kinder, es geht um die Integration. Ich muss diese Wurst essen, damit ich feststellen kann, ob die Zukunft meiner Kinder in dieser Wurst liegt. Ich weiß, dass Schwein verboten ist, ich muss diese Sünde begehen, um mich zu vergewissern. Amen.«

Ich habe sie also langsam und lange gekaut, habe jeden Millimeter dieser einen Scheibe Wurst geschmeckt, die Stücke mit meiner Zunge nach vorne geholt, nach hinten geschoben, zunächst nur meinen Speichel schluckend, um keine Sünde zu begehen, schließlich doch jedes einzelne Stück langsam durch meine Speiseröhre gleiten lassen und habe, außer Knoblauch, nichts Besonders gemerkt. Für meinen Geschmack war sie ein bisschen fettig, salzig und matschig.

Als Fazit meiner Wurstprüfung erkannte ich mit Bedauern, dass die Wahrheit der Integration doch nicht in der deutschen Wurst liegt. Wenn er damit Knoblauch gemeint haben sollte, waren wir schon Tausende von Jahren integriert und zwar gründlich.

Ich wusste nicht mehr, was ich tun sollte. Meine Frau meinte, wir könnten doch genauso leben, wie die anderen Menschen in Deutschland. Wenn die Deutschen eines Tages uns sagen sollten, also, Leute, jetzt müsst ihr aber nach Hause, dann gehen wir nach Hause. Nur, wenn die Kinder die Schule hier besucht hätten, hätten sie zwar in Cakirgümüs nicht, aber dafür in Istanbul bessere Chancen. Gute Ehemänner, guter Beruf … Jedes Mal, wenn mir die Welt eng wurde, ging ich am Fluss entlang spazieren. Die Regelmäßigkeit des Wassers beruhigt mich, bringt mich auf neue Ideen: Alles, was man verloren zu haben glaubt, sucht man beim Fundbüro.

Auch das befindet sich in der Stadtmitte. Ein altes Haus. Eine alte Dame. Traurige Blicke. »Beschreiben Sir mir was Sie suchen«, eine müde Stimme. Nicht bereit zu helfen. So klang die Stimme. »Aha, Sie suchen die Integration. Wie sieht sie aus? Alt, neu, zwei Beine, vier Beine, verbraucht, frisch, neu gekauft, Erbstück. Wir haben tausende von Sachen, die vergessen, verloren, liegen gelassen worden sind. Wo und wann haben Sie es verloren? Ich habe nicht viel Zeit.«

»Entschuldigen Sie mich bitte ich weiß nicht, wie die Integration aussieht.«

»Hören Sie mal zu!« herrschte mich die Dame an; »Sie müssen doch wissen, was Sie suchen.«

»Das weiß ich eben nicht.«

Kurz vor meinem Jahresurlaub, überlegten wir uns, ob wir auch dieses Jahr nach Cakirgümüs fahren sollten. Eigentlich hatten wir kein Geld dafür. Letztes Jahr gaben wir ein bisschen mehr aus als erlaubt. Im Fernsehen sagte plötzlich ein noch nicht voll heiliger Christ, ein Pfarrer: »Das Integrationsproblem der Türken liegt an ihren Wurzeln.« Das war's. Mein Integrationsproblem liegt in Cakirgümüs, in meinem Dorf. Wenn dem so ist, dann ist nichts leichter die Integration zu finden als das. In Cakirgümüs kenne ich mich aus. Jeder Stein ist mir bekannt, jeder Baum, jede Fliege, jedes Tier, der Himmel und die Erde, der Fluss und der Wald, der Mensch und das Vieh, das Gras und der Weizen, alles, alles kenne ich.

Meine Frau wollte nicht in Urlaub: »ich habe Anpassungsprobleme in Cakirgümüs, Ali, deine Brüder, deine Schwester, deine Neffen und Nichten, Kusinen und Cousins, alle kommen, das Haus deines Bruders ist voll mit deinen Verwandten und wenn ich meine Verwandten besuchen will, machst du Krach. Du bist in Deutschland ein viel angepassterer Ehemann als in Cakirgümüs.«

Mit einer Stange Zigaretten besuchte ich meinen Freund, den Dorfvorsteher. »Muhtar,« bat ich ihn: »Mir geht's in Deutschland wunderbar, nur eins fehlt mir, nämlich Integration. Die habe ich in Deutschland überall gesucht. Nirgends gefunden. Ein Mensch wusste davon, erzählte im Fernseher, dass meine Integrationsprobleme in Cakirgümüs liegen. Es muss irgendwo hier sein. Hilf mir.«

Zu der Integrationsberatung wurden dann der Imam, der Dorflehrer, der Älteste des Ältestenrates, der Dorfwächter und noch einige andere hinzu gezogen.

Der Rat hat nach dem Freitagsgebet beschlossen, die Integration zu suchen, und zwar gründlich. Zuerst wurde, wie ich in Deutschland gelernt hatte, ein Integrationssuchkommission gegründet. Zu der Kommission gehörte Muhtar als Vorsteher des Dorfes, der Lehrer als Vertreter der Bildung, der Hodscha als Vertreter des Geistes, ich als Vertreter des Integrationsbetroffenen, der Dorfwächter als Vertreter der Sicherheit, der ehemalige Obergefreite der Gendarmerie als Vertreter der türkischen Streitkräfte, der Älteste des Ältestenrates als Vertreter der Erfahrung, ein Junge namens Nedim als Vertreter der türkischen Jugend, und weil Tante Zehra krank war, eine Frau als Vertreterin der türkischen Mütter.

Das Dorf ist ruhig, arm, bescheiden, alt und umarmend, entlang des Baches gelegen. Die Häuser sind aus Holz. Mit Lehm gestrichen, in Mitten des jeweiligen Gartens. Mit Äpfeln, Birnen, Pflaumen, Pappeln. Meine Integration soll hier, in diesem Dorf liegen. Kein Problem, wir finden sie. Die Dörfler werden mir sicher helfen. Die haben meinen Eltern geholfen, deren Eltern, deren Eltern.

Am nächsten Tag beschloss die Kommission, dass am Sonntag gesucht und gefunden wird.

Sonntag, am Tag der Integration, so nannte ihn der Lehrer, war das ganze Dorf auf dem Dorfplatz versammelt. Die Vögel waren gerade wach geworden, sahen die Cakirgümüsaner, wie sie sich auf dem Dorfplatz scharten. Alle die zwei Beine haben, und sie in Bewegung setzen konnten, kamen. Alt, jung, Mann und Frau, Kind und Greis, Mütter mit den Babys auf dem Arm oder in der Holzwiege, die wiederum auf dem Rücken der Mütter, jeder trug etwas in der Hand: Gabel, Hacke, Beil, Gewehr, Pistole, Schwert, Dolch. Der geistig Behinderte Sabahattin hatte seine Flöte, der Blinde Recep seinen Stock. Zwei Jagdhunde bellten leise, vielleicht vor Angst vor so viele Jagenden. Nur die Bettlägerigen, todkranken konnten nicht mit, sie schickten aber ihre Gebete.

Kurz vor Sonnenaufgang sah der Dorfplatz gespenstisch aus. Eine sich stetig im Kreis bewegende Masse, murmelnd, betend, flüsternd. Wie ein Waldrausch. Es roch in der Luft nach Unruhe. Die Vögel aufgescheucht, die Sonne wachgeküsst. Ein Stern blinkte schwach, der Mond hinter dem Berg.

Muhtar hielt eine Rede: »Liebe Cakirgümüsaner, heute geht es um Integration eines der unseren in Deutschland, in Europa, ja in der Welt. Wenn ihr mich, als Oberhaupt dieses Dorfes, fragt, was die Integration ist, weiß ich es nicht, aber wie ich von unserem Bruder Ali, unserem einzigen Vertreter in Europa, erfahren habe, weiß keiner in Europa, was Integration ist. Alle reden von der

Integration der Türken, aber keiner kann uns sagen, was sie wollen. Alle Deutschen glauben, die deutsche Integration liege hier, in unserem Dorf. Wie ihr merkt, nicht nur unsere Toten liegen hier, in diesem schönen Dorf, auch die Integration. Also sucht ihr, findet ihr. Ich kann euch, nicht sagen, was ihr sucht und finden sollt. Was euch unangenehm, ungewöhnlich, unartig, uncakirgümüsmässig vorkommt, das ist die Integration. Meine Cakirgümüsaner, sollen wir den Deutschen nicht helfen, wie damals im Krieg an den Dardenellen? Ja! Wollen wir unserem Bruder Ali helfen? Ja! Wollen wir die Deutschen vor dem Joch der Integration retten, in dem wir sie bei uns finden? Ja! Sollen wir Europa von der Last der Integration befreien? Ja! Ich bin stolz auf euch, ich bin ein Cakirgümüsaner.«

Es donnerte der Beifall auf dem Dorfplatz. Menschen klatschten, Hunde bellten, die Vögel sangen, die Hähne krähten, die Schafe blökten, die Ziegen meckerten. Das Rindvieh muhte. Als wieder die Ruhe auf den Dorfplatz zurückkehrte, hörte man eine Frauenstimme, zuerst leide, dann immer lauter, ein Loblied über Mohamed anstimmen, das dann von einem tausendstimmigen *Allahuekber* vom Platz begleitet wurde. Ich bekam Gänsehaut, ich war so gerührt von dieser Solidarität von Tante Zehra, zu der die weibliche Stimme gehörte.

Ich musste auch eine Rede halten. »Allah ist mein Zeuge, meine lieben Cakirgümüsaner, liebe Brüder und Schwestern ...« Dann erzählte ich Ihnen von meiner Mühe mit der Suche nach Integration, von der Gutmütigkeit der Deutschen, wie sie mir, weil sie mir helfen wollen, die Integration nahe legten, dass sie mir bestimmt sagen würden, wenn sie selber wüssten, was Integration ist. Integration sei ein individuelles Problem, jeder solle sich selber darum kümmern, Deutschland sei ein freies Land, eine Demokratie, wo Menschen selber bestimmen, was sie vom Leben wollen und wie sie ihr Leben gestalten. Sie hätten alles getan, damit ich Integration finde, aber ich hätte sie in Deutschland nicht gefunden, daher wiesen sie mich darauf hin, dass meine Integrationsprobleme hier, in Cakirgümüs liegen. Sie würden mich sofort aufnehmen, mit all meinen Fehlern und damit, was mir menschlich noch fehlte, uns die Deutschen sagten mir noch, dass nicht nur die Zukunft meiner Familie, sondern auch die Zukunft von Deutschland, ja gar von Europa in den Händen von Cakirgümüs liege. Der Fund der deutschen Integration, sei vielleicht ein kleiner Schritt für den Findenden Cakirgümüsaner, aber ein großer Schritt für Deutschland, für Europa ja gar für die Menschheit. Dann beendete ich meine Rede mit: »Allah möge uns allen helfen, ohne Religionsunterschiede. Amen.«

Wir stellten uns in einer Reihe auf, wie Heuschrecken, und suchten die Integration. Durchkämmten die Felder zwischen Cakirgümüs und Kizoglu. Die Sonne brannte, Durst herrschte, aber wir suchten, legten jeden, auch den kleinsten, Stein um, befingerten jeden Grashalm, stocherten in jedem Loch, verscheuchten Schlangen, Mäuse, Maulwürfe, Feldvögel. Kletterten auf die Bäume, verletzten uns durch Dornen, während die Babys in den Wiegen auf den Rücken der Mütter nach Milch schrien. Zuckerrüben Felder zertreten, Glücksklees und die Maiskolben planiert. Keine Integration. Am nächsten Tag haben wir die Wälder um Cakirgümüs herum durchsucht. Wir kamen unverrichteter Dinge ins Dorf zurück

Im Dorf stöberten die Menschen in ihren alten Schränken, in den alten Soldatenholzkoffern, wühlten in ihren alten Stofffetzen, krochen unter enge Dachböden, wo Mäusedreck und Spinnennetze herumlagen, alles zu durchsuchen bat ich sie, alles was ihnen verdächtig vorkommt. Alles, was sie gefunden haben, sollten sie auf den Dorfplatz bringen, wo von der Kommission dann alles einzeln untersucht werden würde. Eine alte Frau brüllte: »Ich habe es gefunden, ich habe es gefunden!« ein altes Foto: »Ali, das ist deine intir...inter...mintr...was das auch sein sollte, das ist dein Scheiss, guck mal hin, guck bitte mal hin!« Es war ein altes Foto, vergilbt, in der Mitte geknickt, worauf ein blonde Offizier, offensichtlich ein Deutscher, auf einen kleinen schnurrbärtigen Soldaten, mit Fes auf dem Kopf, offensichtlich ein osmanischer, seine linke Hand gelegt und mit der rechten Hand gen Horizont zeigte.

»Das ist doch int mint...ragisiyon, oder?«

»Nein Tante, das da ist ein deutscher Offizier, aber bestimmt keine Integration.«

Am Dienstag besprachen wir unsere Dorfsuche. Wir trafen uns vor der Moschee, setzten uns unter den Wallnussbaum. Jeder berichtete von den Ergebnissen, von den Nichtergebnissen, erzählte Anekdoten, Witzen, ich ergab mich in mein Schicksal, bis der Muhtar sagte: »Tante Zehra kann uns helfen. Ja, ja, sie ist die einzige, die uns Integration finden kann. Sie hat immer eine Lösung gefunden.«

Frau Zehra war die alte Hebamme des Dorfes, die fast allen Kinder unseres Dorfes geholfen hatte, das Licht der Welt zu erblicken. Ohne die Fähigkeit von Tante Zehra wäre die Hälfte der Mütter des Dorfes im Winter gestorben, wenn die Straße vom Dorf bis zur Chaussee von Schnee zugeweht wurde, war das Dorf von der Außenwelt abgeschnitten. Tante Zehra war nicht nur Hebamme, sie war gleichzeitig Chirurgin, Frauenärztin, Seelsorgerin, Vater, Mutter, Fachärztin für Innere Medizin, Lehrerin, Oberberaterin der jungen Mädchen, Frauenbeauftragte des Dorfes, Schlichterin der Ehekräche, nüchterne Analytikerin der Frauenprobleme im Dorf, explosive Gegnerin der männlichen Ungerechtigkeit des Dorfes, Ehefrau, Esel fürs Holztragen aus dem Wald, Ochse für den Pflug, Pferd auf dem Dreschplatz ...

Wenn die erwachsenen Männer unter sich waren und wir Kinder nur am Rande der Gesprächsrunde standen, tuschelten sie unter sich, als würden wir Kinder nichts mitbekommen: »Armer Halil, warum Halil immer müde ist. Er kriegt ja keine Luft, wenn sie auf ihm reitet.« Onkel Halil war zierlich und feingliedrig. Er lief langsam, sprach leise, schimpfte nie. Und sie behandelte ihn wie einen König. Onkel Halil war zuständig für die Kleinarbeit in der Familie. »Wie er Kinder macht?« das war die Frage im Dorf, die sich jeder stellte. »Wer hat ihm wohl geholfen? Fünf Töchter, sieben Söhne.«

Man erzählt, dass sie eines Tages auf dem Moscheeplatz einen von diesen Schwätzern zur Rede stellte: »Necip« so hieß er, der dann wegen Kummer, dass er von einer Frau geschlagen worden ist, zugrunde gegangen ist, »Du hättest immer Zweifel an meinen Mann gehabt, wie ich höre. Soll ich ihn zu deiner Mutter schicken?« Dann hat sie ihn vom Moscheeplatz bis zum Bächlein geschlagen.

Viele Familien konnten ihre Schulden bei ihr nicht bar bezahlen. Sie brachten dann Naturalien: Sie wurde dicker und dicker: »Zehra ist dicker geworden, weil sie keine Kinder mehr wollte.« Behaupteten die alten Weiber. Eines Tages hätte sie einen Herzinfarkt bekommen, habe ich in Deutschland gehört. Der zweite hat erzählt, sie hätte einen Hirninfarkt, der dritte behauptete, das stimme nicht, sie hätte alle Infarkte gleichzeitig gehabt.

Ihr Haus, das sie mit gebaut hatte, stand am Hang. Frau Zehra saß auf dem Balkon auf einem Stuhl. Je näher wir kamen, desto verfallener sah sie aus. Wir gingen hinauf. Meine Frau trug ein kleines Paket, mit Strumpfhose, Aspirin, und einer Stange Zigaretten für Halil.

Ob sie uns erkannte, kann ich nicht sagen. Sie lächelte uns aber an, glaube ich. Sie schaute uns schläfrig an, wolkige Blicke, die einem den Eindruck gaben, »ist mir wurscht, ob du da bist.« In der rechten Hand hielt sie einen Fliegenklatscher. Die linke Hand bewegte sich unkontrolliert, mal nach oben mal nach vorne, dann wieder oben dann unten links, hinten, plötzlich schlägt sie sich selber mit der Hand.

Sie sprach kein Wort. Nur mit den Augen und mit der linken Hand deutete sie etwas an. Ich deutete das als Frage nach dem Grund unseres Besuches. Muhtar behauptete später, sie hätte mich nur auf den Stuhl, auf dem sie saß, aufmerksam machen wollen. Ich packte aus, zeigte ihr ihre Geschenke, meine Frau holte ein neues Kopftuch raus, legte es auf Tante Zehras Kopf. Das Grau ihrer Haare war nicht zu übersehen, auch wenn die Haare mit Henna gefärbt waren.

»Tante Zehra, ich suche etwas, was nicht nur für meine Familie, sondern fast für die ganze Welt lebenswichtig zu sein scheint. Das nennen die Deutschen Integration. Allah ist mein Zeuge, ich habe mir Mühe gemacht, sie zu finden. Man kann's nicht finden, wenn man nicht weiß, was man sucht. Nur du, du ja Blinden zu Sehenden, die Stummen zu Sprechenden, die Hinkenden zu Läufern gemacht hast, kannst mir helfen. Du bist nicht nur meine Hebamme, du bist meine Mutter, meine Lebensgeberin, meine Erzieherin. Bitte, hilf mir!« Meine Frau und ich küssten ihre rechte Hand mit dem Fliegenklatscher.

Die linke Hand bewegte sich immer weiter. Muhtar machte mich darauf aufmerksam, dass die linke Hand immer in Richtung Himmel oder Erde zeigte. Er flüsterte mir zu: »Sie meint, die Integration befindet sich zwischen Himmel und Erde.« Plötzlich zog sich ihr faltiges Gesicht zusammen, seine Furchen wurden tiefer, man konnte den Schmerz, den ihr die Mühe der Suche nach der Integration bereitete, mitfühlen. Ihre fuchtelnde linke Hand hielt inne, sie legte sich leise auf die Stuhllehne, ihr Blick visierte einen weit entfernten Punkt an, hinter dem Hügel auf der anderen Seite des Dorfes, ihr Blick bohrte sich durch die Hügel hindurch auf den Punkt dahinter, Schmerz lief als Träne aus den Augen hinunter, arme Zehra, wegen Integration heulte sie. Was soll man machen, eine musste darunter leiden, unter der Integration, sie musste sich anstrengen, für mich, für meine Familie, und für die Deutschen, die sie ja nicht kennt, um den wenigen Geist, der nach den Infarkten und Hirnblutungen noch übrig geblieben war, zusammenzufassen und ihren nebligen Blick zu schärfen, nur um mir und um den Deutschen schließlich das Versteck, das Nest der Integration zu zeigen.

Oh Du Tante Zehra, meine Hebamme, meine erste Klopsgeberin auf meinen Arsch, du Heilige Zehra, du große Muslima, du Heilerin der Integrationswunden, nicht nur eines Türken, sondern aller Muslime in Deutschland, ja in Europa, zeig mir, wo Integration ist, der Grund der europäischen Toleranz, heilende Kraft Europas, Glück von Europa, zeige mir, diese Medizin des Türkenherzens in Europa, du Heilige Zehra, du wirst bestimmt auch von den anderen Religion heilig gesprochen, Santa Zehra, die Schutzpatronin der Integrationsleidenden. Rette mich, heile mich, befreie mich, mich, meine Frau, meine Familie, meine Nation, meine Deutschen.

Ich kniete mich vor Tante Zehra, meine Frau stand still, schaute auf Zehra, und Zehra … Die Klatsche ist verschwunden, die Fliegen fliegen frei um uns herum, diese verdammten Viecher haben gerochen, diese Schmeißfliegen, dass die Integration gefunden worden ist.

Tante Zehra entspannte sich, die rechte Hand betätigte wieder die Klatsche, der erste Schlag danach war ein Erfolg: ein Fliege lag tot auf dem Boden des Holzbalkons. Die linke Hand bewegte sich ruckartig nach unten Muhtar flüsterte mir zu: »Sie zeigt auf den Stuhl, schau hinein!«

Ich schaute nach unten, wo Tante Zehra hingedeutet hatte. Erst jetzt merkte ich, dass unter ihrem Stuhl ein Blechtopf hing, rostbraun und türkis. Ich holte den Topf aus dem Stuhl heraus, steckte meine Hand hinein und wollte die Integration herausholen – und griff mit der ganzen Hand in einen Haufen Scheiße.

Obwohl niemand von uns das Haus von Tante Zehra verlies, wusste das ganze Dorf innerhalb in fünf Minuten, dass, was ich als Integration in die Hand genommen habe, ein Haufen Scheiße war: Ein Haufen Scheiße von Tante Zehra.

Erst kurz vor der deutschen Grenze hat meine Frau mich getröstet: »Ali, mach dir nichts daraus, was in der Türkei Scheiße ist, kann doch in Deutschland noch längst kein Gold sein.«